D1922651

DON BOTH

Bisher von Don Both erschienen:

Immer wieder Reihe: The unholy Book of Tristan Wrangler

The unholy Book of Tristan Wrangler – reloaded

Immer wieder Special

Immer wieder Verführung

Immer wieder Verführung – The End

Immer wieder Tristan und Mia

Dark Love – Reihe (Dark Demand, Unzähmbar, Deep Instinkt)

Hope – mit Kera Jung

Corvo – Spiel der Liebe

Mad Love, Bad Love

Forbidden Secret – mit Emily Key

Rock oder Liebe

Rock oder Liebe – unplugged

Don Both

Immer wieder – ***ist nicht genug***

A.P.P.

Deutsche Erstausgabe Juli 2016 © Don Both
Kontakt: bethy86@hotmail.de
https://www.facebook.com/pages/DonBoth/248891035138778
Alle Rechte vorbehalten!
Nachdruck, auch auszugsweise, nur mit schriftlicher Genehmigung des Verlages. Personen und Handlungen sind frei erfunden. Etwaige Ähnlichkeiten mit real existierenden Menschen sind rein zufällig und nicht beabsichtigt.
Lektorat: Belle Molina, Sophie Candice
Korrektorat: Word plus
Cover: Babels
Erschienen im
A.P.P.-Verlag
Peter Neuhäußer
Gemeindegässle 05
89150 Laichingen
ISBN´s
978-3-946484-93-6 - mobi
978-3-946484-94-3 - epub
978-3-946484-95-0 - print
Dieser Roman wurde unter Berücksichtigung der neuen deutschen Rechtschreibung verfasst, lektoriert und korrigiert.

Für Alex!

Meinen persönlichen Tristan.

Über das Buch:

Es gibt kein dauerhaftes Happy End.
Das Leben besteht aus immer neuen Herausforderungen. Du musst dich nur entscheiden, ob du ein Kämpfer oder gleich ein Verlierer sein willst.
Was, wenn du plötzlich um das kämpfen musst, das immer dir gehörte? Um dein Mädchen?
Und was, wenn es mit einem Mal kein Mädchen mehr ist, sondern diese eine Frau, die dich an den Eiern hat?
Wirst du die Herausforderung annehmen?
Oder untergehen?

Der absolut ungeplante nächste Teil der Immer wieder Reihe:
Dramatisch, erotisch … knisternd, lustig und … nervenaufreibend.
Leseanleitung der Autorin: Taschentücher bereitlegen (aus zweierlei Gründen). Keine Angst haben. Drauf einlassen. Abtauchen! ;)
Reihenfolge der ›Immer wieder … Reihe‹:
The unholy Book of Tristan Wrangler
The unholy Book of Tristan Wrangler – reloaded
Immer wieder Verführung
Immer wieder Verführung – the End
Immer wieder Tristan und Mia
Dieses Buch!
Viel Spaß!

1. Alltag einer Mutter

Mia angekotzt Wrangler

»Wenn man mit Tristan Wrangler verheiratet ist, kann man sich schnell als fette Leberwurst fühlen!«

Meine beste Freundin und Schwägerin Vivian Wrangler seufzte schwer in den Hörer.

»Mia, du bist keine Leberwurst!«

»Eine *fette* Leberwurst!«, nuschelte ich, während ich Eli ihre Banane schälte. Die saß hinter mir in ihrem Stühlchen am Esstisch und probte einen Aufstand, indem ihre pummligen Babyhände vor sich hin trommelten, während sie Protestgeräusche von sich gab. Lautstark. Ich war an Babygeschrei gewöhnt und konnte es mittlerweile sehr gut ausblenden – vor allem, wenn ich mit meiner Schwägerin telefonierte –, aber unterschwellig zerrte es doch an meinen Nerven.

»Du bist auch keine fette Leberwurst! Du bist überhaupt keine Leberwurst!« Vivi war eindeutig etwas ungehalten, was ich nur am Rande registrierte. Stattdessen kümmerte ich mich weiter um die süße Frucht, deren Schale ich nun in den Müll schmiss.

»Ich habe während der Schwangerschaft zwanzig Kilo zugenommen, Vivi!«

»Das hattest du auch dringend nötig, so abgemagert, wie du davor warst. Außerdem liebt er es, wenn du etwas mehr drauf hast!«

»Ich seh aus wie mit siebzehn!«

»Und wann hat er sich unsterblich und unwiderruflich dank meiner genialen Pläne in dich verliebt? Als du siebzehn warst, also!«

»Hmmm …«, murmelte ich nur und drückte meiner Tochter, die vom Schreien schon leicht rot im Gesicht war, die Banane in die Hand. Sie stockte, besah sich das Obst von allen Seiten und schmiss es dann mit einem herzhaften »Bäh!« nach mir. Tja. Sie war eben voll und ganz Tristan Wranglers Tochter. Das Geschoss landete kraftvoll in meinem Gesicht, fiel auf mein Oberteil und schließlich zu Boden. Eli sah sich das ganze Debakel kurz mit gerunzelter Stirn an, bevor sie noch lauter brüllte. Mein Nervengerüst wackelte genauso wie die Wände dieses Hauses – und das seit fünf Uhr morgens.

»Vivi, ich stehe unter Bananen-Beschuss. Ich melde mich später wieder!«, verkündete ich und legte einfach auf. Dann hob ich meine etwas über einjährige Tochter auf den Arm, versuchte sie nicht so ruppig anzufassen wie mir gerade zumute war, denn es ging schon den ganzen Vormittag so und ich war mit meinem Latein am Ende. Ich wusste einfach nicht, was sie von mir wollte.

»Shhh, Schatz, alles ist gut …«, wisperte ich und wiegte sie sanft hin und her. Der kleine Sturkopf brüllte noch lauter, direkt in mein Ohr, und versuchte sich aus meinem Arm zu winden. Fast fiel sie und ich musste sie noch fester packen. Eine Sirene war nichts gegen sie. »Eli, bitte …«, flehte ich und drückte sie fest an mich. Im nächsten Moment landete ein Schwall Brei direkt in meinen Haaren. Sie entspannte sich sofort, legte ihr Gesicht an meiner Schulter ab und fing an zu schnarchen.

Wunderbar!

Vorsichtig, als hätte ich es mit einer scharfen Granate zu tun, schlich ich auf Zehenspitzen ins anliegende Wohnzimmer und legte sie in Zeitlupe in ihre Wippe neben der Couch. Sie schlief.

Endlich. Jetzt hieß es bloß keinen Fehler machen! Ich verfluchte zum tausendsten Mal, dass wir zwischen Wohn- und Küchenbereich keine Tür hatten, die ich hinter mir schließen konnte, und schlich zum Waschbecken, um mir die gröbsten Brocken wegzuwischen. Das war ich mittlerweile gewohnt. Eli war ein Kotzkind, und am liebsten entleerte sie ihren Bauch auf mir. Aber dafür schlief sie tief und fest – *wenn* sie schlief. Das tat sie natürlich am besten auf dem Arm von Tristan, der aber nur an den Wochenenden tagsüber da war – wenn ich Glück hatte. Unter der Woche kam er oft so spät nach Hause, dass er nur noch ins Bett fiel und sich mit Eli einen Schnarchwettbewerb lieferte. Seufzend schrubbte ich mit einem Lappen über mein einfaches schwarzes Shirt, als ich auch schon sah, wie Tristans roter Audi um Punkt sechs Uhr in unsere Auffahrt einbog und direkt vor dem Küchenfester, das auf den Parkplatz zeigte, stehen blieb.

Endlich war er daheim.

Jeden Tag aufs Neue durchflutete mich Erleichterung. Denn tief in meinem Innersten hatte ich tagtäglich Angst davor, ihn wieder zu verlieren. Ich traute dem idyllischen Glück nicht, das wir seit über einem Jahr genießen durften. Schließlich waren die Sorgen einer Mutter von zwei Kindern im Gegensatz zu den Problemen, die wir davor gehabt hatten, geradezu wie Urlaub für mich. Was waren schon ein siebenjähriger Junge, der in der Schule alles im Kopf hatte, nur nicht die Schule, und eine sture, lautstarke Mini-Prinzessin gegen das Leben mit einem Sexclubbesitzer und Drogenboss?

Es war fast zu perfekt. Denn wenn man es genau nahm, besaßen wir alles, was wir je gewollt hatten. Die perfekte Beziehung mit perfekten Kinder in einem perfekten Haus an einem perfekten Ort.

Mein perfekter Ehemann schwang sich mit dieser typischen Eleganz, die ich bis jetzt nur bei ihm beobachten konnte, aus seinem Auto, und auf meine Lippen schlich sich wie immer dieses spezielle, ganz besonders dämliche Lächeln. Ich konnte es immer noch nicht glauben, dass er nun tatsächlich mir gehörte, dass sein Ring an meinem Finger steckte und ich seinen Nachnamen trug. Genauso wenig, dass ich die Mutter seiner wunderbaren Tochter war – und die seines Sohnes, wenn auch nur auf dem Papier.

Tristan Wrangler tat nach wie vor alles für mich, war aufmerksam, dreckig, mitfühlend und sexy auf seine ganz spezielle Art, die mich immer wieder atemlos zurückließ. Seine Schönheit versetzte mir regelmäßig einen Stich, und von seinen Talenten im Bett wollte ich erst gar nicht anfangen zu schwärmen, sonst wäre es um mich geschehen. Ich hatte ihn nicht verdient und doch war er mein – für immer. So wie ich für immer ihm gehören würde.

Verträumt legte ich den Kopf schief und beobachtete, wie er in seinem lässigen schwarzen Hugo-Boss-Hemd und der dazu passenden Hose im strahlenden Sonnenschein, der sich in seiner Gürtelschnalle spiegelte, sein Auto umrundete, die Beifahrertür öffnete und – mein Lächeln gefror auf der Stelle – seiner Praktikantin, einer zweiundzwanzigjährigen blonden Sexbomben-Studentin, die den Traum hatte, Fotografin zu werden, die Hand reichte, um ihr aus dem Auto zu helfen. Ja, Tristan Wrangler war nach wie vor ein sexy Bastard, der beim weiblichen Geschlecht und manchmal sogar beim männlichen Schnappatmung auslöste, und ja, mir war genauso klar, dass er nun mal nicht anders konnte als zu flirten, weil er Schönheit schätzte. Und ja natürlich wusste ich auch, dass er mich niemals betrügen würde. Aber trotzdem fing es in meinem Bauch an zu brodeln, als ich bemerkte, wie sie ihn anlächelte, wie sie ihn geradezu anhimmelte, wie sie in ihrem knappen weißen Kleidchen vor ihm her stöckelte und ihm ihren perfekten Hintern entgegenstreckte, während sie etwas aus dem Kofferraum holte. Und ja, ich sah auch seinen Blick – er wandte sich sofort desinteressiert ab und verdrehte die Augen, aber das war egal! ER HATTE GESCHAUT!

Sie lachten *zusammen*, holten *zusammen* das Equipment aus dem Wagen und nahmen mich überhaupt nicht wahr. Okay, man konnte mich nicht sehen, weil ich mich halb hinter einen Vorhang gestellt hatte, als dieser blonde Barbieverschnitt auf der Bildfläche erschienen war. Trotzdem! In meinem Bauch brodelte es noch heftiger. Gleich würde hier ein Vulkan hochgehen! Ich hatte die Schnauze voll – er sollte sich gefälligst eine hässliche Assistentin suchen oder eine, die zumindest genauso unattraktiv war wie ich. Mit Schlabbersachen, Speckrollen und Babykotze im Haar! Immer noch lachend tänzelte sie zu ihrem potthässlichen kleinen Furzauto, einem Smart, und stieg ein. Sie winkte ihm noch einmal zu, bevor sie zurücksetzte, da war er aber schon auf dem Weg zur Haustür und bekam es nicht mit. Er sperrte auf und schmiss den Schlüssel auf die Ablage.

Kurz darauf vernahm ich seine seidige, unvergleichliche Stimme und wie immer, wenn ich sie hörte, rieselte Gänsehaut meine Wirbelsäule hinab. Ich liebte ihren Klang – so sexy …

»Baby, ich bin daheim und hab verdammten Dreckshunger!« *Ja, ja, für was anderes bin ich ja nicht zu gebrauchen,* dachte ich bitter. Eigentlich wollte ich gar nicht, dass er mich so angekotzt sah, aber bevor ich flüchten konnte, schlangen sich seine durchtrainierten Arme von hinten um meinen Bauch. »Auf dich!«, murmelte er mir ins Ohr und hauchte mir ein paar verstandraubende Küsse auf den Nacken. *Na klar, wahrscheinlich hat sie dich den ganzen Tag heißgemacht und du hast den ganzen Tag geschaut!* Deswegen war er jetzt so scharf und … Ich stöhnte, als er sein Becken gegen meinen Hintern presste.

»Du bist sauer!«, stellte er sofort zielsicher fest. Oh Gott! Sein ganzes Auftreten war eine einzige Ablenkung, weil er den Braten natürlich sofort gerochen hatte.

»Tristan! Die Kleine!« Ich versuchte ihn von mir zu schieben und klang mehr als zickig. Er lachte leise in mein Ohr und die Gänsehaut wurde intensiver.

»Und *wie* sauer du bist, Miss Wrangler!« Mit diesen Worten wirbelte er mich herum und packte mit einer Hand meinen Kiefer. Seine wunderschönen grünblauen Augen erdolchten mich förmlich und ich erfror, so wie immer, wenn er mir derart nahe kam und sein Duft auf mich traf … wenn er mich so hielt, dass ich keine Chance hatte zu fliehen. »Glaubst du etwa, ich *denke* auch nur daran, sie zu ficken, wenn ich weiß, dass meine Traumfrau zu Hause auf mich wartet?«, wisperte er und strich mit dem Daumen über meine Unterlippe.

Oh mein Gott!

Diesen Mann konnte wirklich nichts davon abhalten, wenn er mich wollte. Nicht einmal Kotze in meinen Haaren. Und ich auch nicht. Meine Lider glitten zu, die Wut verpuffte sofort und ich schüttelte seufzend den Kopf.

»Das will ich dir auch geraten haben!« Als er mich leichthändig auf den Tresen hob und meinen Hals küsste, erschauerte ich, während seine talentierten Finger mein Shirt nach oben schoben.

»Ich bin angekotzt!«, sagte ich halb stöhnend und bog meinen Rücken durch, als er einfach unter den BH schlüpfte und meine Nippel zwirbelte.

»Und?«, knurrte er in mein Ohr und rieb seinen Unterkörper an mir. »Glaubst du, ein bisschen Kotze hält mich davon ab, meine Frau zu ficken, wenn ich sie ficken will?« Ich schüttelte den Kopf und er lachte leise.

»Genau! Öffne meine Hose!«, raunte er dann und ich tat mit

zitternden Fingern wie mir befohlen. Es war unglaublich, ihn so nah zu fühlen. Vor allem, weil unser letztes Mal schier ewig her war. Entweder Eli wachte auf, das Telefon klingelte, es stand jemand vor der Tür, Robbie platzte rein oder sonst etwas passierte. Ich war auf Sexgott-Entzug! Obwohl wir endlich zusammenlebten, hatten wir bei Weitem nicht so oft Sex, wie ich es gern gehabt hätte – oder brauchte. Deswegen war das hier wie der Himmel und ich gab mich ihm bereitwillig hin. Tristans weiche Lippen wanderten meinen Hals hinab. Er schob meinen BH nach oben und hauchte meine Nippel an, bevor er sie mit der Zunge umkreiste und seine Hand sich auf meinen Schritt legte. »So heiß und feucht wie immer, Miss Wrangler. Du enttäuschst mich nie«, wisperte er und rieb über den dünnen Stoff meiner Yogahose. Ich biss mir auf die Lippe, um nicht laut zu stöhnen, und ließ den Kopf nach hinten fallen.

»Bitte, Tristan!«, keuchte ich nur, vergrub meine Hand in seinen Haaren und zog ihn hoch, um ihn wild zu küssen.

»Wie du willst!«, meinte er, wirbelte mich herum und zog beide Hosen einfach meinen Hintern hinab. »Ich wollte mir Zeit lassen, dich nach allen Regeln der Kunst verführen, aber du bist ja wieder mal die Ungeduld in Person«, murmelte er und drückte mich mit einer Hand zwischen den Schulterblättern auf den Tresen. Voller Vorfreude legte ich meine Wange auf den kühlen Untergrund und versuchte meine Ungeduld zu zügeln. Unauffällig streckte ich ihm meinen Hintern entgegen und er gluckste leise über meine Gier. Voller Spannung und bis in jedes Nervenende fühlte ich, wie er von hinten an meinem Eingang ansetzte, wie er sich einfach groß und hart in mich schieben wollte, und hielt die Luft an.

Der verhasste Klingelton seines Handys zerstörte den Moment, als er *endlich* seinen perfekten Schwanz bis zum Ansatz in mich stieß.

Und dann wollte ich brüllen, denn Tristan blieb still und bewegte sich nicht mehr – direkt in mir! *Verdammt!* Verzweifelt stöhnte ich, als ich bemerkte, wie er in seiner Hose rumkramte – immer noch tief in mir.

Das konnte nicht wahr sein!

»Ja!«, blaffte er kurz darauf angepisst ins Handy. Ich schloss die Lider, als es still wurde. Immer noch lag seine freie Hand zwischen meinen Schulterblättern und drückte mich hinab, immer noch pochte er hart und bereit in meinem Inneren – es könnte gleich weitergehen. Ich wagte nicht, mich zu rühren. Doch meine Hoffnung wurde zerstört, als er sich mit einem Ruck aus mir zurückzog und einen Schritt zurück machte. Während er dem anderen Ende der Leitung lauschte, schob er mein Höschen und meine Hose über meinen Hintern nach oben und mein Shirt runter. Ich fühlte mich sofort leer und richtig *beschissen.*

»Verdammte Scheiße! Ich komme gleich!«, knurrte er zwei Sekunden später ins Telefon, und mir stiegen die Tränen in die Augen, als ich mich aufrichtete und mich mit meinen Armen umfing. Blicklos sah ich aus dem Fenster. Er legte auf und ich hörte Stoff rascheln, dann das Geräusch eines sich schließenden Gürtels auf perfekten Hüften.

»Es tut mir leid, Baby!«

»Hmmm …« Immer noch stand ich mit dem Rücken zu ihm und kämpfte mit den Tränen. Er war gerade dabei, sich einen Namen als Fotograf zu machen; oft arbeitete er für die hiesige Lokalzeitung, und wenn er kurzfristig gerufen wurde, hatte er zu springen. Ich musste das verstehen – das tat ich auch, außer in solchen Momenten wie diesem – und durfte ihm nicht im Wege stehen, schließlich ernährte er unsere kleine Familie und das ziemlich gut.

»Ich werde mich beeilen! Ich verspreche es dir, und du wirst in dem kleinen schwarzen Fummel auf mich warten, hast du verstanden, Baby?« Er umarmte mich von hinten und küsste mich unter mein Ohr. »Ich vermisse dich so sehr, Mia-Baby. Ich weiß schon gar nicht mehr, wie du dich anfühlst, wie sich dein Stöhnen anhört und was deine kleinen Hände alles mit mir anstellen können. Wenn ich dich nicht bald wieder nackt unter mir habe, platze ich, und ich weiß, dir geht es genauso«, wisperte er und meine Tränen liefen fast über. Um sie aufzuhalten, krallte ich mich in den Tresen vor mir. »Du weißt, dass ich nichts dringender will und brauche als dich?« Ich nickte nur. Er gab mir noch einen sanften Kuss auf meine Schläfe und ich schloss die Lider, konzentrierte mich auf das Gefühl seiner Lippen auf meiner Haut und auf seinen Geruch. Ich wollte ihn noch einmal tief in meine Lungen ziehen und nie wieder vergessen. Dann ließ er mich auch schon los, packte sich einen Apfel und schlenderte nach draußen.

Ich stand immer noch so da, als er den Motor startete, das Auto wendete und davonfuhr. Erst als er um die Kurve verschwunden war, erlaubte ich mir, den Tränen freien Lauf zu lassen. Sie hatten sich in den letzten Monaten angestaut und ich hatte keine Chance mehr, sie noch länger aufzuhalten. Wie wild fing ich an zu schluchzen und musste sogar eine Hand auf meinen Mund pressen. Denn ja, ich war jetzt Tristan Wranglers Frau, hatte eigentlich alles, was ich jemals gewollt hatte, und trotzdem hatte ich mich nie einsamer gefühlt.

2. Alltag eines Mafiabosses

Tristan genervt Wrangler

Wenn ich nach einem Jahr Ehe eines sagen kann, dann, dass es besser ist, wenn die Frau nicht alles weiß. Zum Beispiel, dass man einmal die Woche seinen Ex-Sexclub aufsucht, um dort nach dem Rechten zu sehen. Oder dass man einmal im Monat mit seinem Paten – Luca Cavalli – zusammensitzt und die derzeitige Lage bespricht. Oder gar, dass man die Führung über alle Clubs der Stadt übernommen und sogar einige neue Clubs eröffnet hat, die regelrecht boomen. Dass man Geld eintreibt, mit Drogen handelt und Nutten aus Osteuropa einkauft.

Nein. So was ist für eine Ehe nicht von Vorteil.

Deswegen war ich auch so verdammt froh um meine Frau. Sie stellte keine unnötigen Fragen – sie vertraute mir. Und ich brach ihr Vertrauen ja auch nicht im eigentlichen Sinne. Ich hatte ihr ja nur versprochen, *meinen* Sexclub aufzugeben. Er gehörte mir auch nicht mehr – offiziell. Außerdem hatte ich mit dem ganzen dreckigen Geschäft nicht mehr direkt etwas zu tun. Ich war kein kleiner Dealer, sondern der Hintermann; derjenige, der sich immer im Schatten befand und über den auf der Straße die Gerüchte nur so brodelten. Ich war Luca Cavallis rechte Hand in dieser Stadt, praktisch gehörte sie mir. Was aber kein Zuckerschlecken war. Vor allem, wenn es darum ging, diese verdammte italienische Sippe unter Kontrolle zu halten. Als Leo nämlich, kurz nachdem ich mit Mia zusammengekommen war, auf dem Scheißhaus eingepennt und nie wieder aufgewacht war, hatten die Cavalli-Geschwister versucht, Luca den Rang streitig zu machen. In Italien spitzte sich die Fehde zwischen Luca und seiner Schwester Cassandra Cavalli immer weiter zu, und wir bekamen es auch hier zu spüren. Er benötigte Männer, denen er vertraute, und das waren nun mal nur wenige. Ich konnte ihn nicht im Stich lassen. Außerdem brauchten wir das Geld, denn mein Mädchen hatte einen Traum und ich hatte mir geschworen, ihn ihr zu erfüllen.

Sie wollte ein Camp für schwer erziehbare Jugendliche und Kinder eröffnen. Das Konzept dafür war genial und sie besaß alles, damit ihr Traum ein voller Erfolg und diese Welt wieder ein kleines bisschen besser wurde. Nur die nötigen Moneten fehlten, also hatte ich Luca schweren Herzens zugesagt – für zwei verdammte Jahre und kein bisschen länger! Dann sollte er sich selber um seine Geschäfte kümmern und ich würde mich endlich zur Ruhe setzen. Denn es ging mir auf den Sack – ich hatte keine Zeit für gar nichts. Da war noch mein normaler Job als Fotograf, das Boxstudio und dann das hier.

Meine Tochter bekam ich kaum zu Gesicht, ich verpasste wichtige Schritte ihrer Entwicklung. Zum Beispiel ihr erstes Wort, das tatsächlich »FUCK« gewesen war, wofür Mia mich beinahe umgebracht hatte. Auch ihre ersten Schritte hatte sie ohne mich gemacht, ihr erstes Lächeln hatte sie Mia geschenkt, so vieles, was ich versäumt hatte und was nie wieder geschehen würde – und das schmerzte, allein wenn ich darüber nachdachte. Aber das war nicht alles.

Ich vermisste mein Mädchen – so fucking sehr.

Endlich waren wir verheiratet.

Endlich trug sie meinen Nachnamen.

Endlich konnte ich mit ihr Nacht für Nacht in einem Bett schlafen, in einer Dusche duschen, an einem Küchentisch sitzen, auf einem Scheißhaus scheißen, aber ich konnte sie nicht genießen. Das letzte Mal hatten wir einen Quickie beim Wäscheaufhängen im Garten gehabt – *vor zwei verfickten Huren-Wochen*! Und das war wirklich nur Kleid hoch, Bein gepackt, Höschen zur Seite geschoben und rein ins Vergnügen. Verdammte Scheiße! Mein Schwanz war kurz vorm Platzen! Und es half nicht gerade, dass sie Leggings für sich entdeckt hatte, in denen ihr Arsch so verdammt appetitlich aussah; dass sie wieder etwas zugenommen hatte, dass ihre Titten seit der Geburt wieder größer waren und ihre Hüften breiter, ihr Arsch bämiger, ihre ganze Figur eine einzige kurvige Einladung, während ihr Gesicht nie schöner ausgesehen hatte.

Fuck! Jetzt hatte ich wieder einen Ständer.

Außerdem verfickte Atemnot.

Ich biss die Zähne zusammen und richtete den Penner in meiner Hose, während ich in der Dämmerung die Landstraße entlangraste. Anscheinend war einer unserer größten Abnehmer eingekastelt worden, was hieß, wir mussten unsere Lager an einen anderen Ort, also einen anderen Club verfrachten. Wenn er sang, wären wir dran, und darauf hatte ich so gar keine Lust. Denn ich glaube nicht, dass Mia sehr amused wäre, wenn sie herausfände, wo ich meine Finger so im Spiel hatte.

***

Ich hatte Lust, mein Baby Nummer drei zu benutzen und jemanden spontan zu erschießen, während ich mit Heidi und Garrett – die so ungefähr die Einzigen waren, denen ich vertraute – und noch zwei weiteren in meinem Büro saß, also äh, natürlich nicht in *meinem* Büro. Offiziell hatten die beiden meinen alten Sexclub übernommen sowie einen Teil meiner Geschäfte und es lief mehr als gut unter ihrer Führung. Auf jeden Fall rieb ich mir müde die Stirn und schaute auf die Uhr. Elf Uhr abends. Verdammte Scheiße, ich wäre nicht vor eins zu Hause, und dann würde mein Baby schon tief und fest schlafen. Vorausgesetzt ich könnte hier bald abhauen, wonach es nicht gerade aussah, denn wir mussten schnellstmöglich die Umlagerung der Drogen organisieren, bevor die Bullen in den verschiedenen Verstecken einliefen. Ja, es war nicht sicher, dass er einen auf Kanarienvogel machte, aber Vorsicht ist ja bekanntlich die Mutter der Porzellankiste, besonders in diesem Milieu.

***

»Du siehst müde aus«, meinte Garrett, als ich mitten in der Nacht auf dem Weg zu meinem Wagen war.

»Ach.«

»Du solltest einen Gang runterschalten, Boss.«

»Glaub mir, das würde ich gern, wenn ich könnte! Aber manchmal kann man eben nicht«, erwiderte ich seufzend und drückte das Knöpfchen zum Öffnen des Autos. »Leider heißt es wohl – einmal Famiglia, immer Famiglia.« Ich klopfte ihm auf die Schulter und stieg ein.

Nachdem ich die Tür geschlossen hatte, ließ ich erstmal den Kopf gegen die Lehne fallen und rieb mir müde die Augen. Dann warf ich einen genervten Blick auf die Uhr. Jetzt war es eins. Das hieß, vor zwei wäre ich nicht daheim. Schnell öffnete ich beide Fenster, denn ich hatte schon vor Ewigkeiten aufgehört, Drogen zu nehmen, um die langen Nächte zu überstehen, dafür hatte ich jetzt mit ständiger Müdigkeit zu kämpfen. Die Fahrt dauerte schier ewig und ich nickte einmal sogar fast ein.

Irgendein Vollhorst hatte auch noch einen Unfall gebaut und ich musste eine Umleitung fahren. Verfickt perfekt!

Um drei Uhr, was schon als verschissener Morgen durchging, kam ich endlich zu Hause an – so viel zu: *»Ich beeile mich, Baby.«* Mit einem verdammt schlechten Gewissen schlich ich ins totenstille dunkle Haus. Stanley, der mittlerweile kaum noch laufen konnte, weil er uralt war, empfing mich schwanzwedelnd. Wie immer nahm ich mir die Zeit, um ihn kurz zu kraulen, denn mittlerweile liebte ich den kleinen Scheißer genauso abgöttisch wie er mich. Nachdem er mich standesgemäß begrüßt hatte, legte er sich wieder in sein Körbchen, schnaubte kurz und schlief weiter – mit gespitzten Ohren Richtung Tür. War ich nicht daheim, spielte er den großen Bewacher. Dabei war er schon so alt und zerbrechlich mit seinen vierzehn Jahren.

Tja, nichts hält ewig, nicht wahr? Erst recht nicht die Jugend und die Gesundheit! Wie philosophisch. Wenn man die Uhrzeit bedenkt, Hut ab, Wrangler!

Seufzend zog ich die Designer-Schuhe aus, öffnete den Kragen meines Hemdes und stieg im Dunkeln die Holztreppen nach oben. Ich überlegte, sie einfach aufzuwecken, indem ich meinen Schwanz in sie schob, so wie damals – vor unendlichen Zeiten nach der Party, bei der meine Faust mit Martin Arschkrapfens Gesicht Bekanntschaft geschlossen hatte. Bei der Erinnerung an den Morgen musste ich dreckig grinsen.

Pussyüberfall. Oh ja, das wär's jetzt!

Auf Zehenspitzen betrat ich das stille, dunkle Schlafzimmer, das nur der Mond erhellte. Direkt vor den bodenhohen Fenstern befand sich Elis Prinzessinnen-Bett. So wie immer ging ich zuerst zu ihr. Bewunderte ihr atemberaubendes Gesicht, die Nase, die sie von meinem Baby hatte, ihre wunderschönen Lippen und ihre noch schöneren Augen mit den endlos langen Wimpern. Sie würde mal der Untergang für die Männerwelt werden, aber jetzt gehörte sie nur mir. Zärtlich strich ich über ihre kleine Nase, sie schmatze leise und drehte sich seufzend auf die Seite. Ich strich ihr die feinen hellbraunen Haare aus dem Gesicht, die sie in einem stylischen Bob trug, und beugte mich über das Bett, um ihre weiche Stirn zu küssen und ihren einzigartigen Duft einzusaugen. Nach wie vor konnte ich nicht glauben, dass ich dazu beigetragen hatte, dieses kleine Wunder zu erschaffen. Eli war mein Ein und Alles, meine Prinzessin, die ich auf Händen trug, denn sie war aus meinem Mädchen gekommen, war ein Teil von ihr – und dem hatte ich ja bekanntlich noch nie widerstehen können. Elina Sofia Wrangler war mein persönlicher Engel. Nachdem ich diesen begrüßt hatte, zog ich mir das Hemd und die Hose genau wie die Socken aus und schlüpfte ganz vorsichtig nur in Shorts unter die Decke, um Mia nicht zu wecken, die tief schlafend in nichts weiter als ihrem knappen Nachthemd auf der Seite lag.

Sobald mein Schwanz sich an ihren Arsch schmiegte, war ich zu Hause, und ich atmete den angestauten Stress aus. Sie seufzte, entspannte sich merklich und rückte sofort instinktiv an mich heran. Ich vergrub mein Gesicht in ihren Haaren und nahm einen tiefen Atemzug. Sofort durchströmte mich Ruhe und Zufriedenheit – Glück.

Aus meinem Plan, sie wach zu ficken, wurde leider nichts, denn als ich meinen Arm um ihre Taille legte und sie sich eng an mich schmiegte, erkannte mein Unterbewusstsein, dass ich zu Hause war, und verabschiedete sich sofort in eine Art komatösen Schlaf.

3. Traumverwirklichung

Mia fighting Wrangler

»Wie meinen Sie, ich habe noch einen alten Schufaeintrag?«, fragte ich den Bankdirektor persönlich, bei dem ich heute einen Termin ergattert hatte. Der alte Herr lächelte schmal, schob seine Brille ein Stück auf der Adlernase zurück und erwiderte mit dünner, unpersönlicher Stimme:

»Das weiß ich nicht, auf jeden Fall sind Sie nicht kreditfähig!«

»Wir haben ungefähr 70.000 Euro auf dem Konto!«

»Wissen Sie, ich entscheide das nicht, ich muss mich ans System halten und das ist heutzutage alles maschinell …«

»Ja, ja, ja, ja!« Ich konnte nicht anders. Normalerweise war ich nicht so unhöflich, aber gerade ging mein gesamter Traum flöten. Vivi und ich hatten Monate gebraucht, um das Konzept für mein Camp zu erarbeiten. Wir hatten alles bis ins kleinste Detail durchkalkuliert, mit verschiedenen Behörden gesprochen, die uns sogar unterstützen würden, und alles Nötige in die Wege geleitet. Die ersten Kinder aus dem Heim, in dem ich gearbeitet hatte, warteten bereits darauf, für einen Monat zu mir zu kommen. Schwester Carmen war begeistert, genauso wie der Bürgermeister – jetzt brauchten wir nur noch etwas mehr Geld, als Tristan mir zur Verfügung gestellt hatte. Ich würde es innerhalb von fünf Jahren zurückzahlen können – es war alles genau geplant. Aber anscheinend hatte ich irgendeinen uralten Schufa-Eintrag, wahrscheinlich wegen fünf Euro, von dem ich gar nichts wusste, weswegen ich keinen Kredit bekam. Damit war alles, wofür ich in den letzten Monaten gekämpft hatte, ruiniert.

Mein Traum platzte! Einfach so!

Ruppig stand ich auf und packte meine Unterlagen ein.

»Klar, alles wird maschinell geregelt, und Sie können gar nichts dafür! Sie sitzen hier ja auch in Ihrem tollen Büro auf Ihrem tollen Stuhl und haben keine Sorgen! Lassen Sie mich raten, wahrscheinlich haben schon Ihr Großvater und Vater in dieser Bank gearbeitet und Sie setzen nur die grandiose Familientradition fort. Dank Vitamin B mussten Sie sich dafür nicht einmal anstrengen, oder irre ich mich etwa?« An der Art, wie er die Augen aufriss, wusste ich sofort, dass ich ins Schwarze getroffen hatte, und lachte bitter. »Solche Menschen wie Sie werden nie wissen, wie es ist, für etwas zu kämpfen, was einem wirklich am Herzen liegt, deshalb ist es Ihnen auch herzlich egal, wenn Sie die Träume anderer Menschen zerschlagen! Deswegen engagieren Sie sich nicht! Für gar nichts! Hauptsache, man kann alle unschönen Entscheidungen von sich und auf *das System* schieben. Aber bei einer Sache hilft ihr System nicht! Karma! Und das vergisst nicht! Schönen Tag noch!«

Somit packte ich meine Tasche, stapfte aus dem Büro und ja, ich knallte tatsächlich die Tür zu, aber ich war so schrecklich sauer! Alles hatte von diesem verdammten Termin abgehangen! Ich war sogar beim Frisör gewesen, hatte mir ein paar helle Strähnen in die langweilig braunen Haare machen und mir einen Longbob schneiden lassen; ich hatte mir einen Hosenanzug gekauft und, so wie Vivi mir geraten hatte, zwei Knöpfe offen gelassen. Dazu trug ich einen Push-up und Heels! Meine Füße waren mittlerweile taub und wucherten vor Blasen, und für was?

Dafür, dass ich von diesem versnobten Typen angeschaut und behandelt wurde wie der Dreck unter seinen Fingernägeln, der seiner Aufmerksamkeit nicht würdig war – außer um ihn zu beseitigen. So wie mich gerade eben.

Als hätte er es gerochen, rief Tristan an, während ich aus dem Bankgebäude stürmte. Ich ging ruppig ran.

»Bankmenschen sind arrogante Arschlöcher!«

»Da sagst du mir nichts Neues, Baby. Das heißt, es lief nicht gut?«

»Nein! Es lief richtig beschissen!« Wütend stöckelte ich die Treppen runter und auf mein Auto zu, das Tristan mir kurz nach der Hochzeit geschenkt hatte. »Ich habe irgendeinen uralten Schufaeintrag, weiß der Geier von was, und deswegen kriege ich keinen Kredit! Nicht mal 25.000. Gar nichts!«

»Scheiß auf die Snobwichser, auf die kann man sich nie verlassen, wenn's ernst wird! Ich kenne jemanden, der …«

»NEIN! Du gibst mir schon genug, Tristan!«

»Baby! Wir sind verheiratet. Was mir gehört, gehört auch dir!«

»Ja, aber ich will auch selber etwas dazu beitragen!«

»Du trägst sehr viel dazu bei. Du bist da, du bist schön, du kümmerst dich um unsere …«

»NEIN, Tristan! Du reißt dir den Hintern auf und steckst jeden Cent in meinen Traum! Ich kann nicht noch mehr von dir verlangen, wie auch? Willst du noch mehr arbeiten? Außerdem will ich gar nicht wissen, mit welchen zwielichtigen Gestalten du in Verbindung treten müsstest, um an das Geld zu kommen. Das ist es nicht wert! Dann warte ich eben noch ein paar Jährchen!«

»Aber es ist JETZT die Zeit dafür, deine Träume zu leben, wenn sie frisch und voller Energie sind! Das weißt du genau!« Oh ja, das wusste ich wirklich. Wenn nicht jetzt, wann dann? Ich seufzte schwer und wollte gerade etwas sagen, als bei Tristan im Hintergrund eine grässliche weibliche Stimme erklang.

»Mister Wraaaangler, wir sind jetzt feeeertig. Kommen Sie?«, rief sie schleimig und mein innerer Vulkan fing wieder an zu brodeln. Allein ihre Stimme machte mich aggressiv, und ich konnte nicht anders als ihn anzublaffen.

»Geh nur! Ich komme klar!«

»Mia ...« knurrte er. »Ich weiß, dass du wegen dem Bankfuzzi auf hundertachtzig bist. Gib mir seinen Namen und ich erledige das, aber wage es nicht, jetzt einfach angepisst aufzu...« Da hatte ich es schon gewagt und aufgelegt. Mir doch egal, sollte er sich seiner Assistentin widmen! Er hatte für sie sowieso mehr Zeit als für mich! Zur Sicherheit schaltete ich mein Handy aus, denn ich wusste, er würde jetzt sicher nicht lockerlassen. Okay lockerlassen war noch harmlos ausgedrückt. Er würde durchdrehen, so laut brüllen, dass sogar ich es hören könnte, Amok laufen, die Erde aus ihrer Umlaufbahn schleudern und anschließend schlichtweg verpuffen ...

Wie auch immer.

Ich war so in Rage und bekam von meiner Umwelt so wenig mit, dass ich gar nicht merkte, wie ich frontal in eine Menschenmenge rannte, die brav an einer Ampel darauf wartete, die Straße zu überqueren. Meine Aktentasche fiel zu Boden, natürlich, wie sollte es auch anders sein, direkt in eine Pfütze.

»Verdammt!«, rief ich, als ich sah, wie sich meine Zukunft mit Wasser vollsog, und bückte mich hektisch, um alles aufzusammeln. Genau in dem Moment griff auch eine andere Hand danach und unsere Finger berührten sich. Irgendetwas dumpf Bekanntes durchströmte mich, und als ich aufblickte, musste ich sofort lachen.

»Martin!«, rief ich in dem Moment, als er »Mia« sagte, und dann war alles klar. Das Schicksal schlug mal wieder zu ...

***

Manchmal schickt einem das Schicksal längst vergessene Menschen, in genau dem richtigen Moment. Und die entpuppen sich dann als wahre Engel auf Erden. Martin war so ein Engel.

Wir unterhielten uns beim Kaffeetrinken drei Stunden lang, wobei er die meiste Zeit damit verbrachte, mich zu überreden, seinen Scheck anzunehmen, nachdem ich ihm von meinem Konzept erzählt hatte. Denn aus ihm war – ich konnte es einfach nicht glauben – ein erfolgreicher, steinreicher Geschäftsmann geworden. Er hatte schlagende Argumente. Erstens war er mittlerweile Multimillionär und die Summe für ihn nur Peanuts, zweitens wollte er bei so einem tollen Projekt unbedingt Investor werden, drittens musste er irgendwie Steuern einsparen und viertens machte er es fürs Karma. Irgendwann war ich es leid und steckte den Scheck einfach in meine Tasche. Anschließend fiel ich ihm um den Hals und weinte – vor Glück, vor Erleichterung, aber auch vor Scham, weil ich ein schlechtes Gewissen hatte, sein Geld zu akzeptieren. Doch er winkte nur ab und fragte, ob ich vielleicht seine Nichte auch aufnehmen könnte, wenn es so weit war, weil sie ihre Eltern und ihr gesamtes Umfeld in den Wahnsinn trieb. Natürlich sagte ich zu und gab ihm zur Überbrückung noch ein paar Tipps mit auf den Weg. Es war toll, jemanden zu haben, der an meine Vision glaubte, der mich ernst nahm und der darin voller Zuversicht investieren würde. Nicht so wie dieser einfallslose, festgefahrene Sesselfurzer aus der Bank, nicht so wie der Rest der Gesellschaft, wenn du mit etwas Neuem kommst.

***

Es roch köstlich, als ich die Haustür öffnete. Automatisch schlich sich ein Lächeln in mein Gesicht. Wahrscheinlich kochte Vivi, die heute auf Eli aufgepasst hatte, etwas für meine Kinder. Irgendwas mit Hähnchen und Gemüse und … Oh, Tristan saß mit Eli am Tisch, die Kleine auf seinem Schoß, und malte mit ihr, während Robbie daneben seine Hausaufgaben erledigte. Der Tisch war wunderschön gedeckt, was sofort ein schlechtes Gewissen auslöste, denn so viel Mühe hatte ich mir schon ewig nicht mehr gegeben, einfach weil ich keine Zeit hatte. Sogar Kerzen erhellten den Raum und ich lächelte breiter. Dann bog ich allerdings um die Ecke und schaute in die Küche. Mein Lächeln fiel in sich zusammen, denn da stand nicht etwa eine meiner Schwägerinnen. Nein. Eine blonde Schönheit mit Pferdeschwanz, HOTPANTS, knappem weißem Oberteil und lässigen Cowboy-Stiefeln schwang ihren Hintern zu irgendeinem Lied von Maroon5, das im Radio lief. Ziemlich aufreizend – in Tristans Richtung. Er sah nicht hin, aber das war egal!

Was sollte das?

Was sollte seine dämliche Assistentin hier bei mir zu Hause?

Ich knallte meine Aktentasche so laut auf den Tresen, dass Tristan, Robbie und das blonde Miststück zusammenzuckten. Meine Hand bebte vor Wut! Sonst hatte er nie Zeit, um daheim zu sein, aber heute, an dem Tag, an dem ich mal nicht hier sein konnte, war er natürlich anwesend und ließ sich von einer fremden Frau bekochen! Die wirbelte herum und grinste, als sie mich sah.

»Oh, hallo! Ich habe mir gedacht, ich mache deinen Männern mal was Richtiges zu essen!«, meinte sie leichthin und holte einen duftenden Auflauf aus dem Ofen. *Okay, sie ist tot. Toter als tot. Tot, toter, am totesten! Was Richtiges zu essen, pah, es gibt gleich Barbieauflauf!*

»Und sie kann kochen, Baby! Das glaubst du gar nicht!«, gab Tristan auch noch dazu, als sie das Ding auf den Tisch stellte, während er konzentriert ein Einhorn malte, mit Penis als Horn. Ich verdrehte die Augen und war froh, dass Eli noch so klein war und ›das Kunstwerk‹ nicht verstand. Robbie hingegen kriegte sich gar nicht ein vor Lachen und malte auch eines. »Robbie, pack schnell ein! So was Gutes hast du noch nie gegessen!«, murmelte er seinem Sohn zu, der sofort Feuer und Flamme war und seine Hefte unordentlich in den Star-Wars-Ranzen stopfte, der neben dem Tisch stand. Meine Hände bebten mehr, Tristan hingegen bekam von der drohenden Katastrophe gar nichts mit.

»Ach«, presste ich zwischen den Zähnen hervor, während ich beobachtete, wie die Schlampe – und ja, das war sie in meinen Augen, allein ihr Outfit sprach Bände – Tristan ein Bier einschenkte. Er lächelte zufrieden und trank einen Schluck, sah mich nicht einmal an. Dabei hatte ich mich nicht nur für den Banktermin herausgeputzt, sondern auch für ihn. Ich wollte ihm auffallen, damit er mich mal wieder als Frau wahrnahm – mit weiblichen Reizen. Doch seit ich heimgekommen war, hatte er mir nicht einen Blick geschenkt. Gut, er konzentrierte sich auf das Gekritzel seiner Tochter sowie seine eigenen seltsamen Zeichenkünste, aber trotzdem. »Robbie …«, presste ich hervor. »Geh kurz hoch, ja, Schatz?«

»Aber Mama!«, empörte dieser sich mit großen, wunderschönen Augen, die immer grünbrauner wurden und denen seines Vaters glichen. »Gleich gibt es Michelles Spezial-Auflauf.« Mittlerweile ballte ich die Hände zu Fäusten, schloss die Augen und zählte innerlich bis zehn.

»Genau! Und danach bekommt ihr beide noch Michelles Spezial-Massage!«, verkündete MICHELLE locker und zwinkerte Robbie zu. Gott, ich brauchte ein Messer! Sofort!

Reichte es noch nicht an Beschissenheit für einen Tag? Musste sie mich auch noch so reizen?!

Gleich würde ich explodieren und diese Blöße würde ich mir vor diesem kleinen Flittchen nicht geben. Liebend gerne wollte ich ihr einen wunderbar gewitzten Text reindrücken, der sie in ihre Schranken verwies und mit offenem Mund zurückließ, der ihr zeigte, wem Tristan Wrangler gehörte. Danach würde ich ihr so tief in den Arsch treten, dass sie bis zum Bach flog – nur leider hatte ich seit meiner Kindheit immer noch dasselbe Problem: Ich musste heulen, wenn ich wütend wurde! Und das würde ich vor ihr sicher nicht!

»Na dann viel Spaß dabei!«, zischte ich, drehte mich um und trampelte die Treppen hoch.

Gerade so schaffte ich es ins Bad, als die ersten Tränen auch schon überliefen. Schnell schlug ich eine Hand vor den Mund, denn das Schlimmste wäre, wenn jemand mitbekäme, wie ich zusammenbrach. Aber Tatsache war, ich würde das nicht mehr lange aushalten, wenn es so weiterging. Dieses ständige Gebuhle um meinen Mann zerrte unsagbar an meinen Nerven. Und es war nicht nur diese Michelle. Sogar beim Einkaufen, Spaziergang im Park oder wenn er Eli vom Kindergarten holte, ließen sie ihn nicht in Ruhe. Die Frauen machten ihn ständig an – egal, ob sie sahen, dass er verheiratet war. Sie besaßen kein Gewissen, keine Scham, keinen Anstand, wie wilde Tiere stürzten sie sich auf ihn. Teilweise waren es richtige Supermodels, wie seine junge, knackige Praktikantin. Es verunsicherte mich enorm. Besonders weil sie so schön und ich so ein Truthahn war. Von meiner schlanken Figur war nach der Geburt nichts mehr zu sehen, genauso wenig wie von meinem Selbstbewusstsein. Tristan betonte zwar, dass er es liebte, wenn ich mehr drauf hatte, aber sicherlich liebte er einen knackigen Hintern ohne Cellulite noch mehr.

Schnell drehte ich die Dusche an und schälte mich aus meinen Kleidern. Genau in dem Moment, als das heiße Wasser auf mich niederprasselte und sich mit meinen salzigen Tränen vermischte, klopfte es an der Tür.

»Baby?«, rief Tristan. Ich seufzte schwer und lehnte meine Stirn gegen die Kacheln der Dusche. »Ich habe Michelle heimgeschickt, komm wieder runter! Und das meine ich doppeldeutig!« Natürlich roch er den Braten, aber ich musste nur noch mehr heulen, als seine seidige Stimme erklang, und biss mir schnell auf einen Fingerknöchel, damit er es trotz des Rauschens der Dusche nicht hörte. Allein dass er sie Michelle nannte und nicht einfach nur Schlunze, versetzte mir einen Stich. Er hämmerte fester. »Dann lass mich, verfickte Scheiße noch eins, wenigstens mit dir duschen, wenn du schon nicht rauskommst! Ich weiß, dass du mich hörst!« Langsam wurde er pissig. Aber ich reagierte trotzdem nicht, ich war zu sauer, zu verletzt, zu enttäuscht. Ich fühlte mich im Großen und Ganzen zu sehr, als wäre ich wieder siebzehn und unsichtbar für ihn. Und das machte mich auch pissig. Er hätte sie gleich in ihre Schranken verweisen müssen! Stattdessen ließ er zu, dass sie sich in unser Heim und zwischen uns drängte! Ja, er hatte sie jetzt nach Hause geschickt, aber dennoch würde er morgen wieder mit ihr zusammenarbeiten und so tun, als hätte sie nicht versucht, mir meinen Platz streitig zu machen. Wahrscheinlich dachte er sich nichts dabei, denn für ihn war es normal, an jeder Ecke von Frauen angefallen zu werden, und er wusste, wie es um seine Gefühle für mich stand, trotzdem brauchte ich immer wieder mal ein Zeichen. Ein Zeichen, dass er mich noch *sah*. Nicht nur als Mutter seiner Kinder, sondern vor allem als *Frau*. War das denn so schwer zu verstehen?!

4. Ein Affe namens Wrangler (wieder mal)

Tristan hasst klettern Wrangler

Verdammte Scheiße! Das konnte doch nicht wahr sein! Ich war so langsam mit meinem Latein wirklich am Ende! Mein Mädchen benahm sich einfach nur komisch. Ich hatte gedacht, ich würde ihr einen verdammten Gefallen erweisen, wenn ich heute früher heimkäme, um anstelle von Vivi auf die Kinder aufzupassen. Sogar kochen wollte ich meinem Baby was. Okay, ich hatte es versucht und dabei beinahe das verdammte Haus abgefackelt. Nachdem sich der dichteste Rauch verzogen hatte und ich wieder atmen konnte, hatte ich panisch meine Assistentin angerufen. Natürlich war sie gekommen, hatte die Küche geduldig und ganz ohne zu lachen aufgeräumt, auch das Wohnzimmer, und sogar noch angeboten, das Essen zuzubereiten. Yeah!

Doch anstatt, dass sich Mia über die Unterstützung freute, stürmte sie nach oben und sperrte sich kurzerhand im Bad ein. Mir war absolut schleierhaft, was ich schon wieder falsch gemacht hatte. Völlig perplex schickte ich Michelle nach Hause und legte Eli auf ihre Krabbeldecke im Wohnzimmerbereich. Dann sagte ich Robbie, er solle aufpassen, und ging nach oben. Mia machte natürlich nicht die verdammte Tür auf, denn wenn sie wollte, war sie ein verdammter Sturkopf! Ich hämmerte mir meine Faust fast blutig, aber sie reagierte nicht.

»WIE DU WILLST!«, brüllte ich schließlich, stapfte verdammt wütend nach unten und betrank mich – okay, ich stellte mir vor, mich zu betrinken, denn genau genommen trank ich nie mehr als zwei Bier, wenn ich mich um meine Tochter kümmern musste. Mit Eli neben mir schlief ich schließlich auf der Couch ein und wachte erst irgendwann in der Nacht wieder auf.

Ich war völlig allein, im Dunkeln.

Eli war weg.

Müde motzend rieb ich mir die Stirn und taumelte dann die Treppen nach oben. Doch als ich ins Schlafzimmer gehen wollte, traf mich fast der Schlag.

Es war abgesperrt!

Mein eigenes verdammtes Schlafzimmer mit meinem eigenen verdammten Mädchen und meiner eigenen verdammten Tochter war abgesperrt! Ich konnte es nicht glauben und unbändige Wut fing langsam, aber sicher an, durch meine Adern zu rauschen!

Was zum verfickten FUCK soll das?

Mir entwich ein mörderisches Knurren, als die Tür nicht aufging, und ich machte einen Schritt zurück, ballte die Hände zu Fäusten und knirschte mit den Zähnen. Langsam ging sie zu fucking weit! Allerdings konnte ich jetzt auch nicht wie ein Irrer rumhämmern, schließlich wollte ich Robbie und Eli nicht wecken. Aber niemand, nicht mal Mia selbst, trennte mich von meinem Engel! Ich hatte es schon einmal fast geschafft und diesmal waren die zwei Pisser nicht dabei!

***

Zehn Minuten später hatte ich am wieder aufgebauten Rosengatter erfolgreich das Haus erklommen und schwang mich auf unseren Schlafzimmerbalkon. So wie immer im Sommer war die Tür offen, nur die Fliegengittertür trennte mich noch von meiner blutigen Rache. Okay, blutig würde sie nicht werden, aber schmerzhaft, denn ich war voll im Psycholovermodus!

Niemand außer fucking Mia Marena Wrangler schaffte es, mich so zu reizen, dass ich mich zum oberfucking Affenhorst machte. Erst an der Leiter, jetzt an diesem beschissenen Rosengatter! Dafür würde sie schreien! Und zwar meinen Namen! Während ich ihr den Arsch versohlte! Dann würde ich ihren Mund ficken und dann würde ich ihr diese Zickigkeit ein für alle Mal ausvögeln und wieder mein ganz normales Mia-Baby aus ihr machen! Und wenn es die ganze Nacht dauerte! Denn dass sie heute Nachmittag einfach aufgelegt und dann ihr Handy ausgeschaltet hatte, hatte ich natürlich auch nicht vergessen.

Leider lag sie aber da wie ein herabgefallener Engel, sobald ich an das Bett trat. Spuren von getrockneten Tränen benetzten ihr wunderschönes Gesicht. Ihre Brust hob und senkte sich langsam, sie schlief friedlich. Auf dem Rücken, einen Arm über dem Kopf, ein wunderschönes Bein lugte unter der Decke hervor, so wie immer. Ihre Haare glänzten selbst im Mondschein und als hätte sie meine Präsenz gespürt, flüsterte sie: »Tristan …« Ihre winzig kleine Hand strich über ihren Körper, über ihre Brust, ihren Bauch, immer weiter herab. Meine Augen wurden größer. War sie wach und wollte mich mit ihrer süßen verschlafenen Show verführen oder war ihr Unterbewusstsein tatsächlich so teuflisch?

Auf jeden Fall erzielte es seine Wirkung. Nur ein Wort von ihren wunderschönen Lippen und meine Wut verpuffte sofort. Zurück blieb ein fast schon schmerzhaftes Ziehen in der Herzgegend und ein Pochen im Schritt. Verdammte Scheiße, ich liebte diese Frau so sehr, dass es wehtat – wortwörtlich! Sie rieb ihre Beine aneinander, ihre Nippel wurden unter dem dünnen Stoff des weißen Nachthemdes steif und ich konnte nicht anders. So schnell hatte ich mich noch nie aus meinen Kleidern geschält und war bei ihr gewesen.

Vorsichtig zog ich die Decke weg – genauso wie an jenem Morgen vor vielen Jahren –, kniete mich zwischen ihre Beine, schob den Stoff diese wunderschönen Schenkel hoch, worauf sie erschauerte und sich auf die Unterlippe biss. Ihr Becken fing an langsam und genüsslich zu kreisen, mich einzuladen, und als ich ihr einfaches weißes Höschen entblößte, erkannte ich genau den feuchten Fleck darauf.

Fuck! Wenn sie so weitermachte, würde ich explodieren, noch bevor ich in ihr war, also beeilte ich mich, lehnte mich über sie und strich mit meinen Lippen über ihre.

»Ich liebe dich, Mia Baby. Du bist die Einzige für mich, und auch wenn du mich verdammt nochmal anpisst, ich kann dir nicht widerstehen«, wisperte ich und schob den Saum ihres Höschens zur Seite. Dann setzte ich meinen Schwanz an. Zwar war sie nicht frisch rasiert, piekte mich ein bisschen, aber es spielte keine Rolle. Sie war feucht und heiß und absolut paradiesisch. Außerdem hoben sich träge ihre Arme, sie schlang sie um meine Schultern und sog scharf den Atem ein, als sie meine Eichel an ihrem Eingang spürte. Halb schlafend hob sie mir ihr Becken entgegen und stöhnte leise in meinen Mund.

»Ich liebe dich auch, du Idiot«, murmelte sie und ich lachte leise, was mir jedoch schnell verging, als sie ihr Becken weiter hob.

Mit einem Mal steckte ich mit der Eichel in meinem Paradies und war kurz davor zu kommen.

Verfickte Scheiße, wie war das denn jetzt passiert?!

Ich hatte sie zu lange nicht gefickt! Ich durfte nicht vor ihr kommen! *Verdammt!*

Also senkte ich den Kopf, verwöhnte ihren Hals mit zarten Küssen, strich zwischen unseren Körpern entlang und rieb zärtlich ihren Kitzler.

»Du bist so wunderschön, Baby, jedes Mal aufs Neue machst du mich sprachlos, und wie du dich erst anfühlst, wenn ich mich in dich schiebe – ganz tief.« Das tat ich zur Veranschaulichung, und sie stöhnte lauter, beugte ihren Rücken durch und spannte ihre Muskeln um mich herum an. Ganz langsam und genüsslich fickte ich sie, küsste sie, verwob unsere Finger neben ihrem Kopf – ließ uns beide emporsteigen und spürte, wie sie anfing schneller zu atmen, wie sie sich immer öfter um mich herum verkrampfte und schließlich ihre Fingernägel in meinen Rücken bohrte.

»Ich … Tristan … *Gott!*«, wimmerte sie zusammenhangslos und ich murmelte:

»Ich weiß, Baby! Komm für mich!« Doch natürlich – *natürlich* – klingelte in genau diesem Moment mein Handy in der Hose und ich biss die Zähne aufeinander. Das durfte doch nicht wahr sein! Wer hasste mich so sehr? Wer war so sadistisch, so ein Arschloch, so hundsgemein, dass er mich jetzt schon wieder störte?!

»Nein!«, rief Mia aber sofort, packte meinen Hintern und schob mich enger in sich, gleichzeitig umklammerte sie mich mit einem Mal völlig wach mit den Beinen. »Vergiss es, Mista Wrangler!« Allein diese Worte und das zeitgleiche Zusammenziehen ihrer Pussy-Power-Muskeln reichten aus und wir beide kamen – leise, aber intensiv. Es war wie ein reinigender Regenschauer nach einem Tag unbändiger Hitze; er fegte alles Schlechte weg und offenbarte das Gute, das Perfekte an uns beiden. Er offenbarte, dass wir zusammengehörten und alles schaffen würden, solange wir zusammenhielten und solange wir Sex hatten. Diesen Akt der absoluten Intimität. Denn eins war mir klargeworden. Wenn dieser in einer Beziehung fehlt, dann lebt man sich zwangsläufig auseinander. In diesem Moment schwor ich mir, das nie wieder zuzulassen! Ich schwor mir, mehr für mein Baby da zu sein!

Ich schwor mir, mehr der Mann zu sein, den so eine wunderbare und sensible Frau wie Mia verdient hatte! Und gleichzeitig betete ich, dass es noch nicht zu spät dafür war!

***

Am nächsten Morgen erzählte sie mir, dass sie jetzt einen Investor habe und ich mir keine Sorgen mehr über das Geld machen müsse. Als ich stirnrunzelnd mein Tablet sinken ließ und nachfragte, wer das bitte sei, antwortete sie mir nicht mehr, sondern beschäftigte sich damit, Robbie auszuschimpfen, weil er schon wieder seine Brotbox in der Schule vergessen hatte und ihr das erst jetzt am Morgen sagte. Sie sah dabei umwerfend aus, musste ich gestehen, wie sie im morgendlichen Sonnenschein dastand, und ich legte den Kopf schief, während ich sie eingehender betrachtete.

Irgendwas hatte sie mit ihren goldbraunen Haaren gemacht, sie waren leicht gewellt und so glänzend – und kürzer? Verführerisch fielen sie bis knapp auf ihre Schultern, und was sie erst anhatte. Verdammte Scheiße! Seit wann besaß sie so heiße Hosenanzüge überhaupt? In denen sah ihr Arsch wirklich zum Niederknien und Kopf-dazwischen-Stecken aus. Und seit wann trug sie türkisen Schmuck? Und war sie etwa geschminkt? Mia hatte sich im letzten Jahr so gut wie gar nicht mehr geschminkt. Wieso auch? Sie gefiel mir natürlich besser als zugekleistert, aber jetzt waren ihre Blaselippen betont und das hatte schon seine Vorteile – musste ich zugeben. Sie glänzten im Nude-Look, wirkten voll und saftig und wunderbar saugig. Natürlich fühlte ich sie sofort um meinen Schwanz und überlegte, ob ich Zeit hatte, mir noch schnell einen blasen zu lassen, bevor Michelle kam. Aber Mia machte mir einen Strich durch die Rechnung. Nachdem sie mit Robbie fertigeschimpft hatte, packte sie ihre

Tasche und ging in den Flur – einfach so! Trug sie da etwa High Heels? Verdammte Scheiße! Und waren die rot?

Fuck!

Wie in Trance erhob ich mich und folgte ihr, lehnte mich mit hochgezogener Augenbraue und verschränkten Armen in den Türrahmen und beobachtete, wie sie Eli anzog.

»Ich bringe heute Robbie selbst zur Schule und Eli zu Katha«, verkündete sie wie nebenbei und schaute auf ihre Uhr. »Danach muss ich noch ein paar Dinge wegen meines Projekts erledigen. Ich will mich mit Schwester Carmen treffen.«

»Und ich will dich jetzt ficken!«, hauchte ich verführerisch und hielt Robbie dabei schnell die Ohren zu.

»Danach treffe ich mich mit dem Bauträger und dem Investor.« Heilige Scheiße! Sie ignorierte mich einfach! Robbie verdrehte die Augen und gab mir einen Kuss, für den ich in die Hocke ging. Dann fiel mir Eli noch um den Hals und drückte mich ganz fest mit ihren kleinen pummligen Ärmchen. Verdammt, ich liebte ihren Geruch einfach, schloss die Augen und atmete tief durch. Manchmal wollte ich meine Tochter nie loslassen, nie allein in diese gefährliche graue Welt lassen, doch Mia nahm ihre Hand und zog sie von mir weg.

»Komm, Schatz! Wir sind schon spät dran!« Ich stand auf, sie drückte einmal abwesend ihre wundervollen Blase-Lippen auf meine VERFICKTE WANGE, dann drehte sie sich um und wirbelte aus der Tür.

EINFACH FUCKING SO!

Ich blieb mit Stanley alleine im Flur zurück, der ihnen genauso verdattert nachsah wie ich.

EIN WANGENKUSS?

VON MEINEM MÄDCHEN?

War dies ein verdammter Albtraum?

Zur Überprüfung kniff ich mir in den Arsch, aber ich befand mich eindeutig in der Realität.

Hm.

Okay.

Jetzt, wo die Geldfrage geklärt war, sprühte sie natürlich voller Elan und war völlig auf ihr Projekt konzentriert. Sie wollte endlich, dass es weiterging, das merkte man genau. Das hätte sie auch früher haben können! Aber sie hatte sich ja geweigert, von mir mehr als 50.000 anzunehmen, was total dämlich war. Aber gut, wenn sie meinte.

In aller Ruhe ging ich zurück zur Essecke, frühstückte zu Ende und ignorierte das Bauchgegrummel, das immer intensiver wurde.

5. Offenbarte Gesichter

Mia beschäftigt Wrangler

Martin war zu einem charmanten, gut aussehenden Mann herangewachsen, was für uns wirklich von Vorteil war. Er erwies sich als durchsetzungsfähig und machte sich seine Wirkung zunutze. So kamen wir schnell voran. Wir würden zehn Holzhütten in den Wald gleich bei Tristans und meinem Haus bauen lassen, mit jeweils vier Stockbetten und drei Schränken, ohne Waschbecken und Klo, ohne fließendes Wasser und Strom. Die Jugendlichen würden ihr Essen selber anpflanzen, ernten und zubereiten. Geplant war die Aushebung eines Brunnens sowie Plumpsklos. Nur eine einzige – die größte – Hütte würde mit Strom und sanitären Einrichtungen ausgestattet werden, da sie als Küche und Gemeinschaftsraum dienen sollte – vielleicht sogar mit Kamin. Ich überlegte mir, das Camp ›Back to basics‹ zu nennen, denn eines war klar, genau das hatten die Jugendlichen und Kinder heutzutage nötig! Und nicht nur die! Es würde auch einigen Erwachsenen guttun, mal ein paar Tage ohne den Fortschritt auszukommen. Auf jeden Fall hatten wir vor, diese Hütten von Straftätern aus dem nahegelegenen Gefängnis bauen zu lassen. Dies war ein weiteres soziales Projekt, das uns unterstützen würde, und ich war wahnsinnig stolz darauf. Dessen Schirmherrin war so scharf auf Martin, dass es locker als rollig durchging.

Sie hörte nicht auf, ihm Avancen zu machen, während wir gemeinsam zu Abend aßen, und er wusste ganz genau, wie er diese zu unserem Vorteil nutzen konnte.

Mir gegenüber war die blonde, ungefähr vierzigjährige Jennifer Steiger insbesondere bei unserem ersten Treffen eher reserviert gewesen. Sie hatte auf mich herabgesehen, als wäre ich ein kleines, nichts könnendes Mädchen, weswegen ich mich heute für einen Hosenanzug und eine Aktentasche entschieden hatte. Meine Haare trug ich zu einem straffen Pferdeschwanz gebunden und versuchte, im Großen und Ganzen professionell rüberzukommen, ohne dieser aufgetakelten Sumpfkuh ins Gesicht zu springen, während ich permanent lächelte. Martin hatte eine ganz andere Taktik – er füllte ab, und zwar uns beide.

Die Cocktails schmeckten von Stunde zu Stunde besser. Der Zeiger rückte immer weiter voran und die Stimmung wurde stetig ausgelassener. Irgendwann schwang Martin seinen Arm hinter mich über die Lehne der Sitzbank. Sofort rutschte ich etwas von ihm weg, denn sein Parfum traf mich genauso unvorbereitet wie seine plötzliche Nähe, und versteifte mich. Vorsichtig schielte ich zu ihm, aber er war völlig in das Gespräch mit der anderen Frau vertieft. Seine blauen Augen konzentriert auf sie gerichtet – er machte mich eindeutig nicht an!

Puh!

Gott sei Dank!

Das hätte mir gerade noch gefehlt!

Losgelöst lehnte ich mich wieder zurück und bestellte noch einen Cocktail.

Eine Stunde später befand ich Martins Arm als ziemlich gemütlich und so schön warm. Seine Nähe fühlte sich nicht mehr ganz so falsch an. Eigentlich ganz gut, ein wenig so wie damals – geborgen, wie bei einem großen Bruder, wie bei Phil. Kurz stach es in meinem Herzen, als ich überlegte, wann ich mich das letzte

Mal bei Tristan so gefühlt hatte, wann ich mit ihm das letzte Mal essen gewesen war oder sonst ein paar ruhige Stunden mit ihm verbracht hatte. Ich seufzte und kuschelte mich enger an Martin, der seinen Arm wie selbstverständlich um meine Schulter und mich an sich drückte. Ich lächelte und meine Lider fielen zu. Fast schlief ich ein, eingelullt von Martins leicht rauer Stimme und dem Quaken von der Rolligen. Es war ja so gemütlich, so behaglich.

»Ähm, Mia?« Es war eine mir allzu bekannte Stimme, die mich dazu brachte, die Augen wieder aufzureißen, was gar nicht so leicht war. Ich musste ein paar Mal blinzeln und meinen Blick fokussieren, um zu erkennen, wer vor mir stand.

»Phil! Altes Haus!«, rief ich aus, als ich meinen riesigen Schwager in seiner schwarzen, an einen Ninja erinnernden Kochkleidung vor mir stehen sah. Natürlich waren wir in sein Restaurant gegangen, es gehörte ja auch Tristan, somit musste ich nie etwas zahlen für mein Essen, was wie immer vorzüglich war. Genauso wie die Cocktails übrigens. Oder der Koch.

»Bist du besoffen?«, rief er und visierte nicht gerade amused Martins Arm an, der immer noch wie selbstverständlich um meine Schulter lag.

»Neee, ich doch nich.« Ich unterstrich diesen Kommentar mit einem aussagekräftigen *Rülps*. Jennifer zuckte zusammen und sah mich angewidert an, während Martin lachte.

»Oh Süße, du bist so köstlich! Wie ich dich doch vermisst habe!«, sagte er grinsend und küsste meinen Scheitel. Phil knurrte, ich sprang auf und wollte seinen Arm beruhigend tätscheln, der irgendwie an Muskelmasse zugenommen zu haben schien. Pumpte sich Phil auf, oder was? Doch ich stolperte über diese blöden Stelzen, die sich meine Beine schimpften, und fiel nach vorne.

»Huiiii, der fallende Schwan kommt!« Vier Hände griffen nach mir. Mein Schwager fing mich auf – ziemlich unliebsam.

»Okay, du bist total besoffen!«, knurrte er mich an und hielt mich an den Schultern aufrecht. »Was denkst du dir dabei? Es ist schon zwölf!«

»ESCHT? Ich dachte, es is grade mal sechs?«

»Du schaust falsch rum auf deine Uhr, Mia.« Phil klang, als wäre er mit seiner Geduld langsam am Ende. Keine Ahnung, wieso. Zähneknirschend nickte er in Martins Richtung.

»Was tut der Spast hier?«

»Wie bitte?« Martin dachte wohl, sich verhört zu haben, und stand auf, doch ich lachte und winkte ab.

»Das ist doch Martini. Oh, ich liebe Martini, er kommt immer, um mir zu helfen!« Zur Verdeutlichung nahm ich mein Glas, um mir den Rest in den Rachen zu schütten. Da kam aber nichts mehr raus, deswegen drehte ich das Glas auf den Kopf und streckte die Zunge aus. Dabei verrenkte ich mich halb, was mich aber nicht daran hinderte, mit der Zunge jeden noch erdenklichen Rest auszulecken. Nebenbei hörte ich Phil schwer seufzen.

»Wie auch immer!«, schaltete sich Martin jetzt ein, trat an meine Seite und packte meinen rechten Arm, obwohl mich Phil immer noch unnachgiebig an den Schultern festhielt. »Ich fahre sie jetzt nach Hause!«

»Einen Scheiß wirst du tun!«, knurrte Phil sofort und verfestigte seinen Griff.

»Na, na, na, seid lieb!« Ich tätschelte ihre Oberkörper. »Wir sind alle Teil eines Ganzen, bla bla, streitet euch nicht, bla bla, rettet die Wale und die sibirischen Tiger und so weiter und so fort!« Sie hörten irgendwie nicht auf meine Weisheiten, sondern funkelten sich nur über meinen Kopf hinweg wütend an, und wenn Phil eins konnte, dann das. Er war schließlich Tristans Bruder und hatte seine Augen und die konnten funkeln. Oh Mann, oh Mann, da wurde mein Höschen feucht, obwohl nicht mal der richtige Wrangler neben mir stand. Er riss sich die Kochmütze vom Schädel und pfefferte sie auf den Tisch, dann beugte er sich vor, sodass Martin und er fast Nase an Nase waren.

»Wenn du nicht willst, dass diese Hand bricht, solltest du sie ganz schnell von meiner Schwägerin nehmen. Ich zähle bis drei!« Martin ließ mich augenverdrehend los und hob beide Hände.

»Ist ja gut, Mann! Ich will keinen Ärger! Ist es okay für dich, wenn Mister Neandertaler dich heimfährt?« Ich zuckte die Schultern und rülpste. Mir doch egal.

Martin lachte und beugte sich vor, um rechts und links meine Wange zu küssen.

»Bis morgen!«, verkündete er warm, da wurde ich von Phil schon davongeschleift. Im Gehen vor sich hin motzend zerrte er sich seine Schürze von den Hüften und offenbarte seinen knackigen Hintern in seiner dunklen Hose, die er zusammen mit einem gleichfarbigen engen T-Shirt immer zum Arbeiten anzog.

»Oh lala!«, lallte ich und klatschte ihm auf den Arsch.

»MIA!«, empörte sich mein sexy Schwager empört und ich kicherte vor mich hin.

»Dir wird das Lachen gleich vergehen!«, versprach der große Phil, während er auf seinem Handy rumdrückte und mich zu den Aufzügen in die Tiefgarage führte. »Ich möchte wirklich nicht in deiner Haut stecken!« Mit diesen Worten stopfte er mich in den Lift, und ich lehnte mich schwer gegen die Wand, während er darauf wartete, dass am anderen Ende der Leitung abgehoben wurde. Nur ganz langsam wurde mir klar, was er tun wollte, und ich sprang ihn panisch an, aber es war bereits zu spät.

6. Enthüllungen

Tristan ein bisschen sauer Wrangler

»NEIN, TU DAS NICHT!«, brüllte eine weibliche Stimme in den Hörer, die sich verdächtig nach meiner Frau anhörte, sobald ich abgehoben hatte, dann keuchte Phil.

»Ich muss! HIER!«

Es raschelte, dann erklang eine schuldbewusste, dünne weibliche Stimme – so lallend, wie ich sie noch nie gehört hatte. »Hallo, ist da der absolut geniale an Sexyness nicht zu überbietende, wunderbare, tolle …«

»Du bist ja total besoffen!«, unterbrach ich sie knurrend, mit meiner Geduld bereits am Ende.

»Ähm, ein bisschen.«

»Aha.«

»Sag ihm, mit wem du dich heute Abend getroffen hast!«, forderte Phil im Hintergrund. Dann hörte ich eine Autotür knallen, weiteres Rascheln, ein Rülpsen und ein Stöhnen.

»Nein!« Ein Motor wurde gestartet.

»Sag es ihm oder ich sage es!«, drohte mein großer Bruder eiskalt und Mia schluckte hörbar.

»Ähhhm, mit dem Nikolaus!«

»MIA!«, zischte ich.

»Dem Osterhasen?« Ich kniff mir in die Nasenwurzel und zählte langsam bis zehn. »Der Impotenzgöttin!«

»REIZ MICH NICHT!«

»Jetzt hab ich es! Es war die Schwanzfee!«, rief sie, dann raschelte es erneut und Phil sprach jetzt direkt in den Hörer. »Es war Martin. Martin von damals aus der Schule. Arschkrapfen oder wie du ihn auch immer nanntest.« Und mein Herz rutschte ungelogen in meine Calvin-Klein-Shorts.

»WAS?«, blaffte ich, sprang auf die Beine, raufte mir die Haare und fing an hin und her zu tigern.

»JA, genau das dachte ich auch, und du willst gar nicht wissen, wie sie sich an ihn geschmiegt hat, wie ein kleines rolliges Kätzchen, als wäre er die letzte Schüssel Milch auf dieser Welt.«

»HAB ICH GAR NICHT!«, rief Mia im Hintergrund und dann: »Ich glaub, mir wird schlecht!«

»Okay, Bruder, ich wollte es dir nur sagen. Ich habe sie aufgegabelt und bringe sie jetzt nach Hause, ich muss aufhören! Die Sitzbezüge sind neu!« Dann legte Phil einfach auf und ließ mich alleine mit meinem Handy in meinem Wohnzimmer zurück.

MARTIN!

ARSCHKRAPFEN!

OBERWICHSER!

DERJENIGE, DEM ICH BALD WIEDER DIE FRESSE POLIEREN WÜRDE!

Was wollte er von meinem Mädchen?

Was fiel ihm ein, sich erneut in unser Leben einzumischen?!

Verfickte Scheiße, mit einem Mal war ich auf 180 wie noch niemals zuvor in meinem Leben und ich wusste, ich musste mich wirklich beherrschen, sonst würde ich durchdrehen, sobald sie da wäre.

Mir blieb nur eine einzige Wahl! Ich musste Tristan verführen! Sofort und auf der Stelle!

Das wusste ich, sobald ich aus dem Auto und auf unsere Haustür zu torkelte. Nachdem ich mich lauthals in den Straßengraben übergeben und so ungefähr eine Packung Kaugummis gekaut hatte, war mein Kopf etwas geklärt. Leider.

Es war absoluter Mist, dass Tristan jetzt wusste, dass ich etwas mit Martin zu tun hatte! Ich wünschte, er hätte es noch nicht rausgefunden und vor allem nicht so!

Phil war ein Arsch!

Und so bekam er von mir noch einen Stinkefinger, als er davonfuhr. Hoffentlich hatte er ihn noch gesehen. Als Nächstes fummelte ich am Schloss herum, doch sobald der Schlüssel das Metall auch nur berührte, wurde die Tür aufgerissen und mein Ehemann stand vor mir.

Riesig.

Dunkel.

Und total angepisst!

Wie immer wirkte er sehr eindrucksvoll, wenn er ich in dieser Stimmung befand, und ich schluckte trocken.

»Hi Schatz?«, meinte ich leichthin und lächelte. Er verschränkte lediglich die kräftigen Arme vor der breiten Brust, die in einem einfachen schwarzen Muskelshirt steckte, und zog eine scharf geschnittene Augenbraue hoch. Prompt wurde ich so richtig heiß, denn er war so verdammt sexy und ich mit einem Mal so verdammt geladen! Ich wollte ihn dermaßen, dass es zwischen meinen Beinen fast wehtat, aber Tristan war eindeutig nicht in Stimmung, und das sollte schon was heißen bei einem Sexsüchtigem wie ihm.

Er trat zur Seite und ließ mich reinstolpern. Ungelenk streifte ich mir die Schuhe von den Füßen. Mein Herz schlug mit einem Mal bis zum Hals. Ich war mir seiner Nähe nur allzu bewusst und tausende Bilder davon, was er mit mir tun konnte, wenn er so angepisst war, fluteten meinen Geist, genauso wie mein Höschen. Bald würde ich davonschwimmen.

Doch es ernüchterte mich, als er sich wortlos abwandte und ins Wohnzimmer ging. Langsam folgte ich ihm auf dünnen Söckchen. Er saß bereits auf seinem Chefsessel vor dem Kamin und starrte ins Feuer. Dass er jetzt nicht ausflippte, ja nicht einmal was sagte, verunsicherte mich enorm. Meine Hände wurden schweißnass, als ich im Türdurchgang stehen blieb und sein wunderschönes Seitenprofil betrachtete. Ich nestelte an meinen Fingern herum, zerkaute meine Lippe und überlegte, was ich machen sollte, doch schließlich kam ich nur zu einem Entschluss.

Auf in den Kampf!

Also ging ich auf ihn zu und zwischen seinen gespreizten Beinen auf die Knie.

»Martin ist nichts weiter als ein Investor«, murmelte ich, legte meine Wange an sein Knie und rieb sie sanft daran. Er schnaubte nur abfällig als Antwort, sah mich nicht an, sondern mit hoch erhobenem Kinn an mir vorbei. Sein Kiefer war so sexy – besonders mit diesem dunklen Bartschatten, der ihn noch männlicher machte, als er sowieso schon war.

Mist!

Ich musste härtere Geschütze auffahren, das wurde mir sofort klar. Kurzerhand krabbelte ich einfach auf seinen Schoß, wobei ich fast stürzte. Tristan hielt mich wie nebenbei davon ab, indem er meinen Arm packte. Ich schlang meine Arme um meinen Nacken und sah ihm tief in die Augen.

»Der Einzige, den ich will, bist du!« Somit setzte ich alles auf eine Karte, beugte mich vor und presste meine Lippen auf seine.

Sein Mund rührte sich genauso wenig wie sonst etwas an ihm, und ich war schockiert. Kaum hatte ich das verkraftet, packte er mich plötzlich an den Haaren und zog mich von sich weg. Als ich auf seinen Blick traf, stockte der Atem in meiner Kehle, denn seine Augen waren eiskalt – so wie damals, vor langer, langer Zeit.

»Glaubst du etwa wirklich, ich tue dir den Gefallen und fasse dich an, wenn gerade ein anderer Mann seine Finger an dir hatte?«, raunte er sanft und seine sanfte, aber gefährliche Stimme nistete sich sofort tief in meinem Bauch ein. »Glaubst du wirklich, ich werde dich *ficken*, wenn du mich anlügst, Mia? Glaubst du wirklich, du kannst mich verarschen und dann deinen Körper einsetzen, um alles ungeschehen zu machen? Einfach so?« Er wurde nicht laut, er schrie nicht, er sprach nur mit eisiger Kälte, einer Kälte die mich sofort um Jahre zurückkatapultierte und Gänsehaut meinen Rücken hinabrieseln ließ. »Es ist wie ein Déjà-vu. Du bist stockbesoffen und der Arschkrapfen hat seine Finger an dir. Manche Dinge ändern sich eben nie. Einmal Schlampe, immer Schlampe.« Ich keuchte auf, als er den Todesstoß ausführte. Er schüttelte nur den Kopf, als wäre alles ein Witz, hob mich hoch, stellte mich hin und stand auf. Mit einem Mal überragte er mich und das nicht nur von der Größe her. Ich fühlte mich billig und klein und ungeliebt – genau wie früher eben. Manche Dinge änderten sich wirklich nie.

So zärtlich, wie seine Stimme klang, strich er über meinen Kiefer und ich erschauerte. »Vielleicht sollte ich auch etwas mehr so werden wie der alte Tristan. Vielleicht brauchst du eine starke Hand und nicht so einen verweichlichten Idioten, wie ich es die letzten Monate war. So einen, der das hier tut.« Er griff nach rechts und machte das Licht an.

Da erkannte ich es.

Auf der Terrasse befand sich mit einem Mal ein bunt vor sich hin blubbernder Whirlpool! Mein Traum! Unter freiem Himmel! Mit Rosenblättern und Kerzen und Champagner und Pralinen und allem möglichen Kram. Sofort fluteten Tränen meine Augen. Ich hatte mich in Martins dämliche Arme gekuschelt, wo ich Tristan Wrangler im Whirlpool hätte haben können! NACKT! Was zum Teufel war nur los mit mir? War ich total durchgeknallt?

»Du wolltest es so, du kriegst es. Wie immer, Mia-Baby!«, hauchte er noch direkt in mein Ohr, küsste mich auf die Wange, drehte sich um und ließ mich allein im Wohnzimmer stehen. Während ich hörte, wie er seinen Motor aggressiv aufröhren ließ und davonraste, rollte die erste Träne meine Wange hinab. Nun war er wirklich im Psycholover-Modus und das nicht nur zum Spaß.

Wieso hatte ich ihm nicht gleich von Martin erzählt?

Wieso hatte ich ihn wegen so etwas angelogen?

Ich wusste doch, wie sehr er Unehrlichkeit hasste!

Was hatte ich nur getan?

7. Déjà-vu

Tristan pissig Wrangler

Zunächst dachte ich tatsächlich daran, einfach eine andere zu vögeln, um ihr damit zu zeigen, wie es war, so elendig hintergangen zu werden! Dann saß ich allerdings im Club, bekam einen Lapdance und meine ganz persönliche Impotenzgöttin, die zufälligerweise aussah wie Mia – mein verdammter Engel –, schlug erbarmungslos zu. In meinem ganzen Leben könnte ich niemals meinen Schwanz in eine andere stecken. Egal, was Mia auch getan hatte oder jemals tun würde. Also schmiss ich Cindy, oder wie die Schlunze hieß, gelangweilt von meinem Schoß und gab mir stattdessen lieber die absolute Alkoholkugel.

***

Ich wachte in meinem früheren Zimmer im Club auf, obwohl das nicht mehr genutzt wurde, und fühlte mich sofort an alte Zeiten erinnert. Erst mal ging ich ausgiebig strullern, versuchte dabei irgendwie zu verhindern, dass mein Kopf platzte, und schlurfte dann nach unten in die Gemeinschaftsküche, wo gleich zwei Aspirin dran glauben mussten.

Dann kam der Anruf.

Von Luca Cavalli persönlich.

Ich wurde *sofort* nach Italien abkommandiert.

Verfickte Scheiße!

Die Kacke dampfte nämlich gewaltig, was hieß, ich sollte umgehend, möglichst schon vorgestern, antanzen. Selbst einen Umweg nach Hause durfte ich nicht machen.

Stattdessen schickte ich meine Assistentin vorbei, um mir ein paar Sachen zu packen und sie zum Flughafen zu bringen. Sie würde mich natürlich begleiten – so wie sonst auch. Schließlich war sie eingeweiht und absolut unersetzlich für mich. Ohne sie hätte ich mit meinem vollen Terminkalender und der Scharade, die ich daheim spielen musste, nichts auf die Reihe bekommen.

Als mein Kopf nicht mehr ganz so dröhnte und ich alleine in der Küche war, zückte ich mein Handy und unterdrückte den Stich, den es mir versetzte, als ich bemerkte, dass Mia nicht einmal angerufen hatte, um zu fragen, wo ich war und wieso ich nicht nach Hause kam. War ich ihr mit einem Mal wirklich so egal? Klar! Sie hatte ja schließlich einen Neuen, einen Besseren! Unbändige Wut durchströmte mich, allein wenn ich an die Bilder dachte, wie sie sich an ihn schmiegte, mit ihm lachte oder die Abende lieber mit ihm als mit mir verbrachte. Und schon war ich wieder auf 180, als ich unsere Festnetznummer wählte.

Nach gefühlt unendlich langem Klingeln hob sie ab und klang dabei total fertig. Ihre Stimme war rau, als hätte sie eine Schachtel Zigaretten geraucht.

HA! Geschah ihr recht!

»Ja, hallo?«

Kurz und knapp informierte ich sie: »Hi! Ich bin es! Ich wollte dir nur mitteilen, dass ich geschäftlich für ein paar Tage verreisen muss. Meine Assistentin holt Kleidung für mich ab.«

»Was?« Es raschelte, sie richtete sich wahrscheinlich auf und hörte sich immer noch ganz verschlafen an. »Tristan, wo bist du?!«

»Würde es dich was angehen, hätte ich es dir bereits gesagt, Mia Marena«, verkündete ich eiskalt, und dann war es einige Sekunden still in der Leitung. Mein verficktes Herz drehte ein kleines bisschen in meiner Brust durch, brüllte mich an, was zur verfickten Muschi ich da tat, aber ich konnte nicht anders.

»Tristan, ich weiß, dass ich dich verletzt habe, aber das bringt doch nichts. Bitte hör auf damit.« Mittlerweile klang ihre Stimme eher gebrochen, dünn und zittrig, als hätte sie Mühe, gegen die Tränen anzukämpfen. Mit geschlossenen Augen ließ ich den Kopf nach hinten gegen die Wand fallen. Ich war so verdammt enttäuscht und wütend und konnte momentan einfach nicht auf sie eingehen. Konnte ihr nicht das geben, was sie brauchte und sicherlich auch verdiente.

»Du hast es so gewollt!«, meinte ich nur knapp und legte dann schnell auf, denn sonst hätte mein Herz wirklich meine verfickte Brust gesprengt. Außerdem wurden meine Augen feucht, wenn sie so mit mir sprach, und muschiges Rumgeheule brauchte ich nun wirklich nicht. Bevor ich es mir anders überlegen konnte, stand ich auf und ging.

Mia zieht in den Krieg Wrangler

Ich starrte das Handy an, als hätte soeben Donald Trump angerufen, um mir mitzuteilen, dass er, anstatt zu kandidieren, ab sofort die Hauptrolle in *Schwanensee* tanzen würde – wo er meiner Meinung nach auch besser aufgehoben wäre. Unfassbar, dass Tristan sich wieder so verhielt, dass er so mit mir sprach, dass er wieder so eiskalt zu mir war, dass er immer noch nicht verstand, wo es uns hinführte, wenn wir unsere Probleme so lösten, anstatt wie erwachsene Menschen darüber zu reden!

Er war jetzt mein Ehemann!

Aber er benahm sich wieder wie das totale Arschloch!

Zwei Minuten nachdem er einfach aufgelegt hatte, klingelte mein Handy abermals, während ich es immer noch anstarrte und versuchte, mir zu erklären, was da gerade zwischen uns passiert war. Sein Anruferbild verschönerte mein Display. Er, oben ohne, mit hinter dem Kopf verschränkten, muskulösen Armen auf dem Bett liegend, die Augen verdrehend, aber dabei leicht schmunzelnd. Gott, er war sogar auf einem Foto verboten sexy. Ich strich dusslig lächelnd über seine Brust und seine Bauchmuskeln, dann lehnte ich das Gespräch ab und schaltete mein Handy aus.

Er würde jetzt mal etwas von seiner eigenen Medizin bekommen und die würde ihm so gar nicht schmecken!

JA!

Ich hatte Scheiße gebaut!

JA!

Ich hätte es ihm sagen müssen!

JA!

Er konnte mich jetzt trotzdem am Arsch lecken, denn wenn ich eines während unserer gemeinsamen Zeit gelernt hatte, dann, mir nichts mehr gefallen zu lassen – erst recht nicht von ihm.

Er wollte die Arschlochnummer durchziehen?

Gut!

Dann würde er die Arschlochnummer auch zurückkriegen!

Denn ich war Mia Wrangler, ich hatte zu viel Scheiße durchgemacht, um diesen verdammten Nachnamen zu bekommen, als dass ich ihn mir von irgendwem wieder nehmen oder mir auf der Nase rumtrampeln ließe!

Ha!

Er wollte von seiner Assistentin Kleidung holen lassen?

Gut!

Dann würde ich ihm schon mal etwas zusammenpacken. Machten das brave Ehefrauen nicht so?

Ich schnappte mir eine Küchenschere und marschierte nach oben. Dort holte ich den Koffer unter dem Bett hervor, und riss seinen Schrank auf. Womit sollte ich anfangen? *Mit den T-Shirts*, dachte ich wahnsinnig grinsend und holte fünf seiner Lieblingsstücke heraus. Diese wurden dann mit der Schere verschönert. In eines schnitt ich einen kunstvollen Fickerfinger, in das andere einen Penis, in das nächste ein *A* für Arschloch. Ich tobte mich richtig aus und wurde mit jedem Shirt besser. Bei seinen Hosen schnitt ich natürlich den Schritt aus, sodass alles herumbaumeln würde, und in seine Calvin-Klein-Shorts verewigte ich hinten ein Kackloch!

HA!

Er würde durchdrehen!

Schließlich wusste ich, wie pingelig Tristan mit seiner hochheiligen Markenkleidung war. Dann griff ich mir ein paar Socken und versah sie mit einzelnen Löchern für seine Zehen, während ich versuchte, nicht in irres Gelächter auszubrechen, als ich mir vorstellte, wie er diese Kleidung tragen würde. Zum Schluss holte ich ein paar Pullis, um kreisrunde Löcher für seine Brustwarzen hineinzuschneiden.

Zufrieden packte ich alles fein säuberlich in seinen Koffer – wie es der Pingelscheißer gern hatte – und verschloss ihn liebevoll. Sein Gesicht hätte ich gern gesehen, wenn er den Koffer selbstzufrieden, wie er so war, öffnete und realisierte, was ich getan hatte.

Genau in dem Moment klingelte es an der Tür. Ich straffte mich, zog mir schnell eine Yogahose zu meinem einfachen Spaghettitop an, in das ich mich gestern Abend irgendwie gekämpft hatte, und öffnete drei Minuten später.

Vor mir stand jene wunderschöne, wild gelockte, blauäugige Blondine, die *Trautes Heim, Glück allein* mit *meinem* Ehemann und *meinen* Kindern gespielt hatte, diesmal in einem rosa

Kostüm. Sie erinnerte an Barbie persönlich, und ich konnte es mir nicht mehr verkneifen.

»Ahhh, Barbie ist wieder hier«, begrüßte ich sie breit lächelnd, als ich die Tür geöffnet hatte. »Ich habe die Sachen für den Mann, den du einer verheirateten Frau ausspannen willst, bereits vorbereitet.« Mit diesen Worten ging ich die Treppen hoch und holte den Koffer.

»Ähm, ich glaube, du verstehst da etwas fa…«, rief sie, da war ich aber schon auf dem Rückweg.

»Bitte, Süße, hör auf mit der Show, sie ist einfach nur billig, genauso wie dein Parfum übrigens. Meinst du, ich sehe nicht deine kleinen lackierten Fingerchen, mit denen du permanent an deinen Haaren spielst, wenn er mit dir spricht, oder deinen Rock, der *rein zufällig* immer hochrutscht, wenn er in der Nähe ist, oder deine Bluse, die plötzlich um zwei Knöpfe weiter geöffnet ist und *rein zufällig* die Spitze deiner roten zum Lippenstift passenden Unterwäsche rausschauen lässt? Weißt du eigentlich, wie lange ich Tristan Wrangler kenne? Fast mein ganzes Leben und genauso lang musste ich mitansehen, wie eine Frau nach der anderen es bei ihm versucht hat. Dank dieser Beobachtungen erkenne ich die Anzeichen von weiblicher Verzweiflung, und weißt du was? Tristan Wrangler vernichtet Schlunzen wie dich ohne mit der Wimper zu zucken, einfach nur aus Spaß.« Ihr Mund war offen, ihre Augen aufgerissen, als ich ihr den Koffer reichte. »Du hast bei ihm sowieso keine Chance, und weißt du auch wieso? Weil er mich liebt. Also viel Spaß beim Lächerlichmachen!«, trällerte ich fröhlich, schob sie aus der Haustür und knallte ihr diese vor der Nase zu.

Gott, hatte das gutgetan, mir mal alles von der Seele zu reden!

Während ich mir zufrieden die Hände abklopfte, überlegte ich, ob ich mit Katha ein Sektfrühstück abhalten könnte.

Sie kam ohnehin ab jetzt jeden Tag mit ihrer Tochter Alexandra vorbei, um sich um Eli zu kümmern und meinen Haushalt zu schmeißen.

***

Drei Stunden später saß ich mit Vivi, die sich spontan auch selbst eingeladen hatte, und Katharina auf der Terrasse in der Sonne und aß mein Lachsbrötchen, während Alexandra und Eli, die beide fast im gleichen Alter waren, auf einer Decke im Garten lagen und sich gegenseitig ihr Spielzeug auf die Köpfe hauten. Meine beiden Schwägerinnen starrten mich mit genauso großen Augen und Mündern an wie Barbie vorhin.

»Und dann«, beendete ich meinen Tatsachenbericht der letzten Ereignisse fröhlich, »habe ich ihr einfach die Tür vor der Nase zugeschlagen. Mittlerweile habe ich 21 verpasste Anrufe und sechs wirklich angepisste SMS von ihm auf dem Handy. Wahrscheinlich hat er seinen Koffer geöffnet.« Breit grinsend zeigte ich ihnen mein Handy.

»Ich bin so stolz auf dich!« Meine rothaarige Schwägerin sah mich an wie eine Erscheinung, während die blonde Katharina die Große noch eine Erdbeere aß und anschließend grinsend verkündete:

»Wenn ich das mit Phil tun würde, könnte ich danach eine Woche nicht sitzen.«

»Darauf will sie doch hinaus!« Vivi und Katha lachten und ich schloss mich halbherzig an, bevor ich mir müde über das Gesicht strich. »Nein, jetzt im Ernst, wir haben so viel miteinander durchgemacht und durchgestanden. Jetzt könnten wir endlich glücklich sein und unser Leben genießen, aber irgendwie kommt immer etwas dazwischen. Das Leben selbst diesmal! Ich sehe ihn kaum. Ich liebe ihn, ich begehre ihn, ich brauche ihn, aber irgendwie bekomme ich ihn nicht. Entweder er ist nicht da oder ich bin nicht da, und wenn wir beide da sind, sind da noch die Kinder, die uns so fordern, dass wir irgendwann todmüde ins Bett fallen. Ich kann schon froh sein, wenn ich es schaffe, mich umzuziehen, an Sex ist gar nicht zu denken. Kann man das glauben?«

»Also ich kenne das nicht! Phil ist scharf auf mich wie eh und je und lässt sich immer neue Möglichkeiten einfallen. Was unser Sexualleben betrifft, ist er nach wie vor *seeehr* kreativ! Unter einmal am Tag geht da gar nichts!« Katha stopfte sich zufrieden wie eine gesättigte Löwin ein Stück Honigmelone zwischen ihre vollen, wunderschönen Lippen und Vivi bohrte ihr den Ellbogen in die Seite.

»Nicht nützlich!«, zischte sie der blonden Erscheinung neben sich zu.

Ich verdrehte die Augen und winkte ab. »Ist schon okay! Und ja, ich denke, das ist auch ein Problem. Mit Supermodelmaßen kann ich seit der Geburt von Eli nicht mehr dienen.«

Vivi presste die Lippen aufeinander und fuchtelte mit ihrem Zeigefinger vor meiner Nase rum. »STOPP! Erstens, Tristan Wrangler liegt dir zu Füßen, egal ob mit ein paar Pfunden mehr oder weniger, und zweitens gibt es viel mehr Männer, die auf etwas mehr stehen, als du denkst! Die trauen sich nur nicht, es zuzugeben. Wie oft soll ich dir das noch sagen? Außerdem hattest du ein Kind in deinem Bauch, er hat ein Recht darauf, ausgeleiert wie ein Luftballon zu sein!«

»Na, vielen Dank auch!« Ich legte meine Semmel angewidert auf den Teller zurück.

»Ich wette, Tristan würde dir sofort sagen, dass er dich so liebt, wie du bist, und niemals auf seine Tochter verzichten würde zugunsten einer superdünnen Mia. Er ist stolz darauf, dass du sie ihm geschenkt hast!«, ergänzte Katha.

Ich seufzte schwer. »Okay, und jetzt?«

»Na jetzt zeigst du ihm ein für alle Mal, dass du nicht mehr der kleine verklemmte Truthahn von früher bist, sondern eine erwachsene Frau, und zwar die einzige Frau, die ihm zeigen kann, wo der Ficker steht, oder so!«, verkündete Vivi sofort euphorisch und Katha nickte heftig, sodass ihre wundervollen Korkenzieherlocken wippten. Gegen Katharina war Barbie ein Bauerntrampel, denn meine Schwägerin war nicht nur sexy, sondern besaß vor allem auch Klasse. Eine Gratwanderung, die nicht viele Frauen hinbekommen. Der Großteil weiß leider nicht einmal, *was* Klasse bedeutet und dass dazu viel mehr als ein dünner, wenig gekleideter Körper gehört.

»Okay, und wie soll ich das machen, wenn er nicht hier ist?«

»Na, hast du schon mal was von Skype gehört? Von sexy Wäsche, oder nein, warte! Ich habe noch einen besseren Plan! Tristan wird ausflippen!« Katha und ich verdrehten die Augen. »Jetzt hört auf, ihr blöden Weiber! Ihr wisst ganz genau, meine Pläne sind die besten!«

Und eine Stunde später war es klar.

Vivian Wrangler hatte recht!

8. Let the Games begin

Tristan ersetzt Wrangler

Da saß ich hier also in dieser beschissenen Villa auf einer beschissenen geheimen Insel im beschissenen Italien und hatte Kopfschmerzen. Nicht nur, dass mit meiner Frau langsam, aber sicher alles aus dem Ruder lief, nein, jetzt bahnte sich auch noch geschäftlich Scheiße an. Verdammte Scheiße! Wenn es verdammt nochmal kommt, dann wirklich von allen verfickten Seiten!

»Wollen Sie noch etwas trinken, Mister Wrangler?« Michelles unterwürfige Stimme drang an mein Ohr und ich zeigte ihr abgelenkt winkend, dass sie gefälligst einfach nur nachschenken sollte. Schnell schüttete ich mir den teuren Wein hinter und hoffte, ich würde auf diesem Weg vergessen oder wenigstens verdrängen. Dann nahm ich mein Telefon und probierte noch einmal durchzukommen, aber Mias Handy war immer noch aus. Verdammt!

Ich hatte mich wirklich wie das totale Arschloch verhalten und mein Mädchen wieder außerhalb des Bettes Schlampe genannt. Dabei hatte ich geschworen, das nie wieder zu tun. Dann hatte ich ihr auch noch eiskalt mitgeteilt, dass ich verreisen würde, ohne ein Tschüss, eine Erklärung oder sonst etwas, obwohl ich das meiner Frau schuldig war! Ja, ich machte verdammte Fehler, aber wenn sie mir auffielen, dann stand ich auch für sie ein!

Ich wollte mich bei ihr entschuldigen – ich wollte, wenn nötig, vor ihr auf die Knie fallen, aber sie ließ mir keine Chance, und das pisste mich schon wieder an! Mia war doch mindestens genauso eifersüchtig wie ich und musste verstehen, dass ich nun mal einfach rotsah, wenn ich auch nur an sie mit einem anderen dachte. Sie war mein Ein und Alles. Die einzige Person, die mich vernichten sowie wieder aufbauen konnte, und das wusste sie – ganz genau. Ich befürchtete schon seit einigen Monaten, dass sie vielleicht die Schnauze vollhaben und sich einen suchen könnte, der sich richtig um sie kümmerte. Der ihr ein besserer Ehemann war als ich. Verdammt! Ich war doch noch nie verheiratet gewesen – für mich war das alles total neu, und ich musste es erst lernen. Verstand sie denn nicht, dass ich ein blöder, gefühlsgesteuerter Idiot war, wenn es um sie ging? Und dann auch noch der Arschkrapfen! GERADE DER!

Michelle wackelte in ihrem knappen Kleidchen vor mir rum und bestaunte die exquisite Einrichtung des Zimmers, die Aussicht direkt aufs Meer von dem riesigen, das Haus umgebenen Balkon aus und schließlich die Weinauswahl, die Luca mir zur Verfügung gestellt hatte. Sie kannte sich aus mit den Weinen, erzählte, dass ihre Eltern selber anbauten, sie zur Hälfte Italienerin war und wie sehr sie dieses Land doch liebte. Ich schmollte vor mich hin und hörte ihr nur mit halbem Ohr zu, dann wurden wir schon von Vincent geholt – einem von Lucas Männern, den ich eine Zeit lang unter meiner Fuchtel gehabt hatte. Ich mochte ihn. Er war ehrlich und hatte das Herz am rechten Fleck. Wir umarmten uns sogar zur Begrüßung und ich erkundigte mich nach dem Liebesleben. Er meinte nur, es ginge drunter und drüber, und führte uns nach unten auf die ausladende Terrasse direkt am Meer.

Ich stockte in meinen Schritten, als ich überblickte, wer dort bereits an dem großen Tisch saß. Da war natürlich Luca, lässig in schwarzer Hose und schwarzem Hemd; neben ihm war seine schnucklige kleine Frau Isabella – von Beruf Staatsanwältin und darauf spezialisiert, Mafiosi hinter Gitter zu bringen. Ich musste immer wieder den Kopf schütteln, wenn ich daran dachte, wen oder was er als Frau auserkoren hatte. Eine von der anderen Seite! Aber es schien ganz gut zu klappen, sie hatte ihm zumindest noch nicht das Messer in den Rücken gerammt und ihn verraten, um in ihrem Beruf weiterzukommen. Aber die beiden waren nicht der Grund, weswegen sofort mein Blut zu kochen begann. Denn da saß er, als würde er hier immer sitzen, und visierte mich mit seinen beschissenen toten eisblauen Augen an – der Onkelficker, mit verdammt schwulem blondem Pferdeschwanz und ganz in flattriges Weiß gekleidet. Neben ihm die wunderschöne Cassandra Cavalli wie eine Königin in einem dunkelblauen Kleid und mit schwarzen langen Haaren sowie genauso stechend blauen Augen wie Lucas – Lucas Schwester.

Was für eine beschissene Runde.

Mein Kopfweh nahm sofort zu und ich ließ den Onkelficker nicht aus den Augen, als ich mich setzte.

»WEIN! Ich brauche Wein!«, verkündete ich sofort und Michelle machte, so schnell sie ihre braungebrannten Beine trugen.

»Also …«, fing Luca gelangweilt an, sobald ich meinen Wein hatte und Michelle hinter mir stand, die von Patrick übrigens sofort mit Blicken ausgezogen wurde. »Wir haben uns hier in dieser netten Runde versammelt, weil Cassandra und Patrick mir weismachen wollen, dass du der Maulwurf bist«, ließ er die Bombe gleich platzen, und alle starrten mich an. Patrick mit einem schmalen triumphierenden Grinsen. Ich beugte mich zu ihm vor.

»Hi Paddy, was ich dich erst mal fragen muss: War deine Nase immer so hässlich? Schon mal über eine OP nachgedacht?«

Er verengte sofort die Augen zu Schlitzen. Luca grinste, weil er wusste, dass Patrick die Nasenentstellung mir zu verdanken hatte, die ihn zeichnete, seitdem er mir im übertragenen Sinn auf die Füße getreten war. Isabella verdrehte die Augen, Cassandra presste die Lippen aufeinander.

»Meine geliebte Schwester will, dass ich Patrick die Leitung der Geschäfte in deiner Stadt übergebe.« Ich wollte schon schreien: »GERN!«, doch Luca sprach bereits weiter. »Aber da ich genau weiß, was für ein intrigantes Miststück sie ist, glaube ich ihr kein Wort.«

Verdammt!

So ziemlich alle keuchten auf, außer mir, als er sie so nannte. Stattdessen ließ ich meinen Kopf nach hinten fallen. »Und wieso hast du mich dann hier antanzen lassen, Luca, außer um den Onkelficker zu fragen, wie es sich mit kaputter Hand so wichst?« Auch die hatte er mir zu verdanken.

»Ganz einfach. Ihr werdet von nun an zusammenarbeiten.«

»WAS?«, brüllten der Onkelficker, dem wegen meiner Provokationen schon der Dampf aus den Ohren stieg, und ich wie aus einem Munde.

»Niemals!«, konterte ich. »Eher schneide ich mir den Schwanz ab, als diese Hackfresse jeden Tag zu sehen. Du kannst froh sein, dass ich ihm nicht hier und jetzt eine Kugel verpasse, und dann willst du, dass ich mit ihm zusammenarbeite?!«

Luca starrte mich mit seinen dunkelblauen Augen stechend an, bevor er verkündete: »Lasst uns allein!«, und ihnen zuwinkte. »Du bleibst natürlich, amore!«, meinte er viel sanfter zu seiner Frau und strich ihr über den Nacken. Sie errötete. Vor sich hin murrend verschwanden alle anderen nach drinnen und ich blieb mit Luca und Isabella allein auf der Terrasse zurück. Lange Zeit sagte er nichts, sondern starrte nur auf das Meer, dann wandte er sich schließlich an mich.

»Sie plant etwas, Tristan, und ich muss wissen, was es ist. Du wirst dich an seine verdammten Fersen heften. Und nicht nur das, du wirst sein Vertrauen gewinnen, sein verdammter bester Freund werden! Ich muss ALLES wissen!«

»Weißt du eigentlich, wer das ist und was er getan hat? Er hat meine Frau verkauft! An deinen beschissenen Francesco!«

»Ich mochte den Psycho noch nie, nur meine Schwester hatte eine Schwäche für ihn, sonst hätte ich ihn schon viel früher eliminiert. Er ist eine Schande für die Famiglia gewesen, und diese Kartoffel namens Patrick mag ich noch weniger, aber wir können uns manchmal eben nicht aussuchen, mit wem wir arbeiten.«

»Das kannst du verdammt laut sagen«, murrte ich vor mich hin und leerte mein nächstes Weinglas. Dann knallte ich es auf den Tisch. »Luca, ehrlich, dass ich die verdammten Clubs übernehme, bis du jemand anderen gefunden hast, ist schon fast zu viel des Guten. Aber auch noch mit ihm zusammenzuarbeiten, das kannst du nicht von mir verlangen! Allein daran zu denken, fühlt sich an wie Verrat an Mia! Würdest du Isabella verraten? Könntest du jeden Tag dem Mann in die Augen sehen, der ihr wehgetan hat, und so tun, als wärst du sein FREUND?«

Er seufzte. Besagte Isabella schaltete sich jetzt ein und sprach leise und sanft zu ihm: »Ich finde auch, das ist eine schlechte Idee. Es muss einen anderen Weg geben. Tristan tut schon genug für uns.« Er presste die Lippen aufeinander, doch ich grinste innerlich. Tja. Wenn die Frau spricht, hat der Mann nicht mehr viel zu melden. »Wie wäre es, wenn du Vincent zur Überwachung mitschickst? Es gibt niemanden, der loyaler ist als er, und zur Not ist Tristan da, der die Dinge im Namen Cavalli regeln kann«, schlug sie vor und ich sah, wie in Lucas Kopf die Räder arbeiteten. Dann fing er an zu grinsen – ziemlich fies.

»Was denkst du, was meine Schwester zu der Idee sagen wird, Vincent wieder wegzuschicken und womöglich in Gefahr zu bringen?« Bei diesen Worten leuchteten Lucas Augen bereits voller Vorfreude und ich wusste, ich war nochmal vom Scheißhaufen gesprungen. Gleichzeitig gefiel mir überhaupt nicht, dass Patrick wieder in derselben Stadt wie mein Mädchen sein würde. Er wäre damit automatisch mein Problem, denn diese Stadt gehörte praktisch mir. Das letzte Jahr ohne den Pisser war so schön ruhig gewesen, aber gleichzeitig konnte ich so endlich perfekt die Rechnung begleichen, die schon so lange darauf wartete, beglichen zu werden.

Vielleicht würde ich doch sein bester Freund werden – zumindest bis zu dem Moment, in dem ich ihn killte.

***

Wenn ich schon mal da war, sollte ich gleich Lucas neue Weine probieren, das meinte er zumindest, und so war es bereits dunkel und ich ziemlich angetrunken, als ich hoch in mein Zimmer torkelte. Michelle hatte sich zuvor schon entschuldigt, deswegen war ich ziemlich verwirrt, als ich mein Zimmer betrat und sie in nuttenroter Unterwäsche auf meinem Bett lag. Seitlich, lasziv lächelnd und mit der Hand auf ihrer Hüfte.

Verdammte Scheiße!

Jetzt musste ich sie feuern!

Konnte sie die verdammte Schlampe in sich verdammt noch mal nicht beherrschen?!

»Was soll der Scheiß?!«, fragte ich, während ich eintrat, mir die Schuhe auszog und erst mal ins angrenzende Bad ging, um zu pinkeln.

»Was denkst du wohl?« Als sich von hinten plötzlich zwei Arme um meinen Bauch schlangen und ihre aufgepumpten Titten sich in meinen Rücken bohrten, schrie ich auf wie ein Mädchen und pisste fast daneben.

»Geht's noch?«, brüllte ich, packte ihn ein und wirbelte zu ihr herum.

»Ich weiß genau, dass du es auch willst. Glaubst du, ich bemerke nicht, wie du mich ansiehst?«, hauchte sie und strich mit ihren rot lackierten Monsterfingernägeln über ihr Dekolleté.

»Klar schaue ich dich an, das geht ja wohl zum verdammten Fuck auch gar nicht anders, wenn du mitten in der Nacht vor meiner Nase stehst und mir deine Titten ins Gesicht streckst!«, meinte ich irritiert und wollte mich an ihr vorbeischieben. Doch das Weib war anscheinend Superwoman und besaß übernatürliche Kräfte, denn mit einem Mal packte sie mich am Hemdkragen und drückte mich gegen die Wand, im nächsten Moment presste sich ihr Unterwäschekörper gegen meinen.

»Hör auf mit den Spielchen, ich weiß, dass sie dir nicht genug ist. Dass sie dir nicht das geben kann, was ein Mann wie du wirklich braucht. Was willst du auch mit so einem Mauerblümchen? Du brauchst jemanden, der in deiner Liga spielt.« Weiter kam sie nicht, denn ich hatte sie an den Haaren gepackt und herumgewirbelt. Mit dem Gesicht voran drückte ich sie gegen die Wand, weswegen sie aufkeuchte. Dann trat ich von hinten an sie heran und hauchte in ihr Ohr:

»Oh meine Liebe, genau das ist dein Problem. Du denkst, nur weil du geil aussiehst, dass du überhaupt in einer Liga spielst. Aber ich sage dir jetzt mal eins: Sie hat es nicht nötig, mir ihre Titten entgegenzustrecken; sie hat es nicht nötig, mich mit teurer Kleidung zu reizen, mit Plastikhaaren und einer aufgekleisterten Maske im Gesicht. Denn ich liebe sie – genauso wie sie ist. Offen, natürlich und ehrlich. Eigenschaften, die du niemals besitzen wirst und auch nicht versuchen solltest vorzuspielen, denn ich habe deinen wahren Charakter und wie hässlich du wirklich bist sofort erkannt, Baby!« Somit rückte ich von der völlig geschockten Frau ab und sie drehte sich mit Tränen in den Augen zu mir herum. Ich ignorierte ihren vorwurfsvollen, empörten und wütenden Blick und schlenderte in mein Schlafzimmer. »Ach ja, du bist natürlich gefeuert!«, verkündete ich noch und fing an mich auszuziehen. Ich hörte es noch schniefen, dann die Tür knallen und war allein – endlich.

Puh!

Nur in Shorts ließ ich mich auf mein Bett fallen und legte den Arm über meine Augen. Einige Sekunden atmete ich einfach nur tief ein und aus, dann vibrierte mein Handy auf dem Nachttisch. Wer störte denn jetzt schon wieder, verfickte Scheiße? Stirnrunzelnd nahm ich es und sah, dass ich ein Bild erhalten hatte. Von MIA-BABY!

ENDLICH! Ein Lebenszeichen!

Wahrscheinlich wollte sie auf meine Entschuldigungsnachrichten eingehen, ebenfalls um Verzeihung bitten und klein beigeben, wie das so ihre Art war. Dann würde ich sie anrufen und Telefonsex mit ihr haben, der sie vom Hocke reißen würde – aber ich lag falsch.

Als ich das Foto öffnete, merkte ich, wie mir langsam, aber sicher das Blut aus dem Gesicht wich, denn da war nur ihre Hand. Und in dieser Hand hielt sie einen rosa Vibrator! Einen Vibrator! In der Hand von meinem Mädchen! *Vibratoren benutzen nur Frauen, die es von ihrem echten Schwanz nicht ordentlich besorgt bekommen!* Der Penner in meiner Hose verfiel sofort ins hysterische Kreischen, erst recht, als wir den Text lasen.

»Da du ja neuerdings einfach auf Geschäftsreise verschwindest, habe ich mir einen neuen Ficker besorgt. Ich hoffe, du hast nichts dagegen. Wünsche dir noch einen schönen Abend, *Baby.*«

Und dann war da noch ein beschissener Knutschsmiley! Das durfte doch nicht wahr sein!

Ich starrte das Bild wahrscheinlich stundenlang sprachlos an und fühlte dabei, wie mir die beschissenen Tränen kamen. Der Penner in meiner Hose machte währenddessen einen auf Charlie Brown und heulte aus vollem Halse – er konnte sich gar nicht mehr beruhigen und schluchzte theatralisch, warf seine Händchen vor die Augen, drehte sich um, lief in sein Zimmer und sperrte sich dort ein.

Mit bebenden Fingern und völlig abwesend wählte ich ihre Nummer. Ich wusste nicht, was ich tun oder sagen sollte, aber ich musste irgendetwas tun und sagen, um dieses Desaster aufzuhalten. Denn genau das war es, ein *fucking Desaster*! Ich fühlte mich zutiefst in meiner Fickerehre gekränkt.

»Ja bitte?« Sie meldete sich genau in dem Moment mit lieblicher Stimme, als es bei mir an der Tür klopfte.

»Leg das Teil sofort weg!«, brüllte ich los und sie lachte laut auf. Ich stand auf, ging mit dem Handy am Ohr zur Tür und riss sie mit einem genervten »WAS?« auf. Vor mir standen zwei Italienerinnen; sie waren Zwillinge und kümmerten sich um die Villa Cavalli. Beide trugen knappe Dienstmädchenoutfits und hatten eine Flasche Wein dabei. Außerdem waren sie sexy wie die Hölle.

»Mister Wrangler«, hauchte die eine mit italienischem Akzent. »Wir habene schon so viel von Sie gehört und wollten fragene, ob wir …«

»NEIN, DANKE!« Nach dieser gezischten Abfuhr knallte ich ihnen die Tür vor der Nase zu, dann konzentrierte ich mich wieder auf das Telefonat und raufte mir verzweifelt die Haare, während ich mich mit dem Rücken gegen die Wand lehnte.

»Mann, Mia, es tut mir leid, okay? Wir sind doch erst seit einem Jahr verheiratet, ich bin so was wie eine Jungfrau in dieser Hinsicht, und dazu noch ein verdammter Idiot! Du musst sanft zu mir sein und mir meine Dämlichkeit verzeihen. Alles, was ich tue oder eben nicht tue, tue ich nicht mit Absicht oder um dich zu verletzen! Ich tue es, weil meine Liebe zu dir mich wahnsinnig macht!«

»Nun, Tristan. Ich war auch noch nie verheiratet!«, meinte sie nur knapp und *stöhnte dann leise.*

»WAS TUST DU?«, fragte ich und raufte mir fester die Haare. Die schlimmsten Horrorvisionen fluteten sofort meinen Geist. »BLEIB mit dem Teil bloß von meiner Pussy fern! Mia Marena, ich warne dich! LEG IHN WEG!«

»Sonst was?«, fragte sie und ich hörte es leise plätschern.

»Bist du in der Badewanne?«

»Nein. Ich probiere den Whirlpool aus, den du gekauft hast.« Sie stöhnte erneut. »Oh Gott, ist das gut.« Mein linkes Augenlid fing langsam an zu zucken und der Penner in meiner Hose erhob sich bei der Vorstellung, wie sie nackt in dem blubbernden Nass lag und vor allem wegen der Töne, die sie dabei von sich gab. Er hörte sogar auf zu heulen. »Oh Tristan, das war so eine gute Idee!«

»WAS?«, zischte ich, dem Wahnsinn nahe.

»Na, den Whirlpool zu kaufen, du Dödel. Warte, ich schick dir ein Foto!«

Ich ließ mich rücklings aufs Bett fallen und öffnete die soeben eingegangene Datei. Dann stöhnte auch ich – ziemlich verzweifelt.

»FUCK, MIA!« Sie hatte mir ein Foto ihres wunderschönen Beins geschickt, wie es aus dem Wasser ragte, zusammen mit diesen fünf kleinen Zehen, an denen ich lutschen wollte. Ich kniff die Augen zusammen und versuchte irgendwie klarzukommen, auch wenn mich mein Ständer fast umbrachte.

»Ja, Tristan?«, hauchte sie mit ihrer Verführerstimme, der ich machtlos ausgeliefert war. »Du hörst dich so hoch an, dabei dachte ich, du hättest den Stimmbruch längst hinter dir!«

»Leck mich, Baby!«

»Oh, das würde ich sehr gerne, am liebsten an deiner Eichel entlang. Du weißt schon, so wie du es am liebsten magst.« Gequält schloss ich die Lider und rieb mir mit einer Hand übers Gesicht. Ich hatte diese Folter verdient! »Willst du noch ein Foto, mein Schatz?«, fragte sie zuckersüß. Ich konnte nur knurren, worauf sie leise kicherte. Kurz darauf trudelte ein Bild von ihrem steifen Nippel ein. Verfickte Scheiße! VON IHREM NIPPEL! Dem Nippel, an dem ich jetzt auch saugen wollte! VERDAMMT! Ich gab ein Grunzen von mir und verlagerte den pochenden Penner in meiner Hose. Langsam fing es an wehzutun und ich drohte an Blutstau zu verrecken. Ich sollte mich in das nächstbeste Auto setzen und zu ihr rasen. Aber vermutlich würde es zu lange dauern, ich wäre bis dahin schon längst tot. Elendig an Blutverlust im Hirn verendet. Das hätte ich alles nur ihr zu verdanken.

»Weißt du, Baby, ich wollte dir einfach mal zeigen, dass du gerne der alte Tristan sein kannst, aber dass du dann auch mit einer neuen Mia rechnen musst!«, meinte sie plötzlich ernst und überhaupt nicht verführerisch. »Und ich weiß, dass du mich jetzt willst, dass du meine Haare festhalten, deine Lippen auf meine pressen und in mich stoßen willst, aber du bist nicht hier. Mista V hingegen, mein neuer bester Freund, ist es. Also werde ich mich jetzt mit ihm vergnügen! Ich wünsche dir noch einen schönen Abend! Ach und übrigens: Ich hoffe, es passt, wie ich deine Kleidung eingepackt habe! Bye Baby!« Und somit legte dieses kleine, heiße, absolut erregende Miststück einfach auf!

Ihr Kommentar meine Kleidung betreffend machte mich wirklich stutzig. Eine ganz böse Vorahnung beschlich mich und ich betete tatsächlich den Scheißer da oben an, dass sie sich nicht bewahrheitete, während ich den Koffer auf mein Bett hievte und ihn mit leicht bebenden Fingern öffnete. Auf den ersten Blick sah alles so aus, wie ich es mochte. Akkurate Häufchen meiner beliebtesten Kleidungsstücke. Zum Beispiel mein schwarzer Rollkragenpullover, den ich rausholte und … Mir klappte der Mund auf.

WHAT A FUCK?

Ich besah von beiden Seiten die zwei Löcher auf Brusthöhe, dann schmiss ich ihn weg, schnappte mir ein T-Shirt. Auch hier war ein Loch und es hatte die Form eines Fickers! Verfickte Scheiße, das hatte sie nicht getan! Wie ein Verrückter holte ich jedes einzelne Kleidungsstück heraus und jedes einzelne war *zerstört*! TOTAL ZERSTÖRT! Wie ein Fisch auf dem Trockenen schnappte ich nach Luft, versuchte zu realisieren, was sie GEWAGT hatte! Dann ballte ich meine Hand mit meiner Lieblingsficker-Jeans zur Faust und verengte die Augen.

Sie wollte Krieg!? Fickkrieg? Richtig blutrünstig? Und totmachend? Den konnte sie haben!

9. Das etwas andere Vorstellungsgespräch

Tristan überrascht Wrangler

Ich konnte nicht genau den Ficker drauf legen, aber Mia veränderte sich – eindeutig. Aus Schlabbersachen wurden enge Shirts und Hosen, sie fing an mit Vivi Yoga zu machen und quälte mich, indem sie den herabfallenden Hund oder die Katze oder den Schwan oder das Schwein oder den kotzenden Wal oder was weiß ich was machte.

Das Ganze fing damit an, als ich total gerädert nach endlosen zwei Tagen nach Hause kam und das Erste, was ich sah, ihr Leggingsarsch war, den sie mir entgegenstreckte, die Hände auf dem Boden, Arsch in die Höhe.

»Oh yeah«, meinte ich leise, ließ meinen Koffer fallen, vergaß sofort alle Rachegedanken sowie alles andere dieser Welt und ging direkt ins Wohnzimmer – auf sie zu. Das war eine hervorragende Position, um ihr den Arsch zu versohlen, und dann würde es so richtig … Ich bog um die Ecke und blieb abrupt stehen, denn nicht nur Mia rekelte sich in meinem Wohnzimmer, sondern fünf weitere Frauen. Bis auf sie kannte ich nur eine wirklich – Vivi, die mir frech zuzwinkerte und grinste. Der Rest der Truppe waren irgendwelche Mütter aus Robbies Schule. Sie alle blickfickten mich sofort und konnten ihr Gleichgewicht natürlich nicht mehr halten, sobald ich im Türrahmen erschienen war.

Sie fielen synchron auf ihre Matten und blieben keuchend und sabbernd auf ihnen liegen. Vorbei war es mit der Yoga-Ruhe. Zumindest bei allen Weibern, außer bei Mia. Sie war die Gelassenheit in Person, als hätte es unseren Streit und das Telefonat nie gegeben.

»Hey Baby«, sagte sie und kam langsam nach oben, die Hände weit von sich gestreckt, sah mich aber nicht an. Dann ging sie auf alle viere, streckte mir ihren Arsch noch weiter entgegen und machte einen Katzenbuckel abwechselnd mit einem Hohlkreuz – schön im Takt ihrer Atmung, ganz entspannt. »Bist du auch schon zu Hause?« Alle anderen Weiber starrten mich verlangend an, hatten rote Wangen, zerzauste Haare, so wie immer, wenn ich Robbie von der Schule abholte und den Spießrutenlauf zwischen notgeilen Hausfrauen und fickwilligen Lehrerinnen auf mich nahm. Danach fühlte ich mich jedes Mal so durchgenudelt, als hätte ich sie alle beglückt, weil sie so heftig von mir fantasierten.

»Sieht so aus«, knurrte ich und konnte meine Augen nicht von ihrem Arsch lassen.

»Sehr schön!«

»Hmmm!« Ich legte den Kopf schief, starrte sie weiter wie hypnotisiert an. Vivis Lachen riss mich aber aus meiner Starre, und ich schüttelte schnell den Kopf, um ihn zu klären. Bevor ich den Boden vollsabberte, riss ich mich los und marschierte nach oben. Dort duschte ich erst mal kalt, und als ich wieder nach unten kam, war sie weg. Nur ein Zettel mit den Worten ***Musste los*** lag auf dem Tisch. *Ach ne, wirklich? Superfuckinggeil! Ehrlich!*

Ich zerknüllte ihn und schmiss ihn grummelnd in den Mülleimer.

Die ersten zwei Tage nach meiner Rückkehr war sie fast genauso viel unterwegs wie ich, und das hatte schon was zu heißen. Ich hatte 48 Stunden praktisch mit Dauerständer verbracht und war völlig geladen. Da ich jetzt keine Assistentin mehr hatte, blieb alles an mir hängen. Am dritten Tag, an dem ich um elf Uhr nachts heimkam, entschied ich, dass es so nicht weitergehen konnte.

Ich brauchte jemand Neues, der mich tagtäglich unterstützte. Also legte ich Mia am nächsten Morgen einen Zettel auf den Küchentisch mit der Bitte, die beigefügte Annonce in der Zeitung zu schalten, und teilte ihr auf diese Art auch mit, dass ich Michelle gefeuert hatte. Wir hatten nicht einmal darüber reden können, einfach weil wir uns nicht gesehen hatten.

Wenn wir uns begegneten, war sie süß und lächelnd und liebreizend, hielt mich aber knallhart auf Abstand – von ihrem Leggingsarsch und ihren Toptitten! Sie folterte mich gekonnt, aber subtil. Auf eine Art, die man niemals durchschaut hätte, wenn man sein Mädchen nicht bis in den letzten Winkel in- und auswendig gekannt hätte, so wie es sich für einen Mann gehört, wenn er eine Frau liebt.

Es hätte mich nicht wundern sollen, dass am nächsten Tag nur eine einzige Bewerberin in meinem Büro auf dem Dachboden erschien. Die heißeste Frau dieses Planeten, und die hatte eindeutig einen Auftrag – mich um den Verstand zu bringen. Wie üblich. Aber dieses Mal würde ich ihr einen beschissenen Strich durch die Rechnung machen. Ich wäre nicht Tristan sexy Wrangler, wenn ich nicht der Meister darin wäre, den Spieß umzudrehen und mit meiner Sexyness alle in Ohnmacht fallen zu lassen! Ich wäre nicht Tristan Wrangler, wenn mir nicht tausende von feuchten Höschen und genauso viele vernebelte Köpfe erliegen würden! Allen voran der von Mia!

***

»Was willst du denn hier?« Ich schaute die kleine Frau vor mir mit hochgezogener Augenbraue an, als sie die weiße Tür hinter sich schloss. Sie hatte sich perfekt dem angepasst, was ich in meinem Arbeitsumfeld liebte. Helle Farben, Reinheit, Sterilität, Ordnung, Strenge. So sah auch mein Büro im Dachgeschoss unseres Hauses aus. Luftig, weiß, rein – eine Oase der Entspannung mit wehenden leichten Vorhängen vor der offenen Dachterrassentür. Vor dieser stand mein Schreibtisch und hinter dem saß ich, als Mia sich in einem knappen weißen Kleidchen näherte. Die Haare hatte sie auch noch in einem verdammten Pferdeschwanz gebändigt, woraufhin der Ficker in meiner Hose zuckte. Eigentlich hatte ich gedacht, sie würde so wie die letzten drei Tage unterwegs sein, aber hier war sie. In meinem Büro. Wir beide allein. Endlich. Denn ich hatte noch eine Rechnung mit ihr zu begleichen, von der sie keine Ahnung hatte. Nichtsahnend lächelte sie locker, bevor sie an meinen Tisch herantrat und mir die Hand entgegenhielt.

»Ich habe gehört, Sie suchen eine Assistentin, Mista Wrangler, und ich bin hier, um mich um diese Stelle zu bewerben. Mein Name ist Miss Angel.«

FUCK!

WIE GEIL!

In meinem Kopf sang und tanzte ein ganzer Gospelchor ausgelassen.

»Miss Angel also?«, raunte ich, nahm ihre Hand und schüttelte sie. Natürlich strich ich dabei mit meinem Daumen über ihren Handrücken und lächelte sie auf höschennässendste Art an. Sie erzitterte und wurde sofort knallrot. *Tja, Baby, du hast wohl vergessen, mit wem du dich da anlegst!* »Setzen Sie sich doch. Schön, dass Sie da sind«, meinte ich leichthin und bedeutete ihr, auf einem der zwei Sessel vor meinem Schreibtisch Platz zu nehmen. Sie ließ sich herabsinken wie ein verdammter

Engel und überkreuzte lasziv die Beine – trug sie da etwa kein verdammtes Höschen unter diesem verdammt knappen weißen Rock? Verdammt! Waren ihre Beine schon immer so gebräunt gewesen und hatte da etwa schon wieder die Hexe ihre Finger mit im Spiel?

Ich fuhr mit dem Zeigefinger am Kragen meines Hemdes entlang und lockerte ihn etwas, denn plötzlich war es hier mindesten fünf Grad wärmer.

»Haben Sie Ihre Bewerbungsunterlagen dabei, Miss Angel?«, fragte ich und sie händigte mir tatsächlich einen von meinen eigenen Schnellheftern aus. In diesem steckte eine professionell aussehende Bewerbung. »Name: Mia Baby. Anschrift: deine. Telefonnummer: Weißt du selber. Besondere Kenntnisse: Wie du es beim Blasen am liebsten hast, deine Lieblingsworte beim Sex, Pussy-Power-Muskeln, die Unschuldsnummer …«, las ich ungerührt vor und versuchte dabei, mein Lachen zu tarnen. Doch ich war mir sicher, es zuckte an meinen Mundwinkeln. »Das hört sich ja wirklich sehr beeindruckend an«, gab ich zu, und nun war es an ihr, nicht zu schmunzeln, obwohl sie sichtlich wollte. Ihre Augen glänzten wunderschön – aufgeregt –, wie ich es schon so lange nicht mehr gesehen hatte. Verdammt, wie ich dieses Funkeln liebte! *Na warte.* »Aber haben Sie denn auch genug Zeit, um mich bei meiner täglichen Arbeit zu unterstützen? Ich will Sie nicht anlügen, der Job ist hart und verlangt einem eine gewisse Ausdauer ab!«

Sie nickte und antwortete dann betont sachlich, aber mit einem so gekonnten Augenaufschlag, dass mein Ficker seine Ärmchen nach ihr ausstreckte: »Machen Sie sich darum keine Sorgen, ich kann gut zupacken. Außerdem kümmert sich meine Schwägerin um den Haushalt und um meine Tochter Eli.«

»Sicher ein göttliches Kind«, warf ich ein, um unser anzügliches Geplänkel etwas aufzulockern, denn mir wurde einfach zu heiß.

»Wollen Sie ein Foto sehen?«, antwortete sie grinsend und ich hätte fast aufgelacht.

»Nein, danke, ich kann es mir sehr gut vorstellen. Fahren Sie fort, Miss Angel.«

»Ich habe da noch ein anderes Projekt, bei dem das Wichtigste aber bereits in die Wege geleitet wurde. Ich habe eine sehr engagierte Mitarbeiterin, Vivian, und habe mich vorab genauestens mit ihr besprochen. Inwiefern könnten Sie mir denn mit den Arbeitszeiten entgegenkommen?« *Freches Stück*! Sie blinzelte mich lasziv an, und ich tat so, als würde ich schwer überlegen.

»Wie ich ja bereits angedeutet habe, sollte man den Job nicht auf die leichte Schulter nehmen, aber wenn Sie mir von acht bis zwölf zur Verfügung stehen, müsste das völlig ausreichen.«

»Sehen Sie! Dann hätte ich die Nachmittage zur Betreuung meines anderen Projektes. Wenn das dann aufgebaut ist, würde ich natürlich mehr Zeit dafür benötigen, aber bis dahin …«

»Können Sie sich für mich freimachen.«

»Aber sicha, Mista Wrangler.« Sie sah mich durch gesenkte Lider an und biss sich auf die Unterlippe. Ich presste die Zähne aufeinander und richtete den stocksteifen Arsch in meiner Hose unter dem Tisch.

»Gut, was denken Sie, worauf lege ich bei einer Assistentin besonderen Wert?«, fragte ich und spürte, wie sich das altbekannte Prickeln zwischen uns immer weiter aufbaute. Ich war bereit für Runde zwei. Fuck, ich liebte es einfach. Sie lehnte sich zurück und strich gedankenverloren über ihre Hände, biss sich erneut auf die Unterlippe und schaute nach draußen.

»Ich denke, dass ich nicht zu spät komme, ist sehr wichtig für Sie, Mista Wrangler«, hauchte sie mit tiefer, sinnlicher Stimme und beugte sich etwas vor, lehnte ihren Ellbogen auf den Tisch und spielte verspielt mit einer ihrer Strähnen. Ich starb …

»Da haben Sie recht! Es ist sogar von oberster Priorität für mich, dass Sie immer vor mir kommen.« Ich räusperte mich allein bei dem Gedanken daran. Sie lächelte abwesend, stand auf, lehnte sich mit beiden Armen auf meinen Schreibtisch und hob ihr Knie, um es daraufzulegen.

»Es ist für Sie auch wichtig, dass ich allzeitbereit bin, Ihre Anweisungen auszuführen.« Hauchzart glitt ihr Zeigefinger die Seite meines Gesichtes herab. Er kribbelte unsagbar, nicht nur in meinem Gesicht, sondern vor allem in meinem Schritt.

»Sind Sie das, Miss Angel? Allzeit bereit?« Wie gebannt starrte ich sie an, meine Stimme war kaum mehr als ein düsteres Hauchen.

»Oh, Sie wissen gar nicht, *wie* bereit ich bin.« Sie legte sich einfach so rücklings auf meinen Schreibtisch, präsentierte mir schamlos ihren wunderbaren Ausschnitt und streckte die Arme von sich, sodass ihr Röckchen kaum noch ihre Oberschenkel bedeckte. Ich konnte nicht mehr sprechen, sondern nur noch starren. Meine Kehle war völlig trocken. Dieses Weib machte mich fertig – und ich vergötterte sie dafür. Das war mein Mia-Baby, wie es leibte und lebte. Sie war eine Naturgewalt, wenn man sie einmal entfesselte, und sogar ich war ihr machtlos ausgeliefert.

»Na, dann überzeugen Sie mich von Ihrer Bereitschaft, Miss Angel«, raunte ich düster, und ich konnte nicht anders, sondern strich dabei langsam, fast wie hypnotisiert über ihre wunderbare Unterlippe. Sie keuchte auf und ihre Haut nahm wieder diesen wunderschönen Rotton an, den ich so liebte. Gleichzeitig stellten sich ihre Nippel auf.

»Dann stehen Sie auf und öffnen Sie Ihre Hose, Mista Wrangler«, hauchte sie, und jetzt war es an mir zu keuchen. Eigentlich hatte ich anderes vorgehabt, aber das musste vorerst warten.

»FUCK! Wie du willst«, wisperte ich, zog meine Hand zurück und stand sofort auf. Direkt vor ihrem Gesicht mit ihr so wunderbar vor mir liegend öffnete ich meine Hose und holte meinen steifen Schwanz raus. Damit strich ich zart über ihre Unterlippe, zischte und schloss kurz die Augen, denn ich hatte sie schon so verdammt lange nicht mehr genau da gespürt, wo ich sie brauchte. Ich war wie ein Verdurstender in der Wüste. Sie umschloss ihn sofort mit ihrem wunderbaren Mund, saugte an der Eichel und ich stöhnte laut auf, ließ meinen Kopf nach vorne fallen und stützte meine Hände rechts und links von ihr auf dem Tisch ab.

»Mach dich locker, Baby«, murmelte ich und fing an, langsam ihren Mund zu ficken. Vorerst noch nicht zu tief, aber dann fiel mir ein: *Hey, das hier ist mein Mädchen! Die Blasekönigin! Die ohne Würgereflex*, und ich wagte mich problemlos weiter vor, berührte ihre Kehle, aber sie tat nichts weiter, außer zustimmend zu stöhnen und sich auf dem Tisch zu winden. Mein Blick fiel auf ihre Beine, ich schob ihren Rock noch weiter nach oben und zog scharf den Atem ein. Sie trug tatsächlich nichts unter ihrem Röckchen und war völlig rasiert. Fuck, ich liebte ihre Pussy, und während ich ihren Mund fickte und mich nur noch mit einer Hand abstützte, ließ ich meinen Zeigefinger über ihre samtigen Oberschenkel wandern. Wie auf Befehl öffnete sie die Beine und hob laut stöhnend ihr Becken. Auch sie hatte mich verdammt noch mal dringend nötig! Ich liebte es, wenn sie so gierig war und nicht genug von mir zu bekommen schien, wenn ihre Schamlippen feucht glänzten und sie sich mir so schamlos darbot. Zärtlich strich ich über ihren Kitzler, genau in dem Moment, als ich tiefer in sie stieß.

»Oh mein heiliger Fuck!«, murmelte ich und schloss erneut die Augen. Wenn ich ihre Pussy berührte, konnte ich mich nicht mehr konzentrieren. Ich nahm ihren Kopf und fickte ihren Mund ausgiebiger. »Oh fuck, du hast keine Ahnung, wie sehr ich dich für das hier liebe!«, keuchte ich und schob mich bis zum verdammten Anschlag in ihre Kehle. Es machte ihr immer noch nichts aus, ganz im Gegenteil! Mein Schwanz begann langsam, aber sicher zu zucken, ich würde ihr gleich so was von in den Hals spritzen und konnte nichts dagegen tun!

»TRISTAN!«, stöhnte sie um meinen Schwanz herum, und mit einem Mal packte sie mich an der Hüfte und schob mich von sich weg. Sie schwang sich herum, setzte sich auf, sodass ihre Beine rechts und links von meinem Schreibtisch baumelten, und packte mich am Hemdkragen. Dann zog sie mich wieder an sich, rieb ihre wunderbare feuchte Pussy an meinem fast explodierenden Schwanz.

»Du musst in mir kommen!«, hauchte sie, küsste mich, nahm ihn und setzte ihn an ihrem Eingang an. Wir stöhnten beide auf, doch wenn sie glaubte, dass ich jetzt völlig zum Hündchen mutierte und nach ihrer Pfeife tanzte, dann irrte sie gewaltig. Ich hatte noch etwas vor und jetzt, während sie so kurz vor ihrem Höhepunkt stand – nur weil sie mir einen geblasen hatte –, war der perfekte Zeitpunkt.

»Muss ich das, ja?«, raunte ich und griff ihr dabei in die Haare. »Ich *muss* gar nichts!« Im nächsten Moment trat ich einen Schritt zurück, ließ sie atemlos mit roten Wangen und zerzaustem Haar auf meinem Schreibtisch sitzen und packte meinen Schwanz wieder ein. »Und ich glaube auch nicht, dass Sie das Recht haben, mir Befehle zu erteilen. Vor allem nicht nach dem, was Sie getan haben, Miss Angel.«

Ihre Augen wurden groß und sie keuchte auf, als ich mich einfach auf meinen Stuhl setzte und ruhig forderte: »Dreh dich um, Mia Marena.« Meine Stimme ließ keinen Raum für Überlegungen oder gar Rebellion.

Insgeheim fragte ich mich, ob sie das hier ertragen würde nach dem, was sie erlebt hatte; ich würde einfach auf ihre körperlichen Signale achten. So schnell, wie sie sich jetzt herumschwang, zeigte sie mir jedoch, dass sie dabei sein würde – egal, was ich mit ihr anstellen und wie ich sie für ihre Vergehen bestrafen würde. »Braves Mädchen«, lobte ich und forderte dann mit leiser, ruhiger Stimme: »Beug dich über den Schreibtisch und zieh deinen Rock hoch.« Wieder biss sie sich auf die Unterlippe, tat aber wie ihr befohlen, beugte sich über den Schreibtisch und präsentierte mir ihren wunderschönen, runden, nackten Arsch, über den sie ihr Röckchen nach oben schob. FUCK! Er war perfekt und ich als totaler Arschfetischist praktisch im Himmel! »Beine breit, ich will sehen, wie du immer feuchter wirst.« Sie stöhnte leise, als sie dem Befehl nachkam, und ich ließ mir einige Sekunden, um sie so mit schief gelegtem Kopf ausgiebig zu betrachten.

»Dachtest du wirklich, du würdest einfach so davonkommen und deine kleine Kleidung-zerschneiden-und-Mister-V-Aktion hätte kein Nachspiel?«, meinte ich diabolisch grinsend, stand auf und rieb über ihren Prachtarsch.

»Ich …« Der erste Schlag erfolgte schnell und präzise, das Schnalzen fuhr geradewegs in meinen Schwanz, genauso wie ihr empörtes Keuchen.

»Ruhe!«, befahl ich und legte eine Hand auf ihren Rücken, mit der anderen knetete ich ihren Arsch.

»Glaubst du wirklich, du kannst zerstören, was mir gehört, und einfach so damit davonkommen?« Wieder ließ ich meine Hand hinabsausen, diesmal auf die andere Backe. Sie zuckte vor mir weg, und ich dachte, ich müsste schon aufhören, aber dann streckte sie mir ihren Arsch leise stöhnend erneut entgegen. Oh yeah …

»Sag nicht, dass dir das hier gefällt. Das sollte eine Strafe sein, du böses Mädchen!« Diesmal schlug ich ihr leicht auf die Pussy, fühlte ihre Feuchtigkeit und wie sehr es ihr gefiel und lächelte teuflisch, als sie vor Lust förmlich aufschrie.

»Oh Gott, Tristan!«, murmelte sie, ihr Gesicht strahlend rot, die Augen geschlossen, während sie mir ihren Hintern erneut entgegenstreckte. Wegen ihrer Vergangenheit hatte ich immer Bedenken gehabt, sie zu spanken, aber die warf ich nun über Bord. Sie genoss dieses kleine Spiel genauso wie ich, und so schlug ich noch einmal zu – fester diesmal – und sie quiekte auf.

»Beweg dich nicht, du Luder, und sei still!« Hauchzart strich ich über die mittlerweile leicht gerötete Haut und sprach leise weiter: »Glaubst du, du kommst einfach so damit durch, wenn du mich reizt und provozierst und mich an meine Grenzen treibst?« Drei Schläge folgten, jeder auf eine andere Stelle. Beim letzten schrie sie auf, sodass ich ihre Haut wieder sanft knetete, woraufhin sie stöhnte und die Fäuste ballte, wahrscheinlich, damit sie sich nicht lustvoll unter meinen Händen wand. Fasziniert strich ich zwischen ihre Beine und schob ruckartig zwei Finger in sie. »So feucht, so verdammt geil, so kurz davor zu kommen … Das sollte eine Bestrafung werden und keine Belohnung!«, knurrte ich und fickte sie langsam und genüsslich mit meinen Fingern. Sie wimmerte. Ich stöhnte auf, als sie sich um mich herum anspannte, zog dann die Finger zurück und schlug fester zu, sodass sie aufschrie und Tränen in ihre Augen stiegen. Als Nächstes packte ich ihre vollen Haare am Pferdeschwanz, zog ihren Kopf zurück, beugte mich über ihren Rücken und wisperte in ihr Ohr:

»Wenn du so etwas noch einmal tust oder Mista V anrührst, dann wirst du mich wirklich kennenlernen, und dann werde ich dich nicht so sanft spanken wie jetzt gerade, hast du das verstanden?«

»Fick mich endlich und laber nicht!«, wagte sie doch tatsächlich zu knurren, und mir entkam ein kleines Glucksen, das aber in einem Stöhnen endete, denn sie rieb ihre Pussy an mir, und in dieser Stellung hatte ich ihr noch nie widerstehen können.

»Okay! Wie du willst!« Ich holte ihn heraus und stieß mit so einem heftigen Ruck in sie, dass sie aufschrie. Nach wie vor hielt ich sie an den Haaren fest, während ich mich erbarmungslos vor und zurück bewegte und sie so immer und immer wieder zum Schreien brachte. Ich fickte sie so heftig, dass mir schon nach Kurzem der Schweiß den Rücken hinablief, und sie nicht anders konnte als zu brüllen. Es war mir egal! Okay, war es doch nicht!

»Ruhig, Baby!«, verlangte ich, legte eine Hand auf ihren Mund, änderte den Winkel und fickte sie noch intensiver. Sie hatte natürlich keine Chance, sondern stöhnte nur noch lauter. Ihre Brüste rutschten oben aus dem Kleid und ihre Fingernägel krallten sich in den Schreibtisch, während ihre Pussy-Power-Muskeln anfingen, sich zusammenzuziehen.

Und dann, mit einem Mal, kam sie – heftig –, und so wie immer zog sie mich mit sich hinab in diesen bittersüßen, befreienden Abgrund, der sich Orgasmus nennt.

Danach brach ich auf ihr förmlich zusammen, küsste ihren Nacken und fühlte ihr Herz rasen. Wir waren zu Hause, da wo wir hingehörten; es war endlich wieder so, wie es sein sollte.

»Du bist so was von eingestellt!«, meinte ich heiser, und sie lachte leise, bevor sie »Danke, Boss!« raunte und ich fast noch mal kam!

Verfickte Scheiße!

Mein Mia Baby arbeitete für mich!

Wie geil war das denn?

10. Folter Nr 1

Mia endet wund Wrangler

»Hast du diesen Vibrator jetzt benutzt oder nicht?«, war Tristans erste Frage, als wir nach dem etwas anderen Einstellungsgespräch gemeinsam in der Dusche standen.
Ich kicherte und massierte seinen perfekten Rücken etwas fester. »Natürlich nicht! Was denkst du denn von mir?«

»Ich denke!«, meinte er lallend, weil er sich unter meinen Händen so entspannte, »dass ich dir Teufelsweib alles zutrauen kann!« Erneut kicherte ich und klatschte ihm auf den festen Knackpo.

»Aber nicht so was, ich würde doch meinem Ficker nie untreu werden!«, raunte ich und biss ihm ins Schulterblatt, während ich meine Hände nach vorne gleiten ließ und sanft über seinen Halbständer strich.

»Du willst wohl heute so richtig wund enden, oder?«, knurrte er, während er sofort steinhart wurde und mir der Atem stockte.

»Na ja, wir haben viel nachzu…« Weiter kam ich nicht, denn er hatte sich schon umgedreht und meine Lippen mit seinen verschlossen. Das war wohl ein Ja! Wir hatten eindeutig einiges nachzuholen. Und ich hatte die Schnauze voll davon, dass der Alltag alles zerstörte, was uns ausmachte. Also war mir nur eine Wahl geblieben. Ich musste mich bei ihm bewerben, erstens damit er keine andere einstellte und zweitens würden wir Geld sparen, wenn ich seinen Papierkram erledigte, von dem ich sicher war, ihn bewältigen zu können.

Schließlich hatte ich schon einiges organisiert, nicht zu vergessen den Heimalltag bei Schwester Carmen. Tja, und drittens, weil ich mehr Zeit mit ihm brauchte. Mir war natürlich klar, dass das nicht auf Dauer funktionieren würde, denn wenn das Camp erst mal eröffnet wäre, müsste ich mich dem voll und ganz widmen. Aber bis dahin würden noch ein paar Monate vergehen, und so lange würde es uns sicher nicht schaden, wenn ich ihm zur Hand ging – nicht nur mit den Papieren.

***

Es war dunkle Nacht, als wir im Bett lagen, ich auf seiner Brust, mit seinen Bauchmuskeln spielend, und einfach nur die Nähe des anderen genossen.

»Wann haben wir eigentlich das letzte Mal gekuschelt?«, fragte ich lächelnd und küsste seine Brust.

»Nenn es nicht so!«

»Wie soll ich es dann nennen?«

»Sex-Trauma oder die Ausruhphase nach dem Sex, aber nicht kuscheln! Männer kuscheln nicht! Sie drücken ihr Fickfleisch an sich!« Ich verdrehte die Augen und seufzte.

»Wie du willst, Mista Wrangler.« Einige Zeit schwiegen wir, aber dann konnte ich mich nicht mehr beherrschen.

»Wieso hast du deine Assistentin eigentlich gefeuert?« Er seufzte tief. Ich verengte die Augen, ein leichtes Brodeln meldete sich in meinem Magen, allein wenn ich an sie dachte.

Er strich mit seinen langen schönen Fingern über meine Schulter, drückte mich an sich, küsste meine noch feuchten Haare und wisperte: »Du willst es nicht wissen.«

»Oh doch!« Sofort wollte ich mich aufrichten und vorsorglich explodieren, aber er ließ es nicht zu, spannte nur kurz seine Muskeln an und hielt mich an sich gedrückt.

»Bleib ruhig, Brauner. Sie hat mich angemacht.«

»Ach, wirklich? Schön, dass du das …«

»An meinem ersten Abend in Italien lag sie halb nackt in meinem Bett, als ich auf mein Zimmer gekommen bin. Ich konnte gar nichts dafür und bin unschuldig!«, schnitt er mir einfach das Wort ab und ich presste die Lippen aufeinander.

»Ich WUSSTE, dass sie eine Schlampe ist!«

Er seufzte erneut. »Es stand ja auch förmlich auf ihrer Stirn, aber das war für mich nicht von Belang, denn mir war von vornherein klar, dass ich auf nichts eingehen würde.«

»Aber sie war doch so schön.«

»Und?«

»Na ja, ich dachte mir, vielleicht würdest du mal wieder etwas wollen, das nicht in angekotzten Schlabbersachen durch die Gegend rollt.«

»Mia!«, meinte er nachdrücklich und schob mich von sich, um mich im Halbdunkeln anzusehen. Seine Augen funkelten wie zwei Topase, obwohl nur Mondlicht sie erhellte, und blendeten mich fast mit ihrer Schönheit – genauso wie mit unverhohlener Wut. »Hast du denn immer noch nichts verstanden?«, zischte er. »Glaubst du, ich bin immer noch der Idiot von früher, der sich von Oberflächlichkeit blenden lässt? Glaubst du wirklich, ich würde *jemals* vergessen, was ich an dir habe?« Seine Stimme war rau, sein Tonfall ernst, und mir stiegen Tränen in die Augen. Ja, wie hatte ich das jemals von ihm annehmen können? Jetzt fühlte ich mich selber blöd! Trotzdem …

Mit Tränen in den Augen versuchte ich zu erklären: »Du bist so perfekt, ich bin es nicht. Ich bin so fett geworden und fühle mich einfach nur unattraktiv …«

»Baby, du bist immer die schönste Frau der Welt für mich – egal, wie du aussiehst.« Sanft strich er mir die Haare hinters Ohr, sein Blick wurde weicher.

»Wir müssen mehr miteinander reden«, verkündete ich leise und streichelte sein wunderschönes Gesicht. »Ich male mir sonst irgendwelche Horrorszenarien aus, die nicht stimmen!«

»Das ist doch bei mir genauso. Ich frage mich manchmal auch, was du mit so einem Penner wie mir willst.«

»Ich habe es dir bereits bei unserem Eheschwur gesagt und ich werde mich nicht immer wiederholen.« Ich beugte mich vor und küsste ihn, eigentlich nur kurz, aber dann wurde aus dem einen Kuss noch ein weiterer und noch einer und noch ein längerer – innigerer.

Mit einem Stöhnen löste ich mich von ihm, mein Atem kam bereits zu schnell und mein Herz raste. Dann legte ich mein Ohr an seine Brust.

»Mein Herz schlägt mit deinem im Gleichtakt«, verkündete ich verträumt und genoss seine Fingerspitzen, die meine Kopfhaut kraulten.

»Haben das unsere Herzen nicht schon immer getan?«

»Mein Gott, niemals würde jemand glauben, dass gerade *du* so romantische Sachen sagen kannst.«

»Wieso?«, fragte er empört, weshalb ich kicherte und die Augen verdrehte.

»Du bist ja wohl eher der Meister der versauten Worte!«

»Ich bin Meister in so ziemlich allem, Baby.«

»Oh, das weiß ich zu gut.«

»Und du willst wirklich für mich arbeiten? Du hast keine Ahnung, wie ich als Boss so drauf bin.«

»Ich kann es mir zu gut vorstellen.«

»Wie denn?«

»Du bist ein Pingelscheißer in allen Lebenslagen, Tristan!« Ich lachte und er schnaubte abfällig.

»Das stimmt überhaupt nicht!« Ich richtete mich auf, um sein Gesicht erneut im Halbdunkel anzufunkeln.

»Darf ich dich an das Haar erinnern, das ich beim Rasieren vergessen hatte?«

»HEY, ich hab mir damit fast meine wunderbar geniale, einzigartige Zunge aufgeschlitzt!« Ich musste lachen, als er das voller Empörung wimmerte, sodass sich Eli in ihrem Bettchen regte. Sofort wurde ich leiser, kuschelte mich wieder in seine Arme, spielte mit einem seiner Nippel und strich hinab bis zu seinem Bauchnabel.

»Willst du mich echt noch mal heißmachen?« Seine Bauchmuskeln spannten sich unter meinen Fingerspitzen an und seine Stimme wurde dunkler – verheißungsvoller.

»Weiß nicht.«

»Du bist nämlich gerade dabei.« Er nahm meine Hand und legte sie auf seine Shorts – die immer enger wurde. Ich musste schlucken und fing an, langsam darüberzureiben, während das altbekannte Pochen und Ziehen sich zwischen meinen Beinen ausbreitete.

»Du bist heute aber wirklich unersättlich, Mista Wrangler!«

»Wir haben ja auch einiges nachzuholen, Miss Angel!« Er zog einfach die Shorts hinab und schon fühlte ich seine Finger in meinen Haaren.

»Drückst du mich gerade tatsächlich unauffällig nach unten?« Ich musste wieder kichern.

»Niemals!«, verkündete er todernst und dann hatte ich den Mund schon zu voll zum Sprechen.

»Ähm, Brüderchen, darf ich dich daran erinnern, dass es eine verdammt schlechte Idee ist, deine verdammte Frau als deine Assistentin einzustellen, wo sie doch nicht erfahren soll, wo du deine Finger so im Spiel hast?«, fragte mein großer Bruder Philip am anderen Ende der Leitung und ich ließ den Rauch langsam meinen Lungen entweichen. Ich hatte mich kurz davongeschlichen, saß in meinem alten Club, in meinem alten Büro, auf meinem alten Stuhl und hatte die Beine lässig auf meinem alten Schreibtisch überkreuzt. Also natürlich war das hier nun Garretts Bereich – zumindest offiziell.

»Deswegen brauche ich ja auch für die Abende jemand anderen, der mir hilft.«

»Aha.«

»Ich dachte da an dich.«

»Geht's noch? Du weißt, ich habe eine Küche zu leiten!«

»Du hast einen tollen Zweitchef, der sich freuen wird, befördert zu werden.«

»Tristan, nur weil du deine Frau als Mitarbeiterin missbrauchen und sie zu allem möglichem perversen Kram zwingen willst, werde ich nicht jeden Abend mit dir deine komischen Geschäfte führen, obwohl ich meine eigenen komischen Geschäfte habe!«

»Erstens muss ich sie ganz sicher nicht zwingen, zweitens sind die Geschäfte nicht komisch.«

»Leute abknallen und Knochen brechen – gar nicht komisch. Macht doch jeder mal!«

»Hey, es ist fast so wie Kochen. Wenn du ein Hähnchen auseinandernimmst oder ein Schnitzel platt hämmerst.« Ich hörte förmlich, wie Phil die Augen verdrehte. »Komm schon, Phil! Es sind nur ein paar Wochen!«

»Keine Chance!«

»Dann frage ich Katha.« Er knurrte und ich lachte. »Ist ja gut! Ich werde es nicht wagen!«

»Das will ich dir auch geraten haben!«

»Was dann? Schlag was vor!« Ich drückte meine Kippe aus und ließ den letzten Rauch durch meine Nasenlöcher dringen.

»Wie wäre es, wenn du Mia endlich reinen Wein einschenkst?«

»Negativ.«

»Wieso?«

»Sie soll mit der Scheiße nichts zu tun haben!«

»Wenn du mit der Scheiße zu tun hast, hat sie zwangsläufig früher oder später auch was damit zu tun, und was denkst du, passiert, wenn sie durch Zufall oder von jemand anderem erfährt, was du so treibst?«

»Wird sie nicht.«

»Könnte sie aber! Es ist echt beschissen von dir, Tristan!«

»Ich will sie doch nur schützen!«

»Indem du sie belügst und hintergehst?«

»Das hört sich so negativ an, wenn du das so sagst!«

»Weil es negativ IST! Ich sehe da nur zwei Möglichkeiten: Entweder du schenkst ihr reinen Wein ein und ihr entscheidet zusammen, wie es weitergeht, oder du ziehst dich endlich aus diesem Milieu zurück und zeigst Luca den Ficker! Entscheide dich für das, was dir am wichtigsten sein sollte, deine Familie!«

»Meine Familie ist das Wichtigste für mich!«

»Welche?«

»Ha ha, Phil, sehr witzig. Du weißt, dass für mich nichts über Mia und meine Kinder geht!«

»Okay. Dann hast du Schiss vor Luca?«

»Luca kann mir gern die Eier lutschen«, meinte ich düster.

»Was dann, Tristan? Was bringt dich dazu, dieses beschissene Doppelleben zu führen?«

»Ich weiß es nicht und ich habe dich auch ganz sicher nicht angerufen, um mir von dir meine Psyche analysieren zu lassen! Wenn ich daran Bedarf hätte, hätte ich Tommy angerufen! Ich wollte dich fragen, ob du mir helfen kannst, Bruder!«

»Kann ich aber nicht, BRUDER!«

»Ja, ja, verstanden. Vielen Dank für nichts!«

»Gern geschehen!«

Ich legte auf, bevor er mich wirklich aufregte. Dann rief ich Tom an – aber auch bei ihm hatte ich keine Chance. Verdammt!

Wütend lehnte ich mich in meinem Stuhl zurück und trommelte mit den Fingerspitzen auf der Lehne herum. Was sollte ich jetzt tun? Mia einweihen kam mir wie eine verdammt beschissene Idee vor; sie weiter anzulügen würde mir aber auf Dauer ein Magengeschwür bescheren. Da war ich mir sicher. Na ja, vorerst würde ich halt einfach die Scheiße hier alleine machen und langfristig gesehen – keine Ahnung! Also beschloss ich, momentan nicht zu viel darüber nachzudenken, sondern mich einfach nur an meiner neuen Assistentin zu erfreuen.

Mia gefesselt Wrangler

»Tristan, bist du dir sicher, dass wir uns nicht verlaufen haben?«

»Japp!«

»Und wieso steht in meinem Arbeitsvertrag, ich darf nur Kleider tragen und keine Höschen? Das verfängt sich hier die ganze Zeit!«

»Damit ich dich besser ficken kann?« Mein Mann und neuerdings Chef, der mich heute um sechs Uhr aus dem Bett geschmissen und mir einen Arbeitsvertrag vorgelegt hatte, der sich gewaschen hatte, marschierte weiter mit einer riesigen Strandtasche bepackt vor mir her durch den Wald. Durch Gebüsch und Geäst und pieksiges Zeug, das sich nicht gerade gut an meinen nackten Unterschenkeln machte. Schon mal schön an einem Brombeerstrauch entlanggeschlittert? Das tut weh!

»Und wieso soll ich immer einen Pferdeschwanz tragen?«

»Damit ich dich besser beim Blasen leiten kann, natürlich«, erwiderte er und drehte sich dabei um. Ich verdrehte die Augen und stolperte, wurde aber von ihm am Ellbogen aufgehalten.

»Vorsicht, Baby! Ich brauche dich gleich heil.« Seine Finger an meiner Haut brannten genauso wie sein Blick in diesem Moment. Ich starrte ihn an – dämlich. Und ja, wir hatten es gestern die halbe Nacht getrieben, aber das hatte meine Libido eher noch weiter angestachelt als befriedigt. Wie könnte ich auch nicht absolut scharf auf ihn sein? Er trug ein weißes Shirt und eine Blue-Jeans, die tief auf seinen Hüften saß; die Gürtelschnalle funkelte im Sonnenlicht und die Sonnenbrille stand ihm vorzüglich. Er sah aus wie Germanys next Topmodel – in männlich und nicht zickig. Sein dunkelbraunes, dichtes Haar war wie üblich ein einziges Chaos, durch das der warme Wind immer wieder strich, und sein Hintern in dieser Hose erst … Genauso wie die Sehnen an seinen trainierten Unterarmen und das Wissen, was für Muskeln sich sonst noch unter der Kleidung versteckten. Ich drohte auszurutschen – auf dem, was meine Schnecke bei seinem Anblick produzierte. Er hingegen ließ sich nicht anmerken, ob ihm der Jeansrock und die weiße Bluse gefielen, die ich heute angezogen hatte. Ohne Unterwäsche. Jetzt berührte er mich, deswegen stellten sich meine Nippel auf, und mir war, als würde sein Blick hinter der Brille auf ihnen hängen bleiben. Ich hielt den Atem an, als er sich langsam und raubtierhaft über die Unterlippe leckte, eine Geste, die mich fast zum Aufstöhnen brachte.

»Wenn du mich weiter so blickfickst, Mia-Baby, dann ficke ich dich sofort hier an diesem Baum und nicht erst dort, wo ich eigentlich mit dir hinwollte!«

»Ich kann nichts dagegen tun.« Ich schluckte mühsam, senkte beschämt meinen Blick und fühlte, wie sich meine Wangen röteten. Sein leises Glucksen half nicht wirklich, mich zu beruhigen, und es wurde eher noch schlimmer, als er mit einem Zeigefinger mein Kinn anhob.

»Ich liebe dich, habe ich dir das heute schon gesagt, Mrs. Wrangler?«, wisperte er und strich mit dem Daumen über meine Unterlippe. So wie immer, wenn er so etwas zu mir sagte, fing mein Herz an schneller zu schlagen und mein Bauch wurde ganz warm. Ich lächelte schüchtern, lehnte mich vor, schlang meine Arme um seine Hüften und legte meine Wange an seine Brust.

»Ich liebe dich noch viel mehr«, flüsterte ich und seufzte tief. Genau wie er. Dann standen wir erst mal wie die Blöden sicher drei Minuten da und umarmten uns mitten in dem Wald, der den Chiemsee umgab. Aber ich konnte mich nicht von ihm trennen, genauso wenig wie er von mir – wahrscheinlich niemals.

***

Der kleine Strandabschnitt, der aus kleinen runden Kieselsteinen bestand, war so versteckt, dass man ihn sicher nicht finden konnte, außer man wusste, wo er lag. Die Sonne schien warm herab und ich zog meine Flip-Flops aus, um meine Zehen in den warmen Kies zu bohren.

»Wow!« Die Aussicht auf den hellblau schimmernden riesigen See mit dem Alpenpanorama war gigantisch. Die Sonne blendete und ich hielt eine Hand über meine Augen, um alles in Ruhe zu überblicken und die Schönheit der Natur in mich aufzusaugen. »Wieso wusste ich nichts von dem Strand?«

»Fast keiner weiß davon«, meinte Tristan nur grinsend und breitete eine riesige Decke aus, die er aus der noch größeren Tasche geholt hatte. Dann folgten noch ein paar Tupperdosen, Getränke, Handschellen – äh ja … Ich zog eine Augenbraue hoch, als er das lässig hinschmiss, doch er schmunzelte nur in sich hinein.

»Komm, Baby, setz dich zu mir!«

»Ich dachte, wir sind zum Arbeiten hier?«

»Kommt darauf an, wie du das Wort ‚Arbeit' auslegst.« Er klopfte auf die Decke neben sich und lächelte mich unschuldig an. Zu unschuldig. Langsam machte sich Aufregung in meinem Magen breit, denn ich wusste, er hatte etwas geplant, was sicher nicht jugendfrei war. Doch natürlich folgte ich seiner Anweisung vertrauensvoll und setzte mich neben ihn. Dann lehnte ich mich auf die Ellbogen zurück, schloss seufzend die Augen und genoss das leise Plätschern der Wellen vor uns und das Gezwitscher der Vögel hinter uns im Wald genauso wie die warmen Strahlen auf meiner Haut. Ich fühlte förmlich, wie sie sich mit Vitamin D vollsaugte.

»Es ist himmlisch!«, murmelte ich.

»Und wie«, antwortete er nur leise und ich spürte, dass er mich anstarrte. Als Nächstes fühlte ich seine Hand auf meinem Oberschenkel und zuckte zusammen. Doch als er leicht drückte, folgte ich und ließ zu, dass er meine Schenkel auseinanderschob. Meine Güte, wenn jetzt jemand vorbeischwamm, könnte er mir direkt unter den Rock schauen. Aber Tristans Lippen an meinem Ohr und seine Hand, die mich hauchzart am Schenkel streichelte, ließ mich das schnell vergessen.

»Ich habe dich vernachlässigt, Baby. Ich habe vergessen, was wirklich wichtig ist und was du brauchst. Das tut mir leid und ich werde es wiedergutmachen, ob du willst oder nicht. Ich werde dich wieder daran erinnern, wieso ich der beste fucking Ehemann dieser Welt bin und nicht irgendein Arschkrapfen. Und ich werde dich daran erinnern, wer für mich die allerschönste Frau dieser Welt ist«, wisperte mir Tristan ins Ohr und strich dann mit seinen Lippen über meinen Hals, während seine Hand weiter nach oben wanderte. Ich stöhnte leise, als er anfing, meine empfindliche Haut unter meinem Ohr zu verwöhnen und seine Finger noch weiter nach oben rutschten bis an den Ansatz meiner Beine. Zärtlich glitt er über meine äußeren Schamlippen, aber ich biss die Zähne aufeinander und meine Hand schoss nach unten, um ihn aufzuhalten.

»Tristan!«, flüsterte ich und sah ihn schockiert an. Seine grünbraunen Augen brannten förmlich, sein Fokus lag auf meinem Gesicht und unterdrückte Leidenschaft loderte in seinem Blick. Er war so verdammt heiß, wenn er mich wollte und sich augenscheinlich zurückhielt.

»Was, Baby?«, fragte er mit einem Schmunzeln und nahm meine Hand, zog sie über meinen Kopf …

»Das geht nicht! Hier kann jederzeit jemand vorbeischwimmen!« Er lächelte breiter und hob auch meine andere Hand.

»Hier *wird* auch ganz sicher jemand vorbeischwimmen, vielleicht wird sogar noch jemand an diesen Strand kommen«, flüsterte er, und meine Augen wurden groß. Im nächsten Moment fühlte ich, wie er kühles Eisen um meine Handgelenke schlang, und ehe ich mich versah, hatte er die Handschellen geschlossen. »Sie werden mitbekommen, was ich mit dir mache und sich daran aufgeilen. Es wird das Heißeste sein, was sie jemals gesehen haben, vielleicht wird es sie sogar so aufgeilen, dass sie es sich auf der Stelle selber machen müssen«, sprach er sanft weiter, doch gerade als ich widersprechen wollte, trat ein strenger Ausdruck auf sein Gesicht. Ein Ausdruck, der klar aussagte, dass ich keine Chance hatte. »Die Hände bleiben hier oben! Und deine Bedenken kannst du gleich wieder vergessen, ich werde dich hier und jetzt vögeln, egal, wer es sieht! Hast du verstanden?«

»Du hättest mich ja wenigstens mal …!«

Er kniff mir in einen meiner Nippel.

»AU!« Empört sah ich ihn an. Offenbar musste er sich ein Lachen verkneifen, denn es zupfte an seinem Mundwinkel, aber er blieb ernst.

»Ich werde dir jetzt geben, was du brauchst, also wage es nicht, zu widersprechen! Außerdem bin ich hier der Boss und Sie haben zu tun, was ich sage, verstanden, Miss Angel?«

»Ja, Mista Wrangler!«, blaffte ich ihn wütend an, und jetzt musste er doch leise lachen.

»Sehr gut!«, meinte er zufrieden, beugte sich vor und küsste mich. Und wie er mich küsste. Er küsste mich so, wie es nur Tristan Wrangler kann, sodass ich alles andere um uns herum völlig vergaß und mich nur seinen warmen, weichen Lippen hingab und seinen talentierten Fingern. Fingern, die sich zärtlich auf meinen Kitzler legten, dort leicht massierten, bis sich meine Hüften kreisend bewegten, bis ich es kaum aushielt und in seinen Mund stöhnte. Die Sonne brannte immer noch erbarmungslos herab und ich konnte ich ihn nicht mal anfassen! Was für ein Sadist!

Dass er das war, bewies er, als er aufstand, erst nachlässig die Brille wegwarf und sich dann das Shirt über den Kopf zog. Er entblößte seinen perfekten, muskulösen, braun gebrannten Körper mit dem Tattoo, das unsere kleine Familie für immer auf seinem Herzen verewigte. Außerdem war er hart unter der verboten tief sitzenden Jeans und dabei grinste er mich so süffisant an, dass ihm klar sein musste, was er mir allein mit seinem atemberaubenden Anblick antat.

»Gott, Tristan!«, murmelte ich und bewegte meine Hüften, denn ich konnte nicht mehr still liegen bleiben, es ging einfach nicht!

»Was denn, Baby?«, meinte er, öffnete den Schlitz seiner Jeans, holte seinen steifen Schwanz ungeniert ans Sonnenlicht, fing an, sich langsam einen runterzuholen, und erinnerte mich somit an damals, als er mich in seinem Zimmer in den Wahnsinn getrieben hatte. Sobald ich ihn sah, wollte ich ihn in mir. Ich konnte ihn förmlich fühlen, wie er sich steinhart und unbarmherzig in mich schob, wie er mich bis zum Anschlag ausfüllte, wie er mich befriedigte und verrückt machte. »Du brauchst mich gar nicht so ungeduldig anschauen, hier bestimme ich das Tempo!«, bemerkte er auch noch und kniete sich neben mich. »Mund auf!« Ich tat wie mir befohlen und er schob sich samtig und gleichzeitig hart zwischen meine Lippen. Da ich mich nicht bewegen konnte, begann er mit einem »Oh fuck, Baby« langsam meinen Mund zu ficken, was mich noch feuchter machte, besonders, weil er stöhnte. Und wer Tristan Wrangler schon einmal stöhnen gehört hat, der weiß, dass es keinen erotischeren Klang auf diesem Planeten gibt. Schon bald hielt er es nicht aus. Er wurde etwas schneller, fickte mich etwas tiefer – was ohne Probleme möglich war – und riss im nächsten Moment meine Bluse auf. Ich wollte mich beschweren, doch er klatschte mit einem »Ruhe!« auf einen meiner Nippel, bevor er anfing, ihn zu zwirbeln und daran zu zupfen. Nun musste ich auch stöhnen, mein Becken kreiste genüsslich, weil das, was er an meinen Brüsten tat, geradewegs zwischen meine Beine schoss. Ich hörte von irgendwoher ein Plätschern, aber ich war bereits in einem Zustand, in dem mir so gut wie alles um mich herum egal war. Doch dann vernahm ich leise Stimmen und schaute doch hin.

Mit Entsetzen stellte ich fest, dass ein junges Pärchen nackt aus dem Wasser stieg und in seinen Schritten verharrte, sobald es uns erblickt hatte. Wieso waren die nackt? Und wieso zuckten sie die Schultern und gingen einfach weiter? Und wieso hatte ich nicht bemerkt, dass etwas abseits bereits zwei Handtücher lagen?

Was war denn jetzt los?

»Das ist ein privater FKK-Strand, der einem Freund von mir gehört«, wisperte mir Tristan zu, dann zog er sich aus meinem Mund zurück und kniete sich zwischen meine Beine, wo er mir einfach den Rock hochschob und mit seiner Eichel auf meinen Kitzler klatschte. Ich schrie fast auf vor Lust, konnte mich aber gerade noch beherrschen. Da waren schließlich andere Leute – nicht einmal zehn Meter entfernt –, die sich gerade auf ihre Handtücher setzten, um uns ungeniert zu beobachten!

GOTT!

Ich fühlte, wie das Blut siedend heiß in meine Wangen stieg.

»Tristan!«, rief ich hilflos, als er sich gerade in mich schieben wollte, und er stoppte.

»Was?«, fragte er schon etwas heiser und auf jeden Fall schneller atmend.

»Da sind andere Menschen!«, murmelte ich und fühlte seine pralle Eichel förmlich an meinem Eingang zucken.

»Und? Soll ich dich jetzt nicht ficken? Wenn du nicht willst, dann tue ich es natürlich nicht!«, gab er in selbstgefälligem Ton zurück und rieb mit seiner Eichel verlockend über meinen Kitzler, schob sie leicht in mich und wieder raus.

»Du bist ein Drecksack!«

Er stoppte sofort mit seinen Bewegungen und stemmte sich auf seine Arme.

»Ich bin was?« Irgendwie sah er ehrlich ein bisschen wütend aus, genau genommen so wütend, dass meine Kehle sofort trocken wurde und ich nicht wusste, was ich sagen sollte. Mittlerweile wollte ich nur von ihm gefickt werden, egal, ob andere Leute da waren oder nicht, egal, ob sie uns beobachteten oder nicht.

Ich war schon zu sehr in meinem Lustrausch und meinen animalischen Trieben gefangen, als dass es mich weiter gestört hätte. Und doch hätte er mich wenigstens darauf vorbereiten können, was er vorhatte! Also zischte ich und betonte dabei jedes Wort einzeln: »Du. Bist. Ein. Drecksack!«

»Okay! Wie du meinst!« Somit erhob er sich, zog sich die Jeans aus, auch die Shorts, sodass er nackt und einem Adonis gleichend über mir stand und anschließend – ich dachte, ich würde wahnsinnig – marschierte er einfach in den See! Ließ mich alleine mit diesen fremden Personen und meinem Rock, der so weit nach oben gerutscht war, dass er nichts mehr verdeckte, außerdem natürlich mit gefesselten Händen!

»Tristan!«, rief ich ihm empört nach und versuchte mich aufzusetzen, was meinen Bauchmuskeln einiges abverlangte.

»Der Drecksack geht jetzt eine Runde schwimmen. Denk nicht mal dran abzuhauen, ach ich vergaß: Das kannst du ja gar nicht«, verkündete er gelangweilt und stieß sich im seichten Untergrund ab, um dann kraftvoll durch das Wasser zu pflügen. Das konnte doch nicht wahr sein! Ich war kurz vor dem Platzen, so erregt war ich schon, und Mista Ich-lass-dich-halb-nackt-und-total-aufgegeilt-einfach-mit-zwei-Fremden-Liegen ging erst mal eine Runde schwimmen!

»Hoffentlich beißt dir ein Fisch den Schwanz ab!«, rief ich ihm wütend hinterher. Schmollend ließ ich mich auf den Rücken zurückfallen und versuchte, das Pochen zwischen meinen Beinen zu ignorieren, genauso wie mein schnell schlagendes Herz und meine Atmung. Ich wollte mich beruhigen, doch das wurde mir unmöglich gemacht, denn ein paar Sekunden später ertönte ein genüssliches weibliches Stöhnen neben mir. Als ich hinüberlinste, sah ich, wie sie auf dem Bauch lag, um sich augenscheinlich zu sonnen, der Kerl sich aber einfach von hinten in sie schob! Vermutlich hatten wir sie ungewollt angeheizt und sie hielten es nun nicht mehr aus. Verdammt, die beiden sahen verdammt heiß dabei aus, als sie es jetzt miteinander trieben – gerade mal ein paar Meter von mir entfernt, während ich halb nackt und absolut erregt hier liegen musste und mich nicht mal selbst anfassen konnte! *Das hat der Arsch doch geplant! So hübsche Menschen findet man schließlich nicht einfach an jeder Straßenecke. Oh verdammt!* Ich löste meinen Blick schnell von den beiden, als die Blondine mir zuzwinkerte, aber es war unmöglich, sie nicht anzusehen, also linste ich vorsichtig zu ihr und dem schwarzhaarigen Kerl rüber, der braun gebrannte Muskeln an genau den richtigen Stellen besaß. Ich wurde immer feuchter, je mehr sie stöhnte und je tiefer er sich in sie schob. Längst war ich viel zu gebannt von ihrem Liebesspiel, um sie noch auszublenden, während ich gleichzeitig Schiss hatte, zwischen den Beinen zu explodieren oder beim Spannen erwischt zu werden.

»Das kann doch nicht wahr sein!«, brummte ich und schloss die Augen, aber ich hörte sie trotzdem noch und das war schlimm, richtig schlimm.

Gott sei Dank trafen mich kurz darauf eiskalte Wassertropfen, sodass ich vor Schreck zusammenzuckte und die Augen wieder öffnete.

»Na? Bist du immer noch der Meinung, dass ich ein Drecksack bin, nur weil ich dir ein unvergessliches sexuelles Erlebnis liefern und deine geheimsten Fantasien wahrmachen wollte?«, meinte Tristan provokativ. Mit verschränkten Armen, glitzernden Wasserperlen auf perfekten Muskeln und hartem Schwanz stand er über mir und grinste süffisant auf mich herab. Bei diesem Anblick konnte ich nicht reden, aber ich konnte den Kopf schütteln.

Jetzt bloß keinen Fehler machen, sonst fickt er dich echt nicht! Mia, reiß dich zusammen!

Er lachte leise.

»Das will ich dir auch geraten haben!« Dann ging er zwischen meinen Beinen auf die Knie, berührte mit seinen eiskalten, feuchten Fingern meine Schnecke. »Oh wow, Mia, dir gefällt wirklich, was die beiden da drüben treiben, oder? Ich wusste seit dem Moment im Klassenzimmer im Club, dass du eine kleine Voyeurin bist. Fuck!« Er schob einen Finger in mich und ich schrie den ganzen Strand zusammen. *Endlich!* »Oh mein Gott, bist du angeschwollen und feucht. Du bist schon kurz davor, stimmt's?«

»Ja, Tristan! Verdammt!« Ich knirschte förmlich mit den Zähnen und er lachte leise. »Wir machen es so: Ich lasse dich jetzt einmal kommen, aber dann werde ich dich gnadenlos ficken, bis du wund bist, klar?« Er schob einen zweiten Finger dazu, strich genau über meinen G-Punkt und massierte mich, sodass mein Becken unkontrolliert kreiste.

»BITTE, TRISTAN!«

»Bin ja schon dabei!« Gerade als ich abhob, stieß er mit seinem perfekten Schwanz tief in meinen Körper und ich kam und ich kam und kam um ihn herum, während er mich einfach hart und schnell fickte und den Orgasmus somit scheinbar bis in die Unendlichkeit verlängerte. Er hörte auch nicht auf, als ich völlig geschafft kräftig Luft holte, nein, stattdessen drehte er mich herum, hob meine Hüften mit einem Arm und schob sich tief von hinten in mich. Ich legte meine Wange auf die warme Decke, beobachtete das Pärchen, das es immer noch neben uns trieb – gerade saß sie mit ihrem perfekten Körper auf ihm und gab alles. Als sie augenscheinlich einen Orgasmus hatte, konnte ich nicht anders, als noch mal zu kommen, und erneut, als er ihr auf den Bauch spritzte. Ich endete absolut wund, genauso wie er es angekündigt hatte. Erst nachdem ich dreimal gekommen und völlig fertig war, erlaubte sich Tristan, tief in mir zu explodieren und dann auf mir zusammenzubrechen.

»Fuck«, meinten wir beide synchron. In dem Moment, als er sich aus mir zurückzog, war ich das erste Mal seit Wochen wieder so richtig glücklich. Völlig ausgepowert und gleichzeitig selig. Oh my fucking Tristan, das hatte ich wirklich gebraucht! Und wie!

11. Pleiten, Pech und zwei Nackte

Tristan im Arsch Wrangler

Ja, ich hatte meine Frau wirklich vernachlässigt und mich stattdessen auf Dinge konzentriert, die eigentlich scheißegal sein sollten: Geld und Geschäfte. Dabei hatte ich ganz vergessen, was wirklich zählte, dass niemand verlorene Zeit zurückgeben kann und dass ich jeden verdammten Moment mit meinem Mädchen genießen sollte, weil ich nie wusste, wann die Kacke wieder anfing zu dampfen und sich das Schicksal dachte: *So, das war's jetzt mit der Ruhe. Auf in die nächste Runde. Mal sehen, wie ihr damit klarkommt.*

Jetzt lag ich auf meinem Mädchen. Die Sonne schien mir nicht aus dem Arsch, sondern *auf* den Arsch, und das war auch gut so – scheißegal, dass mein Allerwertester vermutlich inzwischen aussah wie der eines Pavians. Mias Haut war gerötet; ihr wunderschöner, weicher, anschmiegsamer Körper bebte immer noch vom letzten Orgasmus und ihr Herz schlug genauso schnell wie meines, während ihre Beine nach wie vor meine Hüften umklammerten. Langsam rutschten sie hinab und sie seufzte, als sich ihre verkrampften Muskeln entspannten. Ich lachte leise, öffnete die Handschellen, massierte zärtlich ihre Handgelenke und küsste jedes, bevor ich mich aufrichtete und auf sie herabsah.

»Na?« Sie lächelte süß, ließ die Augen aber immer noch zu, und hob ihre Hände, um mir verträumt über die angespannten Oberarme zu streichen. »Zu viel versprochen?«

»Halt die Klappe, du wahnsinnig heißer, phänomenaler, perfekter, mich fast totfickender Drecksack!«, murmelte sie völlig verschlafen, kurz davor, ins Traumland abzudriften, aber das durfte ich nicht zulassen.

»Ich geb dir gleich Drecksack! Bis jetzt war ich noch nett!« Ich zog ihr die Bluse aus, es war das einzige Kleidungsstück, das noch an ihrem Körper überlebt hatte. Ansonsten war sie jetzt nackt – und wunderschön. Dann packte ich sie einfach und stand mit ihr auf den Hüften auf. Sie schrie mir natürlich ins Ohr und klammerte sich an mir fest, aber so richtig kreischte sie erst, als ich drei Schritte machte und sie dann kurzerhand ins Wasser schmiss.

Prustend, wild zappelnd und vor allem mit empörtem Gesichtsausdruck kam sie wieder nach oben. »Das war fies!«

»Ich wollte nur nicht, dass du einschläfst!« Elegant und vor allem dreckig grinsend ließ ich mich zu ihr ins Wasser gleiten, was sie zum Anlass nahm, sich gleich wieder an mir festzuklammern. Sie zitterte ein bisschen, aber das war mir egal, denn sie war so verdammt heiß, wenn ihr kalt war.

»Hier sind riesige Fische! Die beißen mir sicher gleich in den Arsch!« Mit großen Augen starrte sie ins Wasser und ich genoss es, ihren Arsch zu packen und sie beruhigend näher an mich zu drücken.

»Die tun dir nichts, solange du an mir dranhängst. Keine Sorge, du Angsthase!« Ich küsste ihre Nasenspitze und sah an ihrem Blick, dass sie mir nicht wirklich glaubte. »Weißt du noch, damals im Bach … Da hat dich auch kein Fisch in den Arsch gebissen«, versuchte ich sie abzulenken, und sie sah wieder zu mir.

Ihre wunderschönen braunen Augen fingen sofort an zu strahlen, so wie immer, wenn sie sich an etwas Schönes mit mir erinnerte. Ich liebte diesen Ausdruck auf ihrem Gesicht und lehnte meine Stirn gegen ihre. »Da wusste ich schon, dass uns nichts trennen kann.«

»Und doch ist es geschehen«, wisperte sie.

Ich zuckte mit den Schultern. »Das war nur eine Probe für unsere Liebe und wir haben sie bestanden – halb so wild.«

»Im Nachhinein ist das Meiste halb so wild«, murmelte sie versonnen und legte ihre Wange an meine Schulter, weshalb ich sie noch enger an mich drückte.

»Keine Sorge, nichts kann uns noch trennen, Baby! Wer oder was sollte es schon schaffen, uns beide zu entzweien?« In dem Moment, als ich es aussprach, durchzuckte mich ein wirklich beschissenes Gefühl, denn, na ja, ich hatte keine Ahnung, wie sie darauf reagieren würde, wenn sie rausfände, dass ich sie seit einem Jahr belog, dass ich nicht der war, für den sie mich hielt, dass ich immer noch mit dem Milieu Kontakt hatte, das sie so verabscheute und das uns fast zerstört hätte.

»Nichts. Ich lasse dich nicht mehr gehen, Tristan. Egal, was passiert!« Ihre Stimme klang komisch abwesend, wahrscheinlich starrte sie blicklos über den See.

»Und ich dich nicht, Baby.« Ich küsste ihren Scheitel und hielt sie weiterhin eng umschlungen.

***

»Fuck!«, stieß ich hervor, als wir ungefähr eine halbe Stunde später aus dem Wasser kamen und bemerkten, dass unsere Sachen weg waren! Meine Augen verengten sich zu Schlitzen und ich ballte die Hände zu Fäusten. Ich blieb sogar so abrupt stehen, dass Mia, die hinter mir ging, in meinen Rücken lief.

Das hat die Schlunze nicht getan! Ja, gut, meine ›Neue‹ im Club, Nicole, war von der ›lustigen Sorte‹ und erlaubte sich öfter allerhand Späße mit den Mädels. Aber dass sie das bei mir besser nicht tun sollte, hatte ihr wohl noch keiner gesagt. Anscheinend war ihr nicht klar, mit wem sie sich anlegte, aber das würde sie noch erfahren! Vorausgesetzt ich schaffte es nach Hause! Völlig nackt! Ohne alles! So eine Fotzenscheiße!

»Tristan, unsere Kleidung ist weg!« *Ach, sag bloß?* Mia stand mit riesigen Augen neben mir und sah sich das Debakel an. Instinktiv schlang sie die Arme um ihren Oberkörper, vermutlich total überfordert von der Situation.

»Ich sehe es«, knurrte ich und stapfte zu der Stelle, wo unsere Decke hätte sein sollen. Nichts! Gar nichts! Auch nicht im Gebüsch. Nirgendwo! Wie ein Blöder marschierte ich über diesen beschissenen Strand und suchte alles ab und Madame Angel, tja, die hatte nichts Besseres zu tun, als zu kichern und schließlich lauthals über mich und meinen Gesichtsausdruck zu lachen.

»Haha! Dir wird das Lachen schon noch vergehen!«, knurrte ich düster und fand wenigstens meinen Autoschlüssel, der etwas abseits gelegen hatte. Zum Glück! Sonst hätten wir mit dem verdammten Bus fahren müssen, was nicht gerade lustig geworden wäre.

Mia amused Wrangler

Ja, ich musste nackt durch einen Wald marschieren und fühlte mich wie Eva mit einem wütenden Adam, aber ich konnte trotzdem nicht aufhören zu lachen, denn Tristan ließ einfach nicht das Fluchen sein. Erstens war das eine seiner Lieblingsjeans gewesen, also eine, die meine Scherenaktion überlebt hatte, weil sie in der Wäsche gewesen war, und zweitens durfte das keiner mit einem Tristan Wrangler machen.

»Baumelnde Eier im Wald, wie sexy … Drecksfotzenscheiße … Irgendwelche Hirsche holen sich jetzt auf sie einen runter! Wenn jemand MEIN BABY sieht, irgendein fetter Jäger mit seinem Fernglas, dann lauf ich Amok! BOAH!«, waren ein paar Auszüge seines Genuschels. Kurzerhand blieb er stehen und sammelte ein paar riesige Farnblätter. »Halt die dir davor!«, befahl er angepisst. Ich kicherte nur und gehorchte brav, bevor wir weitermarschierten. Doch dann sagte er: »Was fällt dieser kleinen Schlunze und ihrem Pferdeschwanzlover ein«, was mich stutzig machte, denn er konnte doch nicht wissen, ob das Pärchen unsere Sachen genommen hatte. Als ich nachhakte, winkte er nur angepisst ab und lief weiter.

Irgendwann verging auch mir das Lachen, nämlich als ich zum dritten Mal in etwas Pieksiges trat. Tristan nahm mich einfach murrend Huckepack und bahnte sich grimmig seinen Weg durch den Wald. Wenn das jemand sehen könnte! *Wie ein wütender, haarloser, fantasievoll fluchender, sexy Höhlenmensch, der Beute gemacht hat.* Bei der Vorstellung musste ich schon wieder lachen und gab ihm einen Kuss auf den Nacken, was er aber auch nicht so witzig fand.

Als wir den sonnengefluteten, total überfüllten Parkplatz erreichten, war seine Laune dann endgültig am Tiefpunkt angekommen.

Aus dem schützenden Gebüsch heraus spähte er über die vielen Autos und versuchte den taktisch klügsten Weg zu wählen, einen, bei dem wir am besten auf keine fröhliche Groß-Familie träfen, die nach dem Baden nach Hause fahren wollte. Irgendwann war der Plan ausgeklügelt und die Luft rein, denn er packte mich an der Hand und murmelte »Lauf! Ich gebe dir Arschdeckung!«

Ich erstickte fast an meinem Glucksen, als wir uns wie zwei nackte Soldaten auf der Pirsch zwischen den Autos entlangschlängelten, doch es verging auch mir, als wir gerade neben einer Familienkutsche hockten, nur drei Autos von Tristans Audi entfernt, und hörten, wie sich Stimmen näherten. Viele Stimmen! *Sehr* viele Stimmen!

»Rückzug!«, flüsterte Tristan panisch und wir schlichen schnell hinter das Auto, dann schob er mich hinter das nächste, noch eins weiter, und schon waren wir am Arsch von unserem Auto.

Tristan drückte auf das Knöpfchen, während ich mich mit dem Rücken an der Seite entlang und zur Tür schob, sie öffnete und keuchend und schnaubend in einem Akt der Verrenkung in das schützende Auto schlüpfte. *Puh!* Dort atmete ich erstmal tief durch und ließ den Kopf nach hinten fallen, während auch er, weitaus eleganter, einstieg und seine Tür ruckartig zuknallte.

»Drecksfotzenscheiße!«, knurrte er erneut und startete den Motor. Da musste ich schon wieder lachen und sogar Tristan schmunzelte ein bisschen, schüttelte seinen Kopf, bevor er seine gebräunte Hand entspannt auf meinen blassen Oberschenkel legte. »Mit dir erlebt man wirklich die verrücktesten Dinge, Miss Angel.«

***

Das Lachen verging mir erneut, als wir durch die Stadt mussten und die Ampel vor uns natürlich auf Rot schaltete. Schnell rutschte ich auf meinem Sitz nach unten und bedeckte meine Brüste mit meinen Armen. Den Farn hatte ich von mir geworfen, als ich ins Auto geklettert war. Tristan hingegen grinste jetzt. Von ihm konnte man schließlich nur den Oberkörper sehen und den musste er ganz sicher nicht verstecken. Er wäre die perfekte Werbung für den neuen Audi gewesen und hätte Frauen scharenweise vor ihren Fernsehern lahmgelegt.

»Tja, Baby, nichts mehr zu lachen? Wie kommt's?«

»Halt die Klappe, das ist alles nur deine Schuld!«, murrte ich zurück und zog seine Hand wieder nach unten, als er damit den vorbeigehenden Passanten winken und sie auf uns aufmerksam machen wollte. »Ich warne dich, TRISTAN!« Er lachte lauter und ich liebte es, genau wie ich meine derzeitige Situation hasste.

Fröhliche Kinder sprangen an unserem Auto vorbei, drei Rentner in Zeitlupe schoben sich natürlich auch entlang und einige gehetzte Geschäftsmänner folgten. Zum Glück sah keiner zu uns, und ich atmete erleichtert aus, als wir endlich nach gefühlten Jahrmillionen weiterfahren konnten. Nun war es an Tristan, sich über mich zu amüsieren, und ich verdrehte die Augen, hoffte einfach nur, dass wir bald daheim wären, um diese Horrorfahrt zu beenden!

Was hätte ich jetzt nur für getönte Scheiben gegeben!

»Ja, ja, Tristan«, brummte ich vor mich hin. »Du musstest die Super-dupa-Luxusausstattung haben, aber für getönte Scheiben vorne hat es wohl nicht mehr gereicht!« Seinen Klugscheißerkommentar, dass vorne leider keine getönten Scheiben erlaubt seien, ignorierte ich geflissentlich und motzte stattdessen weiter mit verschränkten Armen leise vor mich hin.

Der Tag hatte so schön angefangen, war so aufregend gewesen und endete jetzt in dieser nackten Katastrophe! Also *das* würde ich sicher nicht meinen Enkeln erzählen! Gar keinem! Vielleicht Vivi und Katha. Zwar würden die beiden sich in die Hose machen vor Lachen, aber sie würden auch Tristan damit aufziehen, was das Beste daran wäre. Allein sein Gesichtsausdruck, wenn sie es ihm brühwarm unter die Nase rieben, wäre göttlich und die Vorstellung ließ mich schon wieder kichern, weshalb ich beschloss, es ihnen schon aus Rachegründen auf jeden Fall zu erzählen. Dann kam die nächste rote Ampel, ach und ein Bahnübergang und natürlich war auf der Autobahn Stau.

Ich starb. Kurzerhand. So viele Tode, dass ich sie nicht mehr zählen konnte.

Trotzdem schafften wir es irgendwie nach Hause, wo sich aus mir unerfindlichen Gründen die halbe Familie eingefunden hatte – Katharina, Phil, ihre Tochter Alexandra, natürlich Eli sowie Robbie und zu guter Letzt noch David, bei dessen Anblick mir einfiel, dass er sich bereits vor einer Woche für heute angekündigt hatte. Genial!

»Ich bringe dich um!«, murrte ich Tristan zu, sobald er die Eingangstür geöffnet hatte und alle aus dem Wohnzimmer in den Flur glupschten. Wo waren ihre verdammten Autos? Die hätten mich zumindest vorgewarnt. Wieso musste das geschehen? Warum war ich geboren worden? Und wieso tat meine Schwägerin und mittlerweile eine meiner besten Freundinnen nicht wenigstens so, als würde sie diese Situation nicht zum Schreien komisch finden.

»Vergesst sofort wieder, wie heiß sie ist!«, meinte Tristan nur nachdrücklich an seine Brüder gewandt, nahm meinen weinroten Mantel von der Garderobe, legte ihn mir um die Schultern und geleitete mich mit aller Würde, die er trotz der Situation aufbrachte, nach oben in mein Schlafzimmer.

***

Einen Tag später fand dann das unangenehmste Kaffeekränzchen aller Zeiten statt. Mein Schwiegervater und seine Frau (Katharinas Mutter) saßen auf unserer großen Terrasse mir gegenüber, David wurde natürlich jedes Mal rot, wenn er mich ansah. Daneben war Katharina, der Teufel, und Phillip Wrangler, ihr Komplize, die sich immer noch lauthals über Tristans und mein Gesicht ausließen, als wir splitterfasernackt nach Hause gekommen waren.

Alexandra hatten sie auch dabei – das niedlichste Baby, das ich neben Eli jemals gesehen hatte. Robbie, der auf meinem Schoß saß, amüsierte sich genauso laut mit Katha und Phil und erstickte dabei fast an seinem Stück Schokokuchen, der kleine Verräter. Eine unschuldige Eli hockte hingegen neben mir auf dem Schoß ihres Vaters und saute ihn mit Brei voll. Aber so war das eben, wenn die Tochter den Vater fütterte und der sie mit allerhand Grimassen dazu brachte, sich den niedlichen Windelpopo abzulachen.

Wie immer, wenn ich ihn mit seiner Tochter sah, die ihm wirklich wie aus dem Gesicht geschnitten und somit natürlich wunderschön war, vergaß ich alles andere um mich herum. Stattdessen dachte ich nur an diese Perfektion. Michelangelo hätte sie so in einem Bild verewigen können und wäre ihnen nicht gerecht geworden. Und wie Tristan erst mit seiner Tochter umging. Ich wünschte mir immer, ich hätte so einen liebevollen Vater gehabt, doch gleichzeitig war ich von ganzem Herzen froh, dass ich meiner Tochter und mittlerweile auch Robbie ermöglichen konnte, von diesem wunderbaren Mann auf Händen getragen zu werden. Das sollte jedem Kind vergönnt sein, so sollte eine Kindheit aussehen. Frei, unbekümmert, voll dreckiger Kleidung und lautem Lachen. Ich küsste Robbies Scheitel mit den feinen duftenden Haaren, die immer dunkler wurden. Noch war er in einem Alter, in dem er es zuließ, doch nicht mehr lange und er würde nicht mehr zu mir kuscheln kommen oder mich mitten in der Nacht bitten, ihm eine Geschichte zu erzählen. Stattdessen würde er mit seinen Freunden losziehen, immer öfter und immer länger wegbleiben, bis er es irgendwann peinlich finden würde, wenn ich ihn küsste. Dann wäre es mit meinem Einfluss auf ihn vorbei und ich könnte nur noch hoffen, einen guten Menschen aus ihm gemacht zu haben. Noch wollte ich mir nicht vorstellen, ihn irgendwann ziehen zu lassen, lieber genoss ich sein Lachen und seine Frotzeleien mit Katha und Phil.

Dann hatten sie mich eben nackt gesehen – es gab Schlimmeres, na und! Wir waren nicht die Einzigen in dieser Familie, denen so etwas passiert war, und außerdem gingen wir alle sowieso ziemlich offen miteinander um. Vor Katha und Phil war es mir ehrlich gesagt egal, bei meinem Schwiegervater allerdings nicht. In dieser Hinsicht versuchte ich einfach, nicht mehr daran zu denken, und stattdessen den Nachmittag in dieser seltenen Konstellation zu genießen, zu viel Kuchen zu essen, leckeren Kaffee zu trinken und die Strahlen der Sonne auf meiner sowieso schon strapazierten Haut zu spüren, während ich meinen Kopf an Tristans Arm lehnte.

Manchmal passieren Dinge, die scheiße sind. Du kannst die Vergangenheit sowieso nicht mehr ändern. Schließ ab damit, mach weiter. Fühlst du dich JETZT wohl? Dann genieße es!

12. Dampfende Scheiße

Mia verwirrt Wrangler

Wir sahen uns viel mehr, dank meiner Arbeit bei Tristan. Allerdings war mein Traummann als Chef genau so, wie ich es mir vorgestellt hatte: ein Tyrann, der alles auf absolute Perfektion auslegte. Seine geheiligte Perfektion verlangte er auch ohne jegliches Erbarmen von mir ab. Ganz zu schweigen von schier übermenschlichen Kräften. Zum Beispiel, wenn ich dieses runde Teil zum Belichten im prallen Sonnenschein stundenlang in einer Position halten sollte. Da existierte nichts mehr von dem rücksichtsvollen Liebhaber in ihm, sondern der unerbittliche Diktator kam zum Vorschein. Aber ich wollte und musste ihm beweisen, dass ich genauso gut sein konnte wie seine blöde Michelle, deswegen strengte ich mich an, ging an den Rand meiner Grenzen und gab nicht auf. Das hieß natürlich nicht, dass ich dabei nicht motzte – ich war schließlich immer noch seine Ehefrau. In erster Linie beschwerte ich mich allerdings, weil mir erst jetzt so wirklich klar wurde, mit was für schönen Frauen er es tagtäglich zu tun hatte, denn er machte zum Beispiel auch Fotos für die Cosmopolitan oder andere Frauenzeitschriften. Die Models waren alle geradezu makellos. Und. Alle. Machten. Sie. Ihn. An. Doch ein Tristan Wrangler war das natürlich schon gewohnt. Er blieb souverän, reagierte absolut professionell und ließ sich auf nichts ein. Stattdessen stellte er mich allen als seine heißgeliebte Frau vor, mit der sie bloß nicht ficken sollten – »Außer auf die gute Art. Das wäre sicher mal witzig«. Das waren natürlich seine Worte.

Im Großen und Ganzen war es superanstrengend, aber gleichzeitig sehr befriedigend, für ihn zu arbeiten. Von dem her kam ich eigentlich gut klar.

Auch mit meinem Projekt ging es stetig, aber langsam voran. Allein einen Termin zu finden, um ein wenig Wald für das Camp zu roden, stellte sich als nicht gerade einfach heraus. Nach wochenlangem Verhandeln gingen endlich die Bauarbeiten los – mitten im Sommer. Es war heiß und laut. Und Tristan wurde jedes Mal heißer als der pralle Sonnenschein, wenn ich von der Baustelle kam. Verschwitzt und dreckig, aber glücklich. Leider hatten wir aber dann doch nicht so viel Sex, wie ich gern gehabt hätte.

Am Vormittag war ich ja mit Belichten, Kabel schleppen, motzen und Revier abstecken beschäftigt, am Nachmittag mit meinem Projekt und am Abend machte Tristan oft noch ein paar Shootings, zu denen er mich nicht mitnehmen konnte, weil wir ja immer noch zwei Kinder hatten.

Kurz: Das Leben einer berufstätigen Mama verlangte mir alles ab. Es war nervenaufreibend, aber ich wollte dennoch nicht tauschen; nicht, wenn Tristan sich mir gegenüber so benahm wie jetzt. So aufmerksam, so streng, dann wieder liebevoll, weil er sich unsicher war, ob er nicht zu hart zu mir gewesen war, und gleichzeitig so, so sexy. Ich fühlte mich wieder wie eine richtige Frau, die von ihrem Mann auf Händen getragen wird, und ich liebte es. Ich genoss seine Aufmerksamkeit in vollen Zügen, genauso wie die harten Arbeitstage oder die Momente, die wir als Familie glücklich verbrachten.

Momente, in denen er unter dem Sonnenschirm mit Eli auf ihrer Decke lag, sie mit ihren pummeligen Händchen in seinem Gesicht rumpatschte und er sich einfach mit ihr unterhielt, während sie die undefinierbarsten, süßesten Geräusche von sich gab, ihn vollspuckte, ansabberte oder auf ihm rumkletterte. Und er liebte jede einzelne Sekunde. So losgelöst wie beim »Chillen mit seiner Mini-Mia« hatte ich ihn noch nie gesehen. Immer, wenn ich in so einem Moment dazukam, schloss ich kurz die Lider und genoss das Glück, das mich durchströmte, genoss den Augenblick, den Frieden und die Ruhe. All das, was wir uns immer gewünscht hatten, war in diesen Momenten gebündelt.

Dann kam dieser eine Abend beziehungsweise diese eine Nacht, die alles veränderte. Wieder mal.

***

Es war eine dieser Nächte, in denen du dir am liebsten die Haut von den Knochen reißen willst, weil es so brütend heiß ist. Ich lag völlig nackt und schwitzend in den Laken, die Balkontür war weit geöffnet, doch anstatt eines lauen Lüftchens kam gar nichts. Die Luft stand und das schon seit Tagen. Eli hatten wir letzte Woche in ihr eigenes Prinzessinnen-Zimmer verfrachtet, das die Männer der Familie Wrangler an einem Wochenende zu einem wahren Paradies gestaltet hatten. Dabei hatte Rockmusik durch das ganze Haus mit Sägen und Hämmern um die Wette gedröhnt. Die drei Brüder hatten eine richtige Party aus der Zimmerverschönerung gemacht – aber ich hatte es ihnen gegönnt. Diese Zeit miteinander zu verbringen, zu trinken, albern zu sein – wie häufig kamen sie denn schon dazu? Schließlich waren sie nun erwachsene Männer, zumindest taten sie meistens so. An diesem Wochenende ließen sie ihre inneren Kinder raus, und wir Frauen nutzten die

Gelegenheit: Wir entspannten in einem Wellnesshotel, das Vivi entworfen hatte.

Auf jeden Fall schlief Eli nun tief und fest in ihrem Prinzessinnenburgbettchen. Von Robbie war auch nichts zu hören. Stanley hatte sich in seinem Körbchen neben dem Bett zusammengerollt und schnarchte leise. Alles ruhte friedlich – nur ich nicht. Ich lag hellwach da und starrte an die Decke – es war auch noch Vollmond, da schlief ich immer schlecht.

Irgendwann hielt ich es in dem riesigen Bett so alleine einfach nicht mehr aus. Mit einem Ruck sprang ich auf und nahm mein Handy von der Kommode.

Es war tatsächlich schon nach zwei. Komisch, dass Tristan so lang brauchte, normalerweise gingen die Nachtshootings in letzter Zeit immer recht flott. Als ich anrief, hörte ich nur die Mailbox und legte seufzend wieder auf. Kurz überlegte ich lippenkauend, was ich jetzt tun sollte. Aufbleiben? Oder doch versuchen weiterzuschlafen? Das war keine Option, ich würde sowieso keine Ruhe mehr finden. Im Dunkeln tappte ich zu meinem Schrank, holte meinen leichtesten schwarzen Morgenmantel heraus, trat auf den großen Balkon, sog tief die nächtliche Waldluft ein und überblickte unseren großen Garten, den dahinterliegenden Wald, zur Linken den leise rauschenden Bach und zur Rechten die leere Baustelle. Meistens, wenn ich nicht schlafen konnte, setzte ich mich hier raus und bekam die Gelegenheit, ein paar Rehe oder sogar Füchse zu beobachten. Doch heute war der Wald wie ausgestorben – kein Tier zu sehen, dafür hörte man sie.

Seufzend setzte ich mich auf meinen gemütlichen Liegestuhl, schob ein Bein unter meinen Hintern und schloss die Augen. Lauschte nur den Geräuschen der Natur.

Ich versuchte mir wirklich keine Sorgen zu machen, aber immer wieder glitt mein Blick zur Uhr. Mein Smartphone hatte ich natürlich mitgenommen und hielt es in der Hand – für den Fall, dass er zurückrufen würde. Bald war es allerdings halb drei und ich raufte mir die Haare, also wählte ich seine Nummer, hatte jedoch erneut kein Glück. Was, wenn ihm etwas passiert war oder er einen Unfall gehabt hatte?

Als ich hörte, dass ein Auto kam, fiel ein ganzer Berg von meinem Herzen. Das vertraute Geräusch von bremsenden Reifen auf Kies wirkte absolut erleichternd, vor allem der Schlüssel, der ins Schloss geschoben wurde, und seine leisen Schritte, als er die Treppen erklomm. Wobei die gar nicht so leise waren wie sonst. Wenn Tristan wollte, konnte er sich völlig lautlos bewegen. Ich hatte mich schon immer gewundert, wie er das schaffte, doch heute hörte sich das alles andere als lautlos an. Auch als er die Tür öffnete, war das nicht gerade leise und sein »Huch!« erst recht nicht. Ich runzelte die Stirn und sah um die Ecke in das dunkle Schlafzimmer, in das er soeben trat, oder eher wankte.

»Hast du getrunken?« Die Frage schoss einfach so aus mir raus, und er schrie vor Schreck auf. Offensichtlich hatte er nicht damit gerechnet, dass ich hellwach auf dem Balkon saß und nicht schlafend im Bett lag.

»FUCK! Baby!« Er fasste sich ans Herz und atmete schwer. »Erschreck mich doch nicht soooo fucking krass! Ich dachte, du bist ’ne riesige Fledermaus!«

Ich verdrehte die Augen, ging rein, schaltete das Licht an und verschränkte die Arme vor der Brust.

»Tristan Edward Wrangler, bist du gerade völlig besoffen Auto gefahren?«

»War ja sonst keiner auf der Straße, Baby, alles gut!« Er versuchte mich am Ellbogen an sich zu ziehen, aber ich wich ihm aus.

»SPINNST DU?«, rief ich und erinnerte mich dann erst an meine schlafenden Kinder, während er versuchte, sich das Hemd aufzuknöpfen. Er schaffte es nicht. Schwankend, mit gespitzten Lippen und unkoordinierten Fingern bekam er nicht mal einen Knopf auf, und so war er Auto gefahren! Ich konnte es nicht glauben! Die Wut, die durch meine Adern rauschte, war unbändig. Wie konnte er nur so verantwortungslos sein! Er hatte Familie! Er war keine sechzehn mehr, verhielt sich aber manchmal genauso! Aggressiv ging ich auf ihn zu, schlug motzend seine Hände weg und fing an sein Hemd aufzuknöpfen. Da roch ich es – nicht nur eine Alkoholfahne, sondern auch Parfum. Weibliches süßes Parfum. Schockiert weiteten sich meine Augen und ich nahm sofort meine Hände zurück, als hätte ich mich verbrannt.

»Was ist das?«, fragte ich erschrocken.

»Was'n? Mein Ständer? Den hab ich, weil du vor mir stehst«, erklärte er lallend und schob sich das Hemd von den Schultern, sodass er nur noch ein Muskelshirt trug. Dann ließ er sich einfach aufs Bett fallen. »Komm her, Baby! Ich werde dich jetzt beglücken!« Er versuchte mich mit dem Zeigefinger anzulocken, setzte sich auf und griff mit der anderen Hand nach mir, doch ich wich erneut aus. Nun packte er mich einfach an der Hüfte und zog mich direkt auf sein Becken. Schnell beugte ich mich über ihn und schnupperte an seinem Hals. Er gluckste. Der Vollidiot! Ruckartig stieg es mir erneut in die Nase und ich wich zurück. Anklagend deutete ich mit dem Finger auf ihn.

»Da ist weibliches Parfum an dir!«, rief ich und versuchte mit dem Chaos in meinem Inneren klarzukommen. Doch er gab mir keine Antwort, denn kaum hatte sein Kopf wieder das Kissen berührt, schlief er auch schon – tief und fest und schnarchend – direkt unter mir!

Ich sah ihn einige Sekunden an, überlegte, ob ich ihn wecken und anbrüllen sollte, entschied mich aber schließlich schweren Herzens dagegen. Jetzt könnte ich sowieso keine normale Unterhaltung mit ihm führen. Also kletterte ich mit verbissenen Zähnen von ihm, hob das Hemd auf und erstarrte, als ich ein weiteres typisches Indiz erblickte. Lippenstift am strahlend weißen Kragen – das durfte nicht wahr sein! Das hier war ein Albtraum!

Tristan würde mich doch nicht betrügen! An diese Möglichkeit hatte ich in letzter Zeit nicht mal im Traum gedacht. Wir waren doch in den letzten Wochen so glücklich gewesen, er hatte das gar nicht nötig, ich gab ihm *alles*, aber wieso roch er dann nach Parfum und hatte Lippenstift am Kragen? Gab es da tatsächlich eine andere, die ihn küsste, ihn berührte, ihn in sich fühlte? Bei diesem Gedanken wurde mir kotzübel und Tränen stiegen mir in die Augen, die sofort überliefen. Als ich aufschluchzte, schlug ich aus dämlicher Rücksicht beide Hände vor den Mund. Dabei starrte ich meinen Ehemann, meinen Geliebten, den einzigen Mann, dem ich absolut verfallen war, an, als würde ich ihn nicht kennen.

Währenddessen schlief er wie ein Engel, als könnte ihn kein Wässerchen trüben, aber der Schein trog. Er war ein Manipulator und gelegentlich auch sehr rücksichtslos und egoistisch, wenn er etwas wollte. Was, wenn er tatsächlich eine andere Frau wollte? Was, wenn ich ihm tatsächlich nicht mehr reichte, so wie ich es früher immer befürchtet hatte?

In dieser Nacht machte ich kein Auge mehr zu, denn mein Misstrauen war geweckt!

***

Am nächsten Morgen rief ich völlig fertig und übermüdet Vivi an, noch bevor Tristan aus seinem komatösen Schlaf erwachte. Sie konnte nicht glauben, was ich ihr erzählte, genauso wenig, dass Tristan mich betrog, doch zusammen klügelten wir einen Plan aus, der mich erst mal etwas beruhigte. Allerdings verlangte der auch einiges von mir, aber das hatten Vivis Pläne ja so an sich. Ich durfte mir vor ihm nichts anmerken lassen, er durfte keinerlei Verdacht schöpfen, dass ich Verdacht geschöpft hatte. Innerlich lachte ich über mich. Als ob ich es jemals schaffen würde, ihm etwas vorzumachen, aber andererseits war ich nicht mehr der kleine hilflose Truthahn von früher. Ich war jetzt eine erwachsene Frau, eine starke Frau – *seine* Frau.

Er kam mit Kopfschmerzen nach unten in den Essbereich, wo ich gerade Joghurt mit schwarzem Sesam und Honig – das Rezept war von Vivi – hinunterwürgte, gab mir einen entschuldigenden Kuss auf den Nacken und erzählte mir etwas davon, dass das Shooting etwas eskaliert sei, da eines der Models (angeblich männlich) ein alter Freund von ihm gewesen sei und sie sich ein paar Drinks genehmigt hätten. Ich dachte mir nur: *Erzähl das dem Ochsen*, hörte mir jedoch seine Geschichte genauestens an, die sich mit jedem Wort immer seltsamer anhörte. Da konnte doch was nicht stimmen! Eine Frau erwähnte er gar nicht. Dabei wäre es ja nicht ungewöhnlich, wenn sich wieder ein weibliches Wesen an seinen Hals geworfen hätte, was die verräterischen Spuren erklären würde. Doch diesbezüglich kam nichts. Natürlich machte mich das noch misstrauischer. Auf die Frage, wieso ich so angepisst aus der Wäsche guckte, sagte ich nur, ich habe Kopfschmerzen und schlecht geschlafen, worauf er mich ins Bett schickte. Doch das konnte er vergessen. Obwohl ich todmüde war, rappelte ich mich auf und fuhr mit ihm zu seinem ersten Termin.

Während der Fahrt wurde ich dann doch von dem sanften Geschaukel seiner Luxuskarre und der leisen Musik eingeschläfert – wahrscheinlich mit Vorsatz. Und er ließ mich natürlich schlafen, das komplette Shooting über.

Von sanften, warmen Lippen, die über meine strichen, wurde ich gegen elf Uhr vormittags geweckt.

»Morgen, Schlafmütze, willst du etwas essen?«, murmelte er, und ich blinzelte ihn verschlafen an. Verdammt. Selbst mit Augenringen und offensichtlich so richtig fertig war er unsagbar attraktiv und ich versank sofort in den geliebten grünbraunen Tiefen. Dann fiel mir jedoch ein, dass er vielleicht ein elendiger Betrüger war, und ich straffte mich abrupt.

»NEIN danke!«, blaffte ich ihn an und er runzelte die Stirn.

»Baby, eigentlich ist es ja noch nicht so weit, aber hast du zufällig deine Tage?«

»Nein!«, blaffte ich wieder und verschränkte die Arme vor der Brust. Er schob verwundert die Augenbrauen zusammen, kommentierte aber meinen Ausbruch nicht weiter. Mit einem Seufzen umrundete er das Auto, startete den Motor und fuhr los. Zum nächsten Termin.

»Darf ich fragen, was dann los ist?« Er schien bereits leicht angepisst, was mich noch wütender machte. Am liebsten hätte ich ihm an den Kopf geknallt, dass nichts weiter war, nur die Kleinigkeit, dass er ein elendiger, widerlicher, nach Parfum stinkender Betrüger war. Es kostete mich *alles* und viele Bisse auf die Zunge, um nicht mit der Wahrheit herauszuplatzen. Stattdessen murmelte ich nur: »Hab immer noch Kopfschmerzen«, und sah aus dem Fenster, hoffend, er würde nicht weiterbohren.

»Wegen Kopfschmerzen behandelst du mich, als hätte ich eine andere gevögelt?«, bohrte er natürlich doch. Ich biss mir von innen fest auf die Wange.

»Hast du denn eine andere gevögelt?«, zischte ich und explodierte dann tatsächlich fast vor Wut, weil er nichts Besseres zu tun hatte, als zu lachen. Was war denn bitte an der Frage so witzig? Seine Betrügerhand legte sich auch noch auf meinen Schenkel und drückte ihn beruhigend.

»Ich schwöre dir hoch und heilig, auf alles, was mein Heiligtum ist, und auf all meine Babys dieser Welt. Ich habe keine andere Frau gevögelt und ich werde auch keine andere Frau vögeln, solange ich dich vögle. Never ever!«

»Okay!«, meinte ich, tatsächlich etwas versöhnt, und wandte mich ihm zu. »Gibt es dann etwas anderes, was du vor mir geheim hältst? Etwas, das du mir vielleicht sagen willst, aber nicht weißt wie?« Hoffnungsvoll sah ich ihn an.

Völlig glatt, ohne jegliche Regung erwiderte er meinen Blick. Einige Sekunden lang.

»Nein«, antwortete er schließlich mit weicher, samtener Stimme und nahm meine Hand, küsste mein Handgelenk, sodass ich erschauerte. »Ich schwöre es dir, Baby.« Ich glaubte ihm natürlich und lächelte, denn ich konnte diesen Augen und diesen Lippen einfach nicht widerstehen. Tristan würde mich niemals belügen. Er würde mir immer die Wahrheit sagen, egal, wie hässlich sie auch war. Schließlich waren wir jetzt Mann und Frau und konnten über alles reden.

»Okay!«, erwiderte ich, jetzt mit warmer Stimme, und schmiegte meine Hand an seine Wange. »Dann ist alles gut, Baby.«

13. Überquellende Scheiße

Es war allerdings gar nicht alles gut, und als Tristan am gleichen Abend wieder mal zu einem Termin musste, stand Vivi schon bereit. Ich sprang – getarnt mit Deadpool-Cappy, Schlabberhosen und Schlabberpullover – in ihr Auto und wir folgten ihm. Dabei stritten wir während der ersten Hälfte der Fahrt über den passenden Abstand. Sie sagte, eine Autolänge würde reichen, ich sagte, sie müsse mindestens drei Autolängen Abstand halten und endlich die beknackte Sonnenbrille absetzen! Niemand trug eine Sonnenbrille bei Nacht! Und das knallrote Kopftuch war auch nicht gerade unauffällig. Am Schluss nahm sie wenigstens die Sonnenbrille ab und hielt zwei Autolängen Abstand. Einigermaßen zufrieden beobachtete ich stirnrunzelnd, wie er auf die Autobahn einbog – zum Glück besaß Vivi einen BMW mit genug PS und liebte schnelles Fahren, sonst hätten wir ihm nie folgen können. Als er eine Dreiviertelstunde später die Ausfahrt Richtung Innenstadt nahm, vertiefte sich mein Stirnrunzeln.

»Wohin fährst du nur? Ich dachte, du wolltest zu Phil!«, murmelte ich vor mich hin. Er fuhr nicht zu Phil, nein, stattdessen überquerte er die Brücke über die Isar, bog an den Ampeln nach links ab und hielt dann zielsicher auf das von Touristen gut besuchte Rotlichtviertel zu.

Mein Mund klappte auf, Vivi wurde auf ihrem Sitz immer steifer und ihre Hände umklammerten das Lenkrad immer fester.

»Ich glaub's ja nicht, der Pisser! Er fickt Nutten!«

»Tristan fickt keine Nutten!«, empörte ich mich sofort angewidert.

»Das werden wir ja …«

»STOOOOOOPP, er hält! Oh Gott, er steigt aus, bück dich!« Schnell packte ich ihren Kopf und drückte ihn nach unten, woraufhin sie murmelte: »… du Stück.«

Tristan war direkt auf dem roten Teppich eines Ladens stehen geblieben, der den einfallsreichen Namen ›Pussy Deluxe‹ trug, und stieg nun lässig aus. Dabei sah er aus wie das Abbild eines Mafiosibosses – in einer Parfumwerbung. Er schnippte seine Zigarette weg, während er die Tür schloss, schob dann eine Hand in seine Anzugtasche und begrüßte die beiden riesigen Türsteher am lila beleuchteten Eingang. Sie lachten, sie redeten, er ging rein und ich war baff, baffer, am baffesten. Was zum Teufel lief hier eigentlich ab? Seine Ausrüstung im Kofferraum hatte er nicht mal angerührt!

Als mir schwante, was womöglich tatsächlich der Fall war, wollte ich sofort aus dem Auto springen, ihm hinterherhechten und ihn anbrüllen, aber Vivi zog mich zurück, sobald ich mich abgeschnallt hatte.

»WARTE! Wir müssen mit Bedacht vorgehen, außerdem muss ich parken!« Ich verschränkte die Arme vor der Brust und mahlte mit den Zähnen.

***

Zehn Minuten später waren wir an einem Ort, der mich *etwas* verstörte. Denn ALLE waren nackt! Und mit alle meinte ich wirklich ALLE. Vivi und ich hatten uns auch ausziehen müssen, denn dies war ein FKK-Deluxe-Swingerclub. Genial. Was war das nur für ein FKK-Fluch, der neuerdings an mir haftete?

Aber wenn ich mir vorstellte, dass Tristan hier tatsächlich NACKT herumlief, zwischen all diesen Supermodel-Prostituierten und den verliebten Hochglanzpärchen, die nur Zutritt erhielten, wenn sie bestimmte Maße und keinerlei Körperbehaarung hatten (was für ein Saftladen!), sah ich so rot, dass mir alles andere scheißegal war.

Ich wollte nur zu meinem Ehemann und ihn umbringen – langsam und qualvoll! Egal. Wie. Ob. Mit. Oder. Ohne. Kleidung.

Was tat er an so einem Ort – ohne mich?

Die freundliche, stilvoll geschminkte Dame am Eingang bot uns eine Führung an. Wir schlugen sie aus und setzten die hübschen schwarz-goldenen Masken auf, die jedem gereicht wurden. Heute war Maskenball. Na großartig.

Ich benutzte das erstbeste Tablett, um meine untere Region vor den Blicken der anderen zu schützen, die das sehr komisch fanden, und ging mit dem Rücken an der Wand des Clubs entlang. Vivi hingegen hatte mit ihrer Nacktheit überhaupt keine Probleme – war ja klar, sie besaß kein einziges Gramm Fett zu viel und passte mit ihren roten Haaren und ihrer blassen Haut perfekt hier rein. Wie eine Elfe, eine Fee. Im Gegensatz zu mir, dem Truthahn. Aber komischerweise sah mich keiner schief an, ganz im Gegenteil, also versuchte ich mich nicht zu sehr auf die Menschen zu konzentrieren, sondern auf die Umgebung.

Alles war leicht vernebelt, dunkel gehalten, in braun, violett und Grautönen, sehr niveauvoll, sehr rein, sehr edel. Doch die Dinge, die hier zum Beispiel mitten auf der Tanzfläche mit Stangen und Liebesschaukeln abliefen, waren alles andere als das. Ich hatte ja gedacht, Tristan und ich hätten schon ausgefallenen Sex, aber das war nichts gegen das, was hier so schamlos getrieben wurde.

Vivi ließ sich von einer Kellnerin sogar einen Block geben und notierte Dinge, die sie auch unbedingt mit Tommy ausprobieren wollte, aber mir war das so unangenehm, dass sich die Röte auf meinem Gesicht ausbreitete. Ich konnte nun mal nichts dagegen tun, ich *war* schüchtern. Außer wenn ich mit Tristan alleine war, dann kam eine ganz andere Seite in mir zum Vorschein. Eine, die nur er herauskitzeln konnte, und sonst nichts und niemand.

Also starb ich innerlich tausend Tode, während wir uns an den kopulierenden, grunzenden, stöhnenden, schwitzenden perfekten Leibern vorbeischoben. Es war wie ein Traum – ein Albtraum. Ich wollte das alles nicht sehen, das alles sollte intim sein, mit Liebe und Vertrauen verbunden, und nicht so animalisch. Ich fühlte mich wie bei den Bonobos! Und trotz dieser Gedanken war ich nach fünf Minuten, in denen wir uns mutig den Weg durch den Club gebahnt hatten, bis unter die Haarspitzen erregt. Das konnte doch alles nicht wahr sein! Wo war Tristan nur?

Mein Blick glitt nach oben und eine noch bösere Ahnung beschlich mich, als ich eine Art verglasten Balkon entdeckte, von dem aus man alles überblicken konnte – ähnlich seinem alten Club.

Woah!

Zielsicher stapfte ich auf die Treppen zu, vor der zwei riesige Türsteher mit unbewegter Miene standen und den Weg nach oben versperrten.

»WARTE! Ich muss erst noch zu Ende schreiben!«, rief Vivi als ich sie einfach mit mir zog, doch sie hatte keine Chance.

»Hi!«, meinte ich lapidar und wollte einfach zwischen den zwei Riesen hindurchgehen. Doch sofort packte mich einer der Affen am Arm.

»Nur Personal!«, verkündete er mit ausdrucksloser Stimme und schob mich nach hinten.

»Ich bin die Frau vom Chef!«, erklärte ich fest, und die beiden zuckten zusammen, doch dann grinsten sie und das ziemlich lüstern, während ihre Blicke über meinen Körper wanderten – immer noch vom Tablett ein wenig geschützt –, während sich die Rotfärbung in meinem Gesicht intensivierte.

»Das kann jede sagen, Süße, zisch ab!« Verdammt! Wie sollten wir jetzt da hochkommen? Die Frage wurde beantwortet, als hinter uns eine mir allzu bekannte Stimme erklang.

»Na, wenn das mal nicht die kleine Mia ist.« Gänsehaut perlte sofort über meinen gesamten Körper – und zwar die der schlechten Art. Denn als ich mich umdrehte, sah ich geradewegs in Patrick Engels eiskalte blaue Teufelsaugen.

14. Falsche Gesichter und die Wahrheit

Mia not amused Wrangler

Sofort schnellte Patricks linke Hand nach vorne und packte mich mit unerbittlichem Griff. Entsetzt bemerkte ich, wie schief und entstellt seine Nase war, genau wie seine rechte Hand, und wusste sofort, dass dies Tristans Verdienst war – ebenso wie der heiß lodernde Hass in den Augen meines sonst attraktiven, aber nun krüppligen, völlig verrückten Onkels.

Oh Hühnerkacke!

»Sie bleibt hier! Du kommst mit!«, verkündete er knapp in Vivis Richtung und zog mich an den zwei Bodyguards vorbei. Vivi zischte, fauchte und trat einem in die Eier, aber sie kam nicht durch, während er mich die Treppen nach oben schleifte. Meine weißen Turnschuh-Füße stolperten unbeholfen und vor Schock völlig gelähmt hinter ihm her. Das Tablett presste ich fest an mich. Ich fühlte mich wie in einer Neuverfilmung des absoluten Horrors. Mit allem hatte ich gerechnet, aber nicht mit meinem Onkel! Nur in meine Albträume verfolgte er mich noch immer, in der Realität hatte ich gekonnt verdrängt, dass er überhaupt existierte. Seine Augen waren denen meines sadistischen Vaters zu ähnlich, sein Geist genauso krank – solche Menschen will man nicht kennen. Und man will ihnen ganz sicher nicht nackt und schutzlos begegnen!

Verdammte Drecksfotzenscheiße!, wie Tristan jetzt wohl sagen würde.

Er führte mich an vier weiteren Bodyguards vorbei einen langen Gang entlang, und ich hatte keine Chance zu entkommen. Mit ausgetrocknetem Mund und meine Fluchtmöglichkeiten überschlagend hielten wir vor einer Tür in der oberen Etage.

Als er sie aufriss, erstarrte ich erneut. Das Tablet fiel laut klirrend zu Boden, während er mich in das Innere des Büros schob – in das Büro meines Mannes!

»Schau mal, wen ich gefunden hab! Deine Ex-Schlampe!« Absolut unsanft schubste er mich nach vorne. Tristan, der soeben noch an seinem Schreibtisch gesessen und eine geraucht hatte, konnte gerade noch aufspringen und mich auffangen.

Oh Gott sei Dank!

Sofort schmiegte ich mich an seinen erstarrten großen, starken Körper, egal, wie wütend er auch schien. Doch er schob mich sofort von sich. Nicht etwa um mich zu bedecken oder zu beschützen. Nein, stattdessen meinte er nur abfällig:

»Wo hast du die Fotze her?« Er hätte mich genauso gut mit einer Peitsche schlagen können. Ich dachte, mich verhört zu haben. Empört starrte ich ihn mit dem Rücken zu meinem Onkel an – die Hände vor meinem Oberkörper verschränkt und völlig nackt –, und er sah emotionslos und absolut ungerührt auf mich herunter.

Das hier war nicht mein Mann. Das war der Verbrecher, der Killer, der Skrupellose. Eiskalt lief es meinen Rücken runter, viel kälter als soeben bei Patrick. Der umrundete mich grinsend.

»Nett, dass sie einfach so hier vorbeikommt, und das, wo du sie so lange nicht finden konntest!« Im Vorbeigehen schlug er mir auf den Arsch. Ich quietschte auf und sah anklagend zu Tristan. Ein Muskel an seiner Wange zuckte, ansonsten TAT ER NICHTS, um mir zu helfen! Stattdessen lachte er! Lautstark und gehässig!

»Ja, überaus freundlich! Was willst du hier?«, fragte er mich, als würde er mit einer Fremden reden, als hätte er eine

Gehirnwäsche hinter sich, als wäre ich NICHTS für ihn. Mein Blick wanderte schockiert über ihn, während ich zu verstehen versuchte, was hier los war, bis er an seiner Hand hängen blieb. Sein Ring war weg und er trug sonst IMMER seinen Ring. Ich sah verwundert in seine Augen. Sie starrten mich an. Intensiv. Sie schrien mich geradezu an. Langsam dämmerte es mir und ich murmelte unsicher:

»Ich … ich wollte dich sehen.« Anscheinend war das die richtige Antwort, denn er entspannte sich sofort ein wenig. Etwas Eis wich aus seinen kühlen Augen, die nun wärmer wirkten.

»Na, dann, hast du das jetzt getan. Und jetzt werden wir ein privates Wörtchen miteinander wechseln, wenn du schon mal da bist.« Er grinste böse, perfekt gespielt, sodass mir fast übel wurde, und wandte sich dann wieder an meinen Onkel. »Wenn du uns entschuldigen würdest.«

Dieser sah uns misstrauisch an, zuckte dann jedoch mit den Schultern. »Okay, ich komme später vorbei.«

»Alles klar«, meinte Tristan, ohne mich aus den unheilverkündenden Augen zu lassen.

Oh Gott, ich bekam wirklich ein wenig Angst, besonders als sich die Tür hinter Patrick schloss und wir alleine in dem dezent erhellten Raum blieben.

»Trist…« Ich konnte nicht zu Ende sprechen, da hatte er schon die Hand auf meinen Mund gepresst.

»HALT. DIE. KLAPPE!«, zischte er, und ich war wirklich versucht, ihm in die Hand zu beißen und ihn anzubrüllen. Aber irgendwas strahlte er immer noch aus, etwas, das mich dazu brachte, die Augen zu verdrehen und zu nicken. Er nahm langsam die Hand von meinem Mund, dann packte er mich am Arm und zog mich zur Seite. Erst jetzt sah ich links eine Wendeltreppe, zu der er mich schleifte.

Oben angekommen erwartete mich der nächste Schreck. Schockiert inspizierte ich den riesigen Raum, in dem wir uns befanden. Er war verglast, mit Aussicht auf die Sterne, und beinhaltete neben diverser teurer Möbel auch ein Bett. Die ganze Einrichtung trug Tristans Handschrift. Ich starrte ihn so tödlich an, dass es ihn eigentlich sofort hätte umbringen müssen. Gleichzeitig glaubte ich, ein Déjà-vu zu haben. Sobald die Tür hinter uns zu war, schob er mich gegen die nächstbeste Wand. Völlig bleich und nun absolut außer sich, knurrte er kaum beherrscht:

»BIST. DU. WAHNSINNIG?«

Jetzt reichte es!

Er hatte kein Recht, auf mich wütend zu sein, und die wichtigere Frage war ja vor allem: »WAS WILLST DU HIER?!« Mit aller Kraft schubste ich ihn von mir und ballte die Hände zu Fäusten. Tränen der Wut stiegen mir wieder in die Augen und ich konnte mich nicht mehr zurückhalten. »SO IST ES ALSO! SO ist es, wenn du mir sagst, dass du mit etwas aufhörst? So ist es also, wenn du mir sagst, dass alles in Ordnung ist! Es gibt keine GEHEIMNISSE! VON WEGEN! DU HAST DEN EINEN VERSCHISSENEN SEXCLUB AUFGEGEBEN UND EINFACH EINEN NEUEN ERÖFFNET!«

»Nicht nur einen«, meinte er auch noch lässig, und das war der der berühmt-berüchtigte letzte Tropfen, der das Fass zum Überlaufen brachte. Ich hob meine Hand und wollte ihm eine schmieren, doch er war schneller und packte mein Handgelenk. Nasenspitze an Nasenspitze standen wir da und funkelten uns an.

»ICH hatte das unter Kontrolle! Ihr wärt niemals mit der Scheiße in Berührung gekommen! Du warst für sie praktisch tot! Du dummes, neugieriges Weib! Ich musste sicherstellen, dass sie uns nicht suchen, dass sie nicht weiter forschen! Ich musste mich noch hier aufhalten!«

»Ein Jahr lang?«

»Nein. Kein Jahr lang!«

»Wieso bist du dann noch hier? Lass mich jetzt los!« Mit Wucht entriss ich ihm meine Hand und starrte ihn hasserfüllt an. Es war mir völlig egal, dass ich nackt war; völlig egal, was für Beweggründe er hatte. Als es mir so richtig klar wurde, was er getan hatte, liefen die Tränen über. »Du hast mich ein Jahr lang belogen!«

Er raufte sich die Haare und trat brüllend gegen eine wunderschöne Kommode, die neben der Tür stand.

»ICH MUSSTE! VERSTEHST DU DAS DENN NICHT? ALLEIN SCHON DIE KOHLE! SIE LIEGT AUF DER STRASSE UND WIR BRAUCHEN DAS GELD! Du brauchst es, für deinen Traum!«

»Nein«, erwiderte ich mit tränenerstickter Stimme und umfing mich wieder selber. »Nicht zu diesem Preis! Ich will kein Geld, das durch SO WAS verdient wurde! Und schieb nicht mich oder die Familie vor, um das hier zu entschuldigen! Das hier bist nur DU! Es ist nur das, was DU willst! Und darum geht es ja bei dir an erster Stelle! Um dich und sonst niemanden!« Das hier war alles zu viel. Der Drang, die Augen zu schließen, diese ganze Situation aus meinem Kopf zu verbannen, wurde übermächtig. Jede Zelle meines Körpers rebellierte gegen das, was hier vor sich ging. Ich begann zu zittern und unbändige Kälte – entstanden in meinem Inneren – breitete sich in mir aus. Meine Beine wollten mich nicht mehr tragen und ich hatte Mühe, mich aufrecht zu halten. Bevor ich aber kraftlos und verzweifelt zu Boden sinken konnte, kam mir ein Gedanke, der die Wut in mir wieder auflodern und mich meine Schultern straffen ließ. Gott sei Dank.

»Du hättest mit mir reden müssen!«, brüllte ich.

»Dann hättest du gesagt, ich soll es vergessen, ich soll einfach nur den braven kleinen Hausmann spielen und ein wenig Geld verdienen. Aber weißt du was, das bin nicht ich! Ich … ich … gehe nicht angeln, in den Country-Club oder zum Stammtisch. Ich brauche das hier. Ich brauche die Kontrolle, die Macht, das Dreckige, das Verbotene. Das ist es, was ich bin. Das ist es, was ich KANN. Ich mache mir gerne die Hände schmutzig und ficke mit den Leuten! Ich bin Meister darin! Nein, nicht so, wie du jetzt denkst. Schau mich verdammt noch mal nicht so an! Verdammt, ich hab noch so viel mehr in mir, als nur Vater und Ehemann zu sein, also lass ich mich nicht darauf reduzieren! Das hier bin auch ich! Es gehört zu mir, und das wusstest du schon immer! Du hast von mir verlangt, mich zu ändern, und es tut mir leid, aber das kann ich nicht!«

Wow!

Das hatte gesessen.

Vollkommen.

Er fickte gerne mit anderen? Das hatte er jetzt auch bei mir geschafft!

Mit einem Mal wie betäubt, wie in einem Albtraum gefangen und mich nicht mehr bewegen könnend, ließ ich meine Hände fallen, genau wie meine Schultern. Alles sackte in sich zusammen, als hätte er mich soeben umgebracht.

Dieser Verrat war schlimmer, als wenn er mit einer anderen geschlafen hätte.

»Wir reichen dir nicht«, meinte ich erst nach ein paar Sekunden tonlos und absolut ruhig. Die Tränen versiegten auf der Stelle. Es war klar, alles war mit einem Mal so klar. Vor allem, was ich jetzt tun würde, was ich jetzt tun *musste*. Für meine Kinder.

Seine Augen wurden groß, sein Gesicht weiß wie eine Wand.

»So hab ich das nicht gemeint!«, stammelte er mit einem Mal panisch und absolut untypisch. Er versuchte, nach mir zu greifen, aber ich wich ihm aus, wollte nicht, dass er mich berührte, weil ich es nicht ertragen konnte.

»Okay, Tristan!« Somit drehte ich mich um und verließ diesen Raum, verließ ihn …

15. Inkompatibel

Inkompatibel – war tatsächlich das passende Wort.

Ja. So war es.

Tristan Wrangler und ich passten einfach nicht zueinander.

Erst jetzt, als wir endlich zusammen sein konnten, wurde es mir klar.

Wir wollten beide unseren Traum leben, aber leider waren unsere Träume völlig unterschiedlich und wir keineswegs das Traumpaar, von dem ich immer angenommen hatte, wir wären es.

Er strebte nach Thrill, Machtspielchen, Gewalt und Dunkelheit, während ich ein helles, fröhliches, unbekümmertes, ganz normales Leben wollte.

Wobei das noch das kleinste Problem wäre.

Das größte Problem war, dass so ein Leben, wie er es führen wollte, absolut unzumutbar für zwei Kinder war. *Meine* Kinder. Und meine Kinder gingen mir über alles – sogar über Tristan Wrangler. Um sie zu schützen, würde ich *alles* tun.

Sogar ihn verlassen.

Meinen Helden, meine große, einzig wahre Liebe, denjenigen, von dem ich gedacht hatte, ich könnte ihn niemals verlassen und alles für ihn auf mich nehmen. Aber so war es nicht – nicht mehr. Denn es war meine Pflicht als Mutter, immer so zu handeln, dass es für die Kinder am besten ist. Und für sonst keinen.

Gefahr ist nicht gut für Kinder.

Drogen auch nicht.

Und ein Vater, der alle möglichen dunklen Gestalten in seinem Leben hat, schon lange nicht.

Ganz einfach.

Es war völlig klar.

Ohne eine Träne zu vergießen, fuhr ich mit Vivi nach Hause.

Ohne eine Träne zu vergießen, packte ich meine Koffer, dann den von Robbie und Eli.

Ohne eine Träne zu vergießen, nahm ich sie an den Händen, verließ mein Haus und mein Leben.

Ohne eine Träne zu vergießen, stieg ich mit meinen zwei Kindern und meinem Hund in Martins Auto ein und verließ *ihn.*

Mein Leben hatte mich viel zu oft gefickt!

Jetzt war Schluss!

Mia Wrangler lässt sich nicht mehr ficken! Nicht mal von Tristan Wrangler!

ENDE (Nur ein kleiner Scherz, ja, ja, keiner hat gesagt, dass ich nicht fies bin LOL)

16. Dunkelheit

Mia im Arsch Wrangler

Ja, ich hätte zu Vivi oder Katha gehen können, aber dort waren Phil und Tommy, dort waren Familienfotos und wenn ich etwas im Moment NICHT brauchte, dann ständig an Tristan erinnert zu werden. Deswegen hatte ich mich dazu entschieden, Martin anzurufen, der mir sofort seine Hilfe anbot und mich mitten in der Nacht daheim abholte. Während mein Häuschen nur vom runden Mond beleuchtet aus meinem Sichtfeld verschwand, vergoss ich immer noch keine Tränen. Martin währenddessen schlug mir vor, dieses Wochenende auf seiner Alm in Österreich zu verbringen *Ich bin der Geißen-Peter, bitte sei meine Heidi!*, kam mir spontan in den Kopf und ich verzog das Gesicht. Aber dann dachte ich genauer darüber nach und stellte es mir ganz schön vor, in der Natur, völlig abgeschieden von anderen Menschen, und vor allem von Tristan. Ich hatte Martin am Telefon nur gesagt, ich bräuchte eine Auszeit, und die benötigte ich auch wirklich. Denn ich musste DENKEN.

Wie sollte es jetzt weitergehen? Wäre ich in der Lage, ihm noch eine Chance geben? Würde ich die Kraft finden, erneut um uns zu kämpfen?

Immer wieder kämpfen?

Das hätte ich womöglich sofort getan, *wenn* ich alleine gewesen wäre, aber das war ich nicht – nicht mehr. Ich konnte nicht mehr nach dem handeln, was *ich* wollte und was für *mich* gut war … Dementsprechend konnte ich mich nicht allein nach *meinen* Wünschen richten, schließlich gab es noch zwei kleine Lichter in einem Meer voller Dunkelheit, und ich war dafür verantwortlich, dass sie niemals erloschen.

***

»Du hast Streit mit Papa«, stellte Robbie, auf der Alm angekommen, am Abend fest, als er seinen Pyjama anzog und sich dazu bereit machte, bei mir im Bett zu schlafen. Denn ja, ich brauchte ihn, genau wie Eli, ganz nah, direkt neben mir, wissend, dass ihnen nichts geschehen konnte, dass es ihnen gutging, dass ich trotz allem nicht alleine war. Eli schlief schon tief und fest in dem riesigen Holzbett und nahm wie üblich kaum Platz ein, weil sie sich immer zu einer niedlichen Kugel zusammenrollte. Die Fahrt hierher war lang und anstrengend für sie gewesen, weswegen Robbie sehr leise sprach, um sie nicht wieder aufzuwecken. Er war kein normales Kind, aber das war auch nicht möglich, dafür wurde er Tristan von Tag zu Tag ähnlicher. Schon immer kümmerte er sich, übernahm Verantwortung – besonders seiner kleinen, vergötterten Schwester gegenüber. Sie zu beschützen und zu behüten war für ihn keine lästige Pflicht, es lag in seinem Wesen. *Genau wie bei seinem Vater,* dachte ich wehmütig.

Kurz überlegte ich, ihn anzulügen, es herunterzuspielen, damit er sich keine Sorgen machte, aber seine wunderschönen Augen sahen mich allzu wissend an. Er verstand viel mehr, als ich ihm manchmal zutraute, und ganz sicher bekam er auch viel mehr mit. Ich durfte ihn nicht unterschätzen, und erst recht nicht belügen. Das hatte er nicht verdient. Also nickte ich und versuchte, den Stich in meiner Brust zu ignorieren, als ich leise sagte:

»Ja, manchmal ist das so bei den Menschen, auch bei Erwachsenen. Manchmal streiten sie sich und manchmal vertragen sie sich.«

»Und manchmal trennen sie sich auch«, meinte er ungerührt, nahm sein Zahnputzset in einem kleinen Täschchen und wir gingen raus zu dem Brunnen direkt vor der Alm. Dort putzten wir uns unter klarem Sternenhimmel, mit einem warmen Wind und zirpenden Grillen im Hintergrund, die Zähne, während ich mir überlegte, was ich darauf antworten sollte.

»Wie kommst du darauf?« Das Wort Trennung hatte ich in seinem Beisein nicht einmal angedeutet, doch er zuckte in seinem Supermanpyjama die Schultern.

»Von meiner Mama.«

»Ja, stimmt.« Ich erinnerte mich vage an seine Akte. Der Mann von Robbies Mutter hatte sie verlassen. Als sie dann schwer krank geworden war, hatte sie keinen Ausweg mehr gesehen. Ihr Leben war zerbröckelt und so hatte sie sich schweren Herzens entschieden, ihn ins Heim zu geben. Da war er gerade mal fünf Jahre alt gewesen. Jetzt war er fast acht – und schien schon so abgeklärt. Viel abgeklärter und erwachsener, als er es in seinem Alter sein sollte oder es für Kinder gut wäre, weswegen er Probleme hatte, in der Schule Anschluss zu finden. Genauso wie Tristan, als er noch sehr jung gewesen war, oder ich mein halbes Leben lang. Doch ich war mir sicher, irgendwann würde der Moment kommen, an dem die anderen Kinder auch merken würden, was mein Sohn – denn genau das war er – wirklich in sich hatte. Was für ein cooler, freundlicher, hilfsbereiter, höflicher und lustiger junger Mann er war. Aber vielleicht war ich in dieser Hinsicht auch naiv. vielleicht legte man auf so etwas wie Anstand nicht mehr so viel Wert wie früher und es würde immer weniger zählen, je mehr neue Generationen erwachsen wurden. Verkam unsere Welt tatsächlich so sehr? Umso wichtiger war es für mich, meine Kinder ordentlich zu erziehen und ihnen die richtigen Werte zu vermitteln, damit diese nicht irgendwann völlig verloren gingen. Wie in dem Film Idiocracy.

»Also?«, fragte er fordernd und spuckte die Zahnpasta ins Gras, wusch dann seinen Becher mit etwas Wasser aus dem Brunnen aus – was ihm tierisch gefiel, weil der dafür pumpen musste – und sah mich dann mit in die Hüfte gestemmten Händen an. »Trennt ihr euch?« *WOW! Hallo kleiner Tristan*, dachte ich zum millionsten Mal und ignorierte einen weiteren Stich in meinem Herzen. Robbie tat so stark, aber ich sah, wie auch bei seinem Vater, hinter die Fassade. Ich sah die Angst in seinen Augen, Angst, wieder abgeschoben zu werden, und mein Herz brach noch ein bisschen mehr. Ich ging vor ihm auf die Knie, nahm seine zarten, kleinen Schultern, blickte ihm direkt in die Augen und sagte:

»Robbie. Egal, was mit uns passiert, du wirst immer eine Mama und einen Papa haben. Wir werden dich nie im Stich lassen, du wirst uns immer sehen, immer anrufen können. Du wirst uns nicht verlieren!« Ein wenig von dieser Angst wich, aber bei Weitem nicht so viel, wie ich beabsichtigt hatte.

»Ich will nicht, dass ihr euch trennt.« Jetzt traten tatsächlich Tränen in seine Augen – verzweifelte, riesige Krokodilstränen – und automatisch, wenn mein Kind weinte, liefen sie auch bei mir fast über. Mein Herz brach fast komplett und ich zog ihn an mich, umarmte ihn. Versuchte ihm etwas von meiner Kraft zu geben, obwohl er mir so viel mehr gab – mehr, als ich jemals in Worte fassen könnte.

»Robbie-Schatz, ich wünsche mir nichts mehr, als dir versprechen zu können, dass dein Vater, du, Eli und ich unser Leben für immer zusammen verbringen werden. Aber das kann ich nicht, nicht im Moment.« Ich schluchzte auf, als mir klar wurde, dass ich recht hatte.

Manchmal verlief das Leben wirklich ganz anders, als man es sich vorgestellt hatte, und man fühlte sich völlig machtlos. Ich spürte seine Verzweiflung, obwohl er keinen Mucks von sich gab. Seine Hände umarmten mich fest, während sein kleiner Körper bebte. Ich wusste, es war nicht richtig, es war genau genommen ungerecht, so eine große Last auf seinen kleinen Schultern abzuladen. Aber eines war mir zu diesem Zeitpunkt noch nicht klar: Was für eine Kraft bereits in ihm steckte. Eine Kraft, die mir momentan fehlte, und so weinte ich mit meinem Sohn zusammen um all das, was wir vielleicht verlieren könnten.

Tristan im Arsch Wrangler

Ich wusste nicht, wo sie war. Nachdem ich ihr in meinem Club noch einmal hinterhergestürmt war und ihr wenigstens mein Hemd und meine Hose gegeben hatte – hatte sie sich einfach wortlos umgedreht und war gegangen. Fluchend hatte ich mich davon abgehalten, ihr erneut hinterherzulaufen, diesmal, um sie endgültig aufzuhalten, denn mir war nicht klar, wer uns beobachten würde. Dann hatte ich schnell alles mit Patrick geklärt, ihm was vom schwulen Hund erzählt und war nach Hause gefahren – wohl wissend, dass dort meine persönliche Todesgöttin auf mich warten würde. Tja, falsch gedacht. Mia war nicht zu Hause.

Ich fand nicht mal meine Kinder, keinen Brief, *nichts* – nur unheilverkündende Stille, die nicht in dieses Haus gehörte. Als ich hochging, langsam und bedächtig, als würde dort oben ein Massenmörder auf mich warten, zitterten nicht mehr nur meine Hände, sondern sogar meine Beine. Im Schlafzimmer waren die Schränke aufgerissen und halb leer – dasselbe im Kinderzimmer. Mit der Klinke in der Hand blieb ich in Robbies Zimmer stehen und starrte in den Raum, versuchte zu verstehen … Sie war weg –

mit den Kindern und … Eine leise, total verängstigte Stimme in meinem Kopf wisperte, dass sie nicht mehr wiederkommen würde, dass ich jetzt endgültig verschissen hätte, dass es keine Mia mehr für Tristan gab.

Als mir das klar wurde, rannte ich erst mal zum Kotzen. Ich kotzte und kotzte und kotzte, während mir die Panik die Kehle zuschnürte – keine schöne Mischung. Sobald sich mein Magen etwas beruhigt hatte, stand ich auf und wusch mir den Mund aus. Dann spritzte ich mir eiskaltes Wasser ins Gesicht, stemmte die Hände aufs Waschbecken und starrte mich im Spiegel an. Den, der alles verloren hatte. Den absoluten Vollidoten Tristan Arschloch Wrangler.

Doch es brachte nichts, sich jetzt in Selbstmitleid zu suhlen und aufzugeben. Ich wusste noch nicht, was Sache war, also *versuchte* ich zumindest (eher kläglich) einen klaren Kopf zu bewahren und taktisch vorzugehen.

Wo könnte sie sein?

Es war mitten in der Nacht, aber ich fummelte kurz darauf mein Handy aus der Hostentasche und veranstaltete überall Klingelterror. Erst bei Phil – keine Mia. Dann bei Tommy – auch keine Mia. Und schließlich bei Dad – ebenfalls keine Mia. Also schnappte ich mir zähneknirschend meine verdammten Schlüssel, machte einen kurzen Anruf bei einem alten Bekannten und hatte fünf Minuten später die Adresse, die ich brauchte.

***

Eine halbe Stunde später stand ich vor einem beschissenen Promi-Anwesen – umzäunt, mit verdammten Palmen mitten in Bayern und sicher hundert Pools. Unbeeindruckt stieg ich aus meinem Wagen und klingelte, lange und penetrant.

Kurz darauf musste ich grinsen, als eine angepisste Arschkrapfen-Stimme durch die Sprechanlage krächzte.

»WAS?«

»Hui v Glass«, meinte ich trocken – den Spruch kannte ich von Katharina – und einige Sekunden war es still am anderen Ende der Leitung, dann ertönte:

»Was willst du hier?« Hörte ich da gerade ein Grinsen in seiner hässlichen Stimme? Das machte mich nur richtig wütend und ich presste die Zähne fester aufeinander, ballte die Hände zu Fäusten.

»Wo. Ist. Sie?«, presste ich gerade so raus.

Der Pisser gluckste und besiegelte somit sein Todesurteil.

»Ach? Hast du sie nun endlich vergrault?«, meinte er und hatte tatsächlich einen Heidenspaß. Nur zu genau konnte ich mir seine selbstzufriedene Arschkrapfen-Fresse vorstellen und verfluchte den Zaun zwischen uns. »Da hat sie es ja lange mit dir ausgehalten«, gab er noch dazu und ich knurrte.

»Komm raus, dann schauen wir, wie lange *du* es aushältst!« Er legte auf, und tatsächlich, drei Minuten später schwang das Tor auf und ein ziemlich zufriedener Arschkrapfen in einem schwulen schwarzen Satin-Morgenmantel stellte sich mit verschränkten Armen vor mich.

»Und jetzt?«, fragte er. »Willst du deine Aggressionen wieder an mir auslassen, obwohl du keinem anderen die Schuld geben kannst, außer dir selbst?«

»Du weißt gar nichts!«, zischte ich und sah auf den Furz hinunter.

»Oh, ich weiß mehr, als du denkst, denn ich habe Augen im Kopf. Ich weiß, dass sie einsam war und traurig. Dass sie nichts von dem von dir bekommen hat, was sie verdient!« Verdammte Scheiße! Dem konnte ich nichts entgegensetzen, denn er hatte recht! Er hatte mir mit diesem Satz allen Wind aus den Segeln genommen, und mein Hirn war mit einem Mal wie leergefegt. Einige Sekunden starrte ich still vor mich hin und kämpfte gegen den Drang an, meine Wut – auf mich – an ihm auszulassen, so wie es der alte Tristan getan hätte. Der Tristan, der Mia verloren hatte. Ich gewann. Ich polierte ihm nicht seine mittlerweile fast schon mitfühlende Fresse. Als er »Whiskey?« fragte, nickte ich nur mechanisch und stapfte ihm voraus in seine beschissene Angebervilla.

***

»Du bist echt ziemlich dumm«, resümierte ein lallender Arschkrapfen, der vor seiner Couch mit mir auf dem Boden saß – zwischen uns mittlerweile nicht nur eine Flasche. An der zweiten nuckelten wir gerade. Abwechselnd, scheiß auf Ekelspeichel, ich brauchte das jetzt! »Ich meine, du hattest sie. Diese eine Frau, die sich jeder Mann wünscht, die nicht nur schlau und sexy ist und alles für einen tun würde, sondern auch eine wunderschöne Persönlichkeit hat und die auch noch die perfekte Mutter ist, und du hast sie einfach so gehen lassen.«

»Ich hab sie nicht einfach so gehen lassen!«

»Ach? Und wieso ist sie dann jetzt weg?«, hakte er mittlerweile erstaunlich nüchtern nach. Mit dunklen hochgezogenen Augenbrauen und mittlerweile schwarzen, anstatt blonden Haaren sah er mich an. Zuerst wollte ich so tun, als hätte ich keine Antwort, aber so dumm war ich tatsächlich nicht. Ich wusste es ganz genau – wenn ich ehrlich zu mir war.

Ich seufzte: »Ich dachte, ich kann beides haben«, während ich meinen Kopf nach hinten auf die Sitzfläche der Couch fallen ließ. Er lachte leise.

»Das geht aber nicht, weil es nicht zusammenpasst.«

»Woher willst du das wissen?« Langsam wurde ich wieder pissig. Wieso unterhielt ich mich mit dem Pisshaufen überhaupt?

»Wie gesagt, ich kenne sie. Sie hat hohe Ideale und in Stein gemeißelte Prinzipien. Sie macht keine halben Sachen, und vor allem weiß sie, was wichtig ist. Sie ist noch eine *richtige* Frau und nicht das, was heutzutage so rumläuft und sich Frau schimpft. Sorry, aber wenn du so ein Leben führen willst, wie du es führen willst, dann brauchst du irgendeine Tussi, der du eigentlich egal bist, die sich nur um sich schert, die am besten genauso eine selbstzerstörerische Ader hat wie du.«

»Ich will keine andere, nur sie.«

»Du wolltest aber ETWAS anderes, etwas, auf das du einfach nicht verzichten und es hinter dir lassen konntest. Und was hat es dir gebracht, Tristan? Du hattest *alles* und nun hast du nichts! Tut mir leid, aber ich glaube nicht, dass es wieder so leicht zu reparieren ist. Du hast doch immer alles geschenkt bekommen, immer alles schön auf dem Silbertablett, aber diesmal wird das nicht so sein. Diesmal wird sie dir nicht hinterherlaufen.«

»Ja, das passt gut in dein Bild, oder? Tristan, der nichts leisten muss und dem alles in den Schoss fällt! Aber zum Teufel noch mal, so einfach ist es nicht! Ich muss jeden verdammten Tag kämpfen!«, knurrte ich und knallte die Flasche nachdrücklich zwischen uns auf den Boden, ohne sie loszulassen.

»Gegen was?«

»Gegen die Dunkelheit«, murmelte ich gedankenverloren und nahm doch noch einen Schluck. »Ich würde ALLES für Mia tun!«, platzte es dann aus mir raus. »Alles für sie aufgeben, alles für sie sein!« *LÜGNER! Die Möglichkeit hattest du! Nach dieser ganzen Scheiße, die ihr hinter euch habt, hast du es nicht getan. Stattdessen hast du dein altes Leben gewählt und Mia als Dessert behalten. Und zu allem Überfluss jammerst du jetzt rum.*

Arschloch! Ja super, ich liebte ja meine innere Stimme immer noch heiß und innig!

»Das hast du aber nicht getan. Du hast nur darauf geachtet, was *du* willst, und nicht was deine Familie braucht. Sorry, ist so!«, fügte er noch lapidar hinzu, als ich ihn förmlich mit Blicken erdolchte, nahm forsch die Flasche und trank einen großen Schluck.

»Was willst du eigentlich von mir?«, fauchte ich jetzt.

Er zuckte mit den Schultern. »Deine Frau. Nenn es männliche Loyalität, dass ich jetzt meinen Alkohol mit dir teile und dir die Wahrheit sage. Und die Wahrheit ist, dass ich alles dafür tun werde, um der Mann zu sein, den sie wirklich verdient hat – jetzt, wo sie frei ist.«

Wut fing wieder an, durch meine Adern zu pochen, meine Fäuste zuckten. »Sie *ist nicht frei*! Mia wird niemals frei sein! Sie wird immer mir gehören!«

»Das zu entscheiden, liegt nicht mehr an dir. Deine Selbstüberschätzung und vor allem, wie sehr du sie *unter*schätzt, wird dir ganz von alleine das Genick brechen.«

»Ich habe sie nie unterschätzt, ich habe immer gesehen, was wirklich in ihr steckt!« Seine hochgezogene Augenbraue war Argument genug und ich atmete ganz tief ein und aus, raufte mir die Haare und schloss die Augen. Allein die Vorstellung, ich könnte sie tatsächlich an ihn verlieren, fraß sich durch jede Nervenbahn wie Säure. Es kam schon fast an körperlichen Schmerz heran, was der Gedanke in mir auslöste. Er raubte mir den Atem und hinterließ ein Stechen in meiner Brust. Mein Magen rebellierte auch – aber das würde ich diesem selbstzufriedenen Arschgesicht sicher nicht zeigen. Er streute währenddessen noch ein bisschen Salz in die Wunde.

»Es ist unter den gegebenen Umständen nur fair, wenn ich dir mitteile, dass ich mich jetzt nicht mehr zurückhalte, und hierbei geht es ausnahmsweise nicht um DICH! Sie ist unglücklich und das ist deine Schuld! Jetzt bin ich dran, und ich denke, ich kann für sie da sein und ihr das geben, was sie braucht, um endlich glücklich und sie selbst zu sein!«

»Du weißt gar nicht, wer sie ist!«, knurrte ich hasserfüllt, konnte mich kaum noch beherrschen. »Wir sind nur zusammen glücklich! Sie braucht mich und … ich … ich brauche sie!« Am Ende wurde meine Stimme leise, kaum hörbar. VERDAMMT! Ich brauchte sie! Und es war mir egal, was er dachte zu meinen. Sie brauchte mich auch! Ohneeinander waren wir nur die Hälfte von dem, was wir gemeinsam sein konnten, und ich würde sie nicht kampflos aufgeben. Nicht noch einmal! Und nicht so! Nicht durch meine verdammte Dummheit und meinen Egoismus!

Sobald diese Entscheidung gefällt war, ließ es sich wieder ein bisschen leichter atmen, etwas leichter denken – trotz des Alkohols. Denn ich hatte eine Aufgabe.

Wahrscheinlich den einzig wahren Kampf meines Lebens. Jetzt war es an mir, um sie zu kämpfen. Und es war mir klar, dass sie es mir alles andere als leichtmachen würde – dazu hatte ich es zu sehr verbockt, sie zu sehr verletzt und enttäuscht.

Doch ich würde sie nicht verlieren – koste es, was es wolle.

»Weißt du was, Martin …« Ich grinste ihn an und genoss den Anblick seines verwunderten Gesichts, wahrscheinlich, weil ich ihn ausnahmsweise mal nicht Arschkrapfen nannte. »Ich danke dir für deinen Whiskey und für dieses beschissen ehrliche Gespräch, und wo wir schon dabei sind …« Ich nahm seine Schulter und drückte sie. »… ich verstehe, dass du deine Chance nutzen musst. Ich meine, jeder, der es bei ihr nicht probiert, wäre ein wirklicher Idiot, oder? Aber ich sage dir gleich, deine Bemühungen werden umsonst sein, du wirst sie niemals bekommen. Weil ich schon immer der Mann war, den sie braucht. Weil Mia ihr Herz nur einmal verschenkt und weil es bereits mir gehört, aber vor allem, weil ich wirklich alles für sie tun würde und es nicht nur so dahinsage.« Back to basics! Ich musste endlich wieder der werden, in den sie sich vor so vielen Jahren verliebt hatte, und ich würde sofort damit anfangen! Deswegen würde ich ihn zum Abschied NICHT bedrohen und ihm dann einen Vorgeschmack davon geben, wozu ich fähig war – besonders wenn es um mein Mädchen ging.

»Aha«, meinte er nur ungerührt, und ich musste zugeben, ich bekam dank dieses Gesprächs ein klein wenig Respekt vor ihm. Er hatte sich gemacht, stand mit beiden Beinen im Leben und hatte einiges erreicht. Dennoch tätschelte ich mitleidig seine Schulter. »Möge der einzig wahre Ficker gewinnen.«

»Du bist und bleibst ein Idiot, Tristan Wrangler.«

»Und du ein schleimiger Arschkrapfen!« Somit stand ich auf und ging einem Ziel entgegen. Der Zurückerkämpfung meines Mädchens. Und seien wir mal ehrlich: Wenn ich eines im Leben perfekt gelernt hatte, dann zu kämpfen. Auf welche Art auch immer.

17. Eulenmia

Tristan echt keine Ahnung Wrangler

Ich kannte Mia besser, als ich wusste, wie ich eine Frau richtig ficken musste. Und so war mir natürlich klar, dass sie vorrangig eines brauchte: Zeit.

Im Moment war sie völlig außer sich. Rasend, hasserfüllt, mordfantasierend und ich würde bei ihrem Zustand einen feuchten Furz erreichen, wenn ich das Gespräch mit ihr suchte. Also musste ich warten, bis sie wieder anfing zu denken – rational. Auch wenn es schwerfiel.

Japp, ich würde sie runterkommen und nachdenken lassen, während ich alles andere in Angriff nahm, aber nicht ohne eine Nachricht an sie. Nur um die momentane Lage unmissverständlich klar zu stellen: ›Mia, ich weiß, dass du Zeit brauchst, und die bekommst du! Aber vergiss nicht, dass ich da bin, ich werde immer da sein und ich bin nicht bereit, dich gehen zu lassen. Du gehörst mir.‹

Mia etwas sauer Wrangler

»Mia, ich weiß, dass du Zeit brauchst, und die bekommst du! Aber vergiss nicht, dass ich da bin, ich werde immer da sein und ich bin nicht bereit, dich gehen zu lassen. Du gehörst mir«, las ich Vivi vor und sah sie dann mit großen, äußerst aggressiven Augen an. »Ich meine, was denkt er sich, wer er ist, *wenn* er überhaupt denkt? Als ob er eine Wahl hätte!« Wild warf ich meine Hände hoch, frisch aus den österreichischen Alpen zurück und total sauer. »Ich bin nicht mehr das kleine blöde Mädchen, das sich von ihm blenden lässt! Es ist vorbei! Ich sehe ihn ab jetzt so, wie er ist, und Tristan Wrangler ist ein Arschloch! Es gibt sogar eine Website im Internet, mit demselben Titel, hast du das gesehen?« Ich zeigte ihr die Website mit dem Handy, während sie mich völlig emotionslos ansah und mich gewähren ließ. Es musste raus! All das, was sich so unbemerkt in all den Jahren angestaut hatte – vor allem in meiner Kindheit –, kam JETZT, fast zwanzig Jahre später mit enormer Wucht aus mir rausgeschossen. Und ich war noch nicht fertig. »Er hat doch immer gedacht, er ist der Größte und keiner kann ihm das Wasser reichen. Er hat die Leute immer so behandelt, wie es ihm gerade passte, ohne Rücksicht auf Gefühle. Er tut nur immer so, als würde ich ihm etwas bedeuten, aber so macht er das mit allen. Er sagt dir immer nur das, was du hören willst, er wickelt dich um den Finger und dann …« Ich schlug mit beiden Händen auf den Tisch vor uns, woraufhin meine Schwägerin vor Schreck fast fünf Meter in die Luft hüpfte. »… dann schnappt die Falle zu! Und du glaubst ihm einfach alles! Tust einfach alles! Bist einfach alles! Du machst dich zur allergrößten Idiotin auf Erden! Du gehörst eigentlich eingewiesen! Und dann stehst du plötzlich da und fragst dich, wer DU eigentlich bist und ob du jemals DU warst oder nur eine Version deiner selbst, um ihm zu gefallen! Ich meine, Vivi, wer bin ich eigentlich?«

»Wie lange hast du nicht geschlafen?«, fragte sie mich ungerührt. Ich trank die Tasse Kaffee vor mir in einem Zug aus und stellte sie so laut klirrend ab, dass alle in dem kleinen Café zusammenzuckten.

»Ist doch egal!«, antwortete ich und wischte mir fahrig den Milchbart von der Oberlippe. »Mir reicht es auf jeden Fall! Ich werde jetzt nur noch tun, was MIA glücklich macht!«

»Okay «, erwiderte Vivi vorsichtig und sah mich an, als wäre ich eine Hündin, deren Verhalten sie nicht einschätzen konnte, wenn sie auf einen zurannte. Zwischen schwanzwedelnd begrüßen und in Fetzen reißen schien alles möglich.

»Ich werde rausgehen! Und Leute kennenlernen! Ich werde mit Martin reden, wenn ich mit Martin reden will, und auch mit anderen Männern, jawohl!« Ich verschränkte die Arme vor der Brust, dann öffnete ich sie wieder, beugte mich nach vorne und flüsterte: »Ich werde sogar ficken, wen ich ficken will, und wenn ich es mitten auf dem Eiffelturm treibe und ganz Paris zusehen lasse!«

»Das wirst du nicht tun«, antwortete sie absolut ungerührt.

»Das werde ich natürlich nicht tun!«, zischte ich aggressiv. »Aber du verstehst das Prinzip, oder?« Erst jetzt gab ich ihr die Gelegenheit, etwas einzuwerfen, und sie dachte so lange nach, dass ich schon vergaß, um was es ging, als sie endlich antwortete.

»Erstens solltest du auf der Stelle mindestens zwölf Stunden schlafen, denn ich befürchte, du hast die letzten 48 Stunden kein Auge zugemacht. Jedes Wort, was du jetzt sagst, ist von Wut und Hass geprägt und somit eigentlich nicht von dir. Zweitens weiß ich schon, seitdem er mich das erste Mal lachend mit seinem Bobbycar überfuhr, dass Tristan Wrangler ein Arschloch ist. Aber er ist ein Arschloch, das dich liebt, auch wenn du das jetzt noch nicht hören willst. Ich nehme ihn auch nicht in Schutz und helfe dir liebend gerne, ihn dem Erdboden gleichzumachen, WENN du das wirklich willst. Aber ich denke, du willst eigentlich alles, nur nicht das. Frage: Wie wäre dein Leben ohne Tristan Wrangler verlaufen?« Sie lehnte sich zurück und rührte in ihrem Tee, sah mich dabei neugierig mit ihren perfekt geschminkten Katzenaugen an und schlug elegant die Beine übereinander. Mir fehlten die Worte. Und als sie fortfuhr, nahm sie mir endgültig den Wind aus den Segeln. »Wo und wer wärst du ohne Tristan?

Und Mia, wenn dir die Antwort auf diese Frage nicht gefällt, dann hast du die Antwort auf die Frage, die dir in Wahrheit zu schaffen macht.«

»Welche?«, fragte ich neugierig.

»Was soll ich jetzt tun? Außer natürlich schlafen! Am besten sofort!«

Somit zahlte sie und wir fuhren zu ihr. Sie ließ mir ohnehin keine Wahl, wofür ich sehr dankbar war. In ihrer Wohnung fiel ich umgehend ins Bett und bekam nur noch halb mit, dass sie sich zu mir legte, denn ich schlief sofort ein. Wohlwissend, dass die Kinder von Katha betreut wurden, so wie immer unter der Woche. Mit Vivi an meiner Seite konnte ich endlich ein wenig abschalten und mich vor allem der Frage aller Fragen stellen.

Ich war unsagbar fett und ging alleine mit einer dicken Brille auf der Nase, weiten ausgewaschenen Jeans und einem unförmigen schwarzen Pullover den Schulflur entlang. Meine Schulsachen an meine Brust gedrückt, die Schultern eingesunken, den Kopf eingezogen und mit schlurfenden, langsamen Schritten. Mein Vater hatte mir heute Morgen die Tracht Prügel meines Lebens verabreicht. Wie konnte ich auch in einen Streit meiner Eltern platzen und sagen, dass ich auf die Uni wolle? Während seine Tritte auf mich niederprasselten, machte er mir klar, was sein Plan war: Er sagte, ich solle zu Onkel Patrick in die Stadt, worauf ich wagte zu murmeln, dass ich das nicht wolle, dass ich Kunst studieren wolle. Die folgenden Schläge waren so heftig, dass ich es immer noch überall spüren konnte. Er hatte mir eindeutig demonstriert, wo mein Platz in diesem Leben war – am Boden.

Heute war mein letzter Schultag und ich war nur hier, um mein Zeugnis abzuholen. Nicht, um mich von jemandem zu verabschieden oder Abschiedspartys zu feiern. Ich hatte hier nur Leid erfahren.

Unzählige Schüler trotteten an mir vorbei, keiner hatte einen Blick für mich übrig, und ich war froh darüber. Ich war für sie unsichtbar – wirklich unsichtbar. Wie ein Geist, als gäbe es mich nicht. Der Schulflur wurde immer dunkler und enger. Er schien kein Ende zu nehmen, bis er mich völlig unvorbereitet in einer heruntergekommenen Einkaufspassage ausspuckte.

Nun war ich noch dicker und schwanger. Ich ging gerade zum Arzt, um abzutreiben. Das war für mich okay, denn ein Kind konnte ich nicht gebrauchen. Meiner Meinung nach war ohnehin jeder bescheuert, der heutzutage noch ein Kind bekam! Familie war ein Fluch, ich wünschte, ich hätte nie eine gehabt, ich wünschte, ich wäre abgetrieben worden.

Nur einen Lichtfleck hatte es gegeben – Martin. Dann hatte mein Onkel von ihm erfahren und nun gab es Martin nicht mehr. Er hatte nie die Kraft gehabt, in der Welt zu bestehen, in der ich lebte. Selbst sein Kind würde diese Chance nie erhalten, womit ich ihm einen Gefallen tat. Ich hätte einen Mann gebraucht, der mich in diesen Kreisen beschützte, der alles von mir fernhielt. Jemanden, der für mich einstand und mir zeigte, dass ich stark war, und der diese Stärke erst einmal in mir sah, der MICH sah. Aber diesen Mann gab es für mich nicht.

Es fühlte sich an, wie bestohlen zu werden, so darüber nachzudenken. Bestohlen um das Kostbarste in meinem Leben – die einzig wahre Liebe.

Ich betrat das Haus, in dem sich der Frauenarzt befand, und war mit einem Mal in einem von Onkel Patricks Clubs. Dort tanzte ich an der Stange, war völlig abgemagert, von Drogen und anderem Missbrauch gezeichnet und wirkte zehn Jahre älter, obwohl nur fünf Jahre vergangen waren.

Routiniert ließ ich meine Hüften für Francesco – meinen Dauerverlobten – kreisen, als er völlig ruhig eine Waffe aus seiner Jacketinnentasche zog und mit einem wahren Jokerlächeln auf meine Stirn zielte.

Ich bekam Angst! Unbändige Angst!

»Mia!«, brüllte jemand, und ich erkannte SEINE Stimme, drehte mich um, wollte zu ihm laufen und mich hinter ihm verstecken, aber ich konnte nicht. Ich konnte nicht zu ihm, weil es ihn nicht gab.

»TRISTAN!«, rief ich, sackte auf die Knie und vergoss verzweifelte Tränen.

»MIA!« Vivi rüttelte mich wild an meiner Schulter und mit einem Ruck schreckte ich auf. Ich öffnete die Augen, mein Atem kam stoßweise und meine Stirn war schweißgebadet. Nach und nach verlangsamte sich mein Puls, während ich an die dunkle Zimmerdecke starrte. Es war alles gut, ich war in Vivis Bett, in ihrem Haus, und lebte in einer Welt, in der Tristan Wrangler existierte. Oh, Gott sei Dank.

Diese Erkenntnis war so erleichternd, dass ich noch mehr weinte, als ich es schon im Schlaf getan hatte. Die Tränen liefen und liefen und liefen, und ich war machtlos gegen das Schluchzen, das aus mir brach.

»Es ist gut! Mia, alles wird gut!« Vivi zog mich an ihre Brust und streichelte über meine Haare, doch ich konnte mich für sehr, sehr lange Zeit nicht beruhigen.

18. Harte Worte

Mia die mit dem Verstand denkt Wrangler

Am Montagabend war ich völlig gerädert, obwohl ich fast den ganzen Tag geschlafen hatte. Ausgelaugt richtete ich mich in Vivis und Toms Gästezimmer in ihrem Apartment ein, stellte Elis Reisebettchen auf und verstaute die Sachen im Kleiderschrank. Sie passten gerade so rein.

Eli war schrecklich quengelig, denn die ungewohnte Umgebung machte ihr zu schaffen, und so schlief ich in der folgenden Nacht nicht gerade gut. Ich wurde von den schlimmsten Albträumen geplagt. Träume davon, was *er* wohl jetzt tat, um sich abzulenken, wie er sich gemeinsam mit Patrick über mich kaputtlachte, wie er mich betrog und hinterging und ich einfach nur tatenlos danebenstehen konnte, während er mich zum Volltrottel machte.

Aber so nicht mehr!

Am Dienstag stand ich voller Tatendrang auf und versuchte mir vor den Kindern nichts anmerken zu lassen. Ich musste zur Baustelle, auch wenn ich Angst hatte, dort Tristan anzutreffen. Denn ich hatte mir in dieser Nacht eines vorgenommen: Ich würde ihm nicht zeigen, wie es in mir aussah – nie wieder. Das war gefährlich. Ich kannte ihn. Ein einziges Zeichen von Schwäche und er würde sie sofort gegen mich verwenden – sich darauf stürzen wie ein Raubtier auf seine Beute –, mich sehr gekonnt um den Ficker wickeln, wortwörtlich, und dann hätte ich verloren. Dann hätte ich mich selbst verloren und alles, was mich ausmachte. Was auch immer das war … Doch ich war nicht mehr die kleine dumme Mia von früher. Ich war eine Mutter von zwei Kindern, die gerade dabei war, ihren Lebenstraum zu verwirklichen. Und was darüber hinaus noch in mir steckte, würde ich jetzt herausfinden!

Also zog ich nach dem Duschen eine weiße Bluse und Jeans-Bermudas an, kombiniert mit Schmuck. Ich verwendete sogar ein wenig Kajal und Wimperntusche, sodass die Form meiner Katzenaugen betont wurde, und tupfte etwas Gloss auf die Lippen, damit sie noch voller wirkten und leicht rosa schimmerten. Dann band ich mir die Haare zu einem hohen Pferdeschwanz zusammen, was wiederum meine hohen Wangenknochen zur Geltung brachte, und schlüpfte in leichte goldene Ballerinas, die zu dem dünnen gleichfarbigen Gürtel passten. Nach umfassender Musterung im Spiegel musste ich mir eingestehen, dass ich tatsächlich nicht nur gut aussah, sondern mich auch wohl in meiner Haut fühlte. Ich musste niemandem mehr ständig gefallen und mit irgendwelchen Bilderbuchschönheiten konkurrieren, ich musste es nur noch mir selber recht machen. Irgendwie war das erleichternd.

Als die Kinder fertig waren, fuhr ich Robbie in die Schule und Eli in den *Kindergarten Katharina*. Anschließend machte ich mich auf den Weg zu meinem Haus. Mein Magen brodelte vor Aufregung. Im Grunde wusste ich, dass es noch zu früh war, um auf *ihn* zu treffen, aber ich hatte keine Wahl.

Dass ich leicht enttäuscht war, weil ich das Haus totenstill und leer vorfand, gefiel mir überhaupt nicht. Ein kleiner Teil von mir, den ich momentan sehr vehement zu unterdrücken versuchte, sehnte sich schrecklich nach ihm, wollte ihn wenigstens sehen, aber niemand war da. Kein Tristan.

Wahrscheinlich war er sonst wo und hatte das Wochenende mit sonst was verbracht. Ich wollte es nicht wissen – redete ich mir zumindest ein.

Die Bauarbeiten liefen gut. Es ging voran, wenn auch holprig. Der Wald war bereits gerodet, der Platz für das Camp frei, jetzt würde der Bau der Hütten beginnen. Inmitten der Vorbereitungen und des Lärms traf ich Martin, der mich besorgt musterte, aber ich schüttelte nur den Kopf. Jetzt war nicht der richtige Zeitpunkt zum Reden – besonders nicht mit ihm. Ja, ich war ihm für seine Hilfe dankbar, aber mir entging nicht der Blick, den er auf meine nackten Beine warf, und wie sich seine Augen daraufhin verdunkelten. Konnte es tatsächlich sein, dass Martin immer noch andere Absichten hatte? Konnte es sein, dass er mich attraktiv fand? Das war mir zuvor nie aufgefallen. Wahrscheinlich, weil mein Unterbewusstsein gewusst hatte, dass es sowieso nur den einen gab, okay, gegeben hatte.

Seufzend verließ ich am Nachmittag die Baustelle. Eigentlich wollte ich gleich zu Vivi, aber dann folgte ich einer inneren Eingebung und fuhr doch zum See. Dorthin, wo alles angefangen hatte, auch wenn ich mir genauso gut hätte ein Messer ins Herz bohren können.

Der Chiemsee sah noch genauso aus wie in meiner Jugend. Runde aufgeheizte Kieselsteine vor einem tiefblau schimmernden See, momentan ohne jegliche Wellen, und dahinter von dünnen Wolken leicht verschleierte Alpen. Familien grillten, Kinder badeten ausgelassen im Wasser, Pärchen lagen faul in der Sonne. Nur ich war alleine. Der Gedanke stach ich meiner Brust, aber dennoch zog ich die Ballerinas aus, nahm sie in die Hand und ging über die heißen Steine zum Wasser. Die eisige Kälte des klaren Wassers tat an diesem schwülen Tag besonders gut. Gedankenverloren spazierte ich am Ufer entlang, schlenderte von den Leuten weg, ohne darauf zu achten, wohin.

Als ich meine Umgebung wieder bewusst wahrnahm, stand ich gerade am Ausläufer des Sees, direkt vor *der* Brücke. Sofort stiegen mir die Tränen in die Augen. Wie hatte mich mein Weg nur hierher führen können? Die Erinnerungen kamen unmittelbar und ich sah es vor mir, als wäre es gestern gewesen. Wie er fiel, wie ich ihm folgte, ihn aus dem Wasser holte, wie er vom Mond erhellt vor mir lag, wie ich ihn küsste und wie er das erste Mal in mich eindrang. Oh Gott! Ich musste mir ein Stöhnen verkneifen und schloss schnell die Lider. Aber die Bilder wurden nur schärfer, seine Stimme in meinem Kopf deutlicher – seine wunderschöne einzigartige Stimme.

»Mia …« Mittlerweile klang sie geradezu real. Das konnte unmöglich wahr sein. Ich wirbelte mit Tränen in den Augen herum und da stand er. Hinter mir am Strand – völlig fertig, total zerzaust, mit einem schwarzen Muskelshirt und zerfledderten Jeans. Tätowiert, mit dem dicken silbernen Kettchen und einer Bad Boy-Ausstrahlung, wie nur Tristan Wrangler sie haben kann.

Mein Herz brach.

Denn er gehörte nicht mehr mir und ich nicht mehr ihm. Noch nie hatte ich mich so weit entfernt von ihm gefühlt. Als wäre ich auf einem anderen Planeten.

»Was willst du hier?«, blaffte ich ihn an. Entweder das oder ich hätte den Tränen nicht länger Einhalt gebieten können und mich in seine starken Arme geworfen. Aber das war vorbei! Ich würde nie wieder Schwäche zeigen, vor allem nicht vor ihm! Er zog nur eine Augenbraue hoch.

»Glaubst du etwa, ich lasse dich unbewacht, nach dem, was mit Patrick war?« Er kam einen Schritt auf mich zu und wisperte sehnsüchtig: »Mia, bitte …«

»NEIN!« Sofort hob ich eine Hand und hielt ihn auf. Unbändige Kraft durchflutete mich in Form von Wut. »Bleib mir vom Leib, Tristan!«, zischte ich.

Er verzog das Gesicht, als hätte er Schmerzen, ballte die Hände zu Fäusten, woraufhin die Sehnen an seinen Armen hervortraten, und blieb kiefermahlend stehen. Als würde es ihm alles abverlangen. »Es ist vorbei! Okay? Lass mich einfach in Ruhe!«

»Das meinst du nicht ernst!«, blaffte er mich jetzt auch an. »Es wird nie zwischen uns vorbei sein!«

»Oh doch!«, feuerte ich zurück. »Du hast es dir selber zuzuschreiben! Du hast es selber so …!«

»Bullshit!«, schnitt er mir hart das Wort ab. »Du weißt, dass das nicht stimmt! Du weißt, dass ich nichts dringender will als dich und meine Kinder!«

»Oder deine Huren und deine dreckigen Geschäfte, ach …« Ich verschränkte die Arme vor der Brust. »… nicht zu vergessen den Mann, der mich verkauft hat, als ich siebzehn Jahre alt war, und der jetzt wohl dein bester Freund ist!«

»Das mit Patrick hat rein taktische Gründe! Glaub mir!«

»Das ist das Problem mit Lügnern, man glaubt ihnen irgendwann *nichts* mehr!«

Er raufte sich mit einer Hand die Haare, fluchte leise vor sich hin, und als er mich wieder ansah, hatte er tatsächlich Tränen in den Augen. Tristan Wrangler hatte Tränen in den Augen – meinetwegen! Sofort wollte ich ihn umarmen, ihm sagen, dass alles gut werden würde, aber das würde es nicht. Er musste es verstehen und ich musste stark bleiben – *für Robbie und Eli*!, betete ich mir vor und schloss für einen Moment die Augen –, denn ich konnte seinen Anblick, so gebrochen und am Boden, nicht ertragen, aber dafür fuhr seine Stimme nun geradewegs in meinen Bauch.

»Bitte, Mia. Du bist mein Ein und Alles. Ohne dich bin ich nichts!«

»Lass mich in Ruhe!«, wisperte ich, kämpfte gegen meine eigenen dummen Tränen, kämpfte gegen meine eigene Schwäche und dagegen, einzuknicken, wie immer, wenn er so mit mir sprach.

»Ich war ein verdammter Idiot, Mia. Verdammt! Ich werde alles aufgeben, ich habe mit Luca bereits gesprochen …«

»Das hast du mir vor einem Jahr auch gesagt!«, brüllte ich, denn Wut war immer noch besser als diese elendige Sehnsucht, die mich mit jeder Minute, in der wir hier standen, drängender in seine Arme trieb. Dabei war es beinahe schon ironisch, dass wir uns an dem Ort befanden, an dem alles angefangen hatte, und es nun … beendeten. Ich fühlte es tief in meinem Inneren – es gab kein Zurück mehr.

»Tristan, es ist aus«, meinte ich mit völlig ruhiger Stimme. »Ich kann so nicht mehr weitermachen, ich … ich … ich muss … das Beste für unsere Kinder tun, und auch für mich. Du hast keine Ahnung, wie sehr du mich enttäuscht hast, wie weh es tut!«

»Mia!« Er war bleich geworden, seine Augen geweitet. »Ich bin verdammt noch mal das Beste für dich und du für mich! Was redest du da?«

»Ach ja? Bist du das wirklich, Tristan?«, fragte ich abwertend und ergänzte dann deutlich ruhiger: »Wenn du wirklich ehrlich zu dir bist, wirst du erkennen, dass es nicht so ist! Ich werde vorerst bei Vivi bleiben. Du darfst Robbie und Eli natürlich immer sehen, wenn du willst, du musst nur anrufen …«

»Mia …« Ungerührt sprach ich weiter, während er vor Schock wie versteinert wirkte.

»Ich werde mir einen Scheidungsanwalt suchen, und das solltest du auch tun. Ich denke, es ist das Beste für die Kinder, wenn wir das schnell und unkompliziert über die Bühne bringen, ohne großes Drama.« Er starrte mich nur weiß wie eine Wand an, sagte keinen Ton. »Ich will kein Geld von dir für mich, aber es wäre schön, wenn du mir mit Robbie und Eli ein wenig hilfst.« Immer noch blieb er stumm.

Das erste Mal in seinem Leben war Tristan Wrangler völlig sprachlos – auch gut! Während er mir immer schwächer erschien, fühlte ich mich immer stärker, als könnte ich das hier wirklich schaffen! »Ich werde natürlich auch weiterhin für dich da sein, wenn du mich brauchst, aber eben nicht mehr als deine Frau, dein Baby oder dein Mädchen!«

»Verdammt!«, brüllte er. »SAG DAS NICHT!« Und dann kam er auf mich zu, packte mich an beiden Armen und drückte mich gegen den kalten Stein der Brücke. »Du wirst immer mein Mädchen sein!« Mir verschlug es den Atem. *Tristan berührt mich.* Elektrische Blitze schossen durch meinen gesamten Körper, sein Duft traf mich unvorbereitet, ebenso wie seine Wut, seine Verzweiflung, seine Panik, die meine letzten Worte in ihm ausgelöst hatten. *Alles.* Es war wie eine Druckwelle, die über mich hinwegfegte und mich ohne jegliche Waffen zurückließ. Tränen stiegen erneut in meine Augen. Eine Berührung von ihm und ich nahm die Konsistenz von Gelee an. Wie sollte ich das nur überstehen?! Wie sollte ich stark bleiben?

Ich wählte den einfachsten Weg und schloss die Augen, in der Hoffnung, das wäre alles nur ein Traum. Aber das war es nicht, denn ich spürte ihn noch immer, seine Berührung, seine Nähe. Dennoch wagte ich nicht, ihn anzusehen, als ich schwach wisperte: »Tristan, lass mich los!«

»NEIN!«, knurrte er und ich wusste, ich musste weiter gehen, musste ihn mit Worten von mir stoßen, denn körperlich war ich dazu nicht fähig, körperlich war ich ihm unterlegen. Ganz davon abgesehen, dass mein Körper ein Verräter war, ihm absolut verfallen. Diese starke Wirkung, die Tristan auf mich hatte, würde sich wohl auch niemals ändern. Also blieb mir keine andere Wahl: Ich musste mich das erste Mal in meinem Leben von meinem Verstand und nicht von meinem Herzen oder meiner Lust leiten lassen. Tief durchatmend wappnete ich mich für den nächsten Schritt, straffte mich und öffnete wieder die Augen.

»Du hattest deine Chance, Tristan Wrangler, und du hast sie verstreichen lassen. Du hast nichts an dem, was du hattest, geschätzt!« Ich sah ihn mit eiskaltem Blick an, bemerkte jede noch so kleine Veränderung in seinem Gesicht, während meine Worte auf ihn einwirkten. Obwohl es kaum möglich war, erbleichte Tristan noch mehr. Vielleicht lag es an der Überzeugungskraft meiner Stimme oder dass ihm sowie auch mir bewusst wurde, dass es die Wahrheit war, sobald ich sie aussprach. Keine Ahnung, aber ich redete umgehend weiter: »Ich war niemals deine Nummer eins. Wenn wir ehrlich sind, warst du das immer nur selber.« Langsam löste ich erst eine Hand von meinem Arm, dann die andere, ohne dass er irgendeine Reaktion zeigte. Seine Arme fielen leblos an seinen Seiten herab und er starrte mich an, als wäre ich ihm total fremd. »Ich habe dich nie so gesehen, wie du wirklich bist, weil ich es nicht sehen wollte. Ich wollte Ruhe und Frieden, eine heile Welt, aber die wirst du mir nie bieten können. Das habe ich endlich erkannt. Und vor allem habe ich auch endlich erkannt …« Ich ließ eine Pause, aber er sagte kein Wort, wirkte immer noch wie versteinert. »… dass du meiner nicht würdig bist, Tristan Wrangler. Ich bin tatsächlich zu gut für dich!«

Somit drehte ich mich um und ging, so schnell ich konnte. Denn mit den letzten Worten hatte ich nicht nur sein Herz gebrochen – sondern auch meins.

19. Tot

Tristan gestorben Wrangler

Ich war so schockiert, dass ich mich nicht mehr rühren konnte, selbst wenn ich gewollt hätte. Und ich *wollte*! Ich wollte ihr hinterherlaufen, sie mir über die meine Schulter schmeißen und an einen Ort bringen, von dem es für sie kein Entrinnen gab, aber ich *konnte* nicht. Ich konnte nur zusehen. Hoch erhobenen Hauptes und mit schwingenden Hüften marschierte sie im strahlenden Sonnenschein über den Strand davon – und ich konnte mein Baby nicht aufhalten!

Erst nach gefühlten Stunden gaben meine Knie unter mir nach und ich sackte auf den harten Stein. Ich spürte keinen Schmerz. Genau genommen spürte ich gar nichts und das war auch gut so. Denn wenn ich in diesem Moment irgendwas empfunden hätte, wäre ich wahrscheinlich an dem Schmerz, der in mir tobte, gestorben.

»Tristan, es ist aus!«

Immer wieder hörte ich ihre wunderschöne, so starke Stimme diese Worte sagen. Diese Worte, von denen ich niemals gedacht hätte, sie jemals aus diesem Mund zu hören. Ohne ein Zittern waren sie ihr von den Lippen gekommen, während sie mich mit eiskalten Augen angeblickt hatte. In ihnen war *nichts* mehr gewesen. Keine Liebe, keine Zuneigung, keine Sehnsucht, nur Abscheu, Hass und eisige Kälte. Ihr Entschluss stand fest – ich hatte es in ihrem Blick gelesen –, und er war unumstößlich. Mich fröstelte es und ich wollte aufstehen, aber mein Körper gehorchte mir nicht, stattdessen starrte ich immer noch an die Stelle, an der ich sie das letzte Mal gesehen hatte. Dabei wünschte ich mir nichts sehnlicher, als dass dies nur ein Albtraum wäre. Dass sie mich jeden Moment wecken und sagen würde, dass alles gut war und sie immer an meiner Seite bliebe. Doch gleichzeitig wusste ich, dass es die Realität war und sie nicht zu mir zurückkehren würde.

So wie jetzt hatte ich Mia nur einmal erlebt – damals, als wir vorgehabt hatten, Robbie zu adoptieren, und uns ein Arschlochbeamter einen Strich durch die Rechnung machen wollte, weil er fand, mit meiner Vergangenheit wären wir keine guten Eltern. Er hatte keine Chance gegen sie gehabt, denn sie hatte ihn ungespitzt in den Boden gerammt. So wie mich gerade eben.

***

Sollte ich um etwas kämpfen, was verloren schien?

Oder sollte ich lieber meine Kraft für einen Neuanfang aufbringen?

Auch am Abend wusste ich es nicht, während ich im Boxstudio auf einer Pritsche in meinem Büro lag, in dem ich mich einquartiert hatte, denn das Haus war ohne meine Familie zu still und leer, als dass ich es ertragen konnte.

Ihre Worte und die bittere Wahrheit dahinter hatten mich völlig erschlagen, genauso wie ihr gesamtes Auftreten. Das erste Mal in meinem Leben konnte ich Mia nicht einschätzen, wusste nicht, was sie tun würde, oder gar, was ich tun sollte, um zu bekommen, was ich wollte – nämlich sie! Ich war immer noch wie betäubt, mental nicht in der Lage, zu fassen, was gerade geschah, auch wenn mein Herz längst zerbrochen war. Denn tief in meinem Inneren wusste ich es: Sie hatte recht.

Das, wovor ich immer Angst gehabt hatte, war nun geschehen.

Ich hatte mit einem Schlag alles verloren.

Worst-Case-Szenario.

Völlig ausgeschissen!

Bilder der Vergangenheit flatterten in meinem Kopf vorbei. Ich sah sie in allen denkbaren Winkeln, Posen, in allen möglichen Klamotten. Als siebzehnjährige Schönheit in meinen Sachen mit der Zahnbürste im Mund, mit geröteten Wangen, später als junge Frau, wunderschön in meinem Club vor mir stehend und mich wegen Eva Eber anfunkelnd. Ich sah sie auf mir, nackt, rein, ungeschminkt, als ein Teil von mir, durch unsere Körper und Herzen verbunden. Ich sah sie nach der Geburt, das erste Mal mit meiner Tochter im Arm. Verdammt, bei der Erinnerung schluchzte ich auf, ich konnte nichts dagegen tun. Ich sah, wie stolz sie mich anlächelte und, Scheiße noch eins, sie war nie schöner gewesen, nie war sie mir stärker vorgekommen, niemals begehrlicher oder kostbarer, als in dem Moment, als mir bewusst wurde, dass sie die Mutter meiner Tochter war, nicht nur meine Frau. Ein Leben verband uns von da an für alle Zeit. Erst seitdem gehörte Mia Engel wirklich zu mir.

Doch jetzt nicht mehr …

Ich heulte wie ein verdammtes Mädchen, schluchzte, bebte und konnte mich nicht mehr einkriegen.

Verdammte Spackopussy!

SEI EIN MANN!, brüllte ich mich innerlich an, aber Tatsache war: Ohne Mia war ich ein verdammtes Nichts.

Doch sie hatte es gewollt beziehungsweise wollte mich nicht mehr. Wer konnte es ihr verübeln, wenn wir ehrlich sind? Wäre ich auch nur ein wenig ein Gentleman gewesen, hätte ich sie jetzt freigegeben, denn ohne mich war sie besser dran. Das hatte ich schon immer gewusst. Aber ich war kein Gentleman, war ich nie gewesen. Ich war ein Bastard, der sich ohne Rücksicht auf

Verluste das nahm, was er wollte, was er brauchte, was er begehrte, und das war nur sie. Schon immer gewesen. Und sie würde es auch immer sein. Keine würde jemals an sie herankommen oder gar ihren Platz einnehmen können. Allein der Gedanke daran war absolut undenkbar und abwegig, und doch wurde er gerade erschreckend real.

Denn das letzte Bild, das ich in meinem Kopf von meiner perfekten Familie hatte, verblasste. Mia an meiner Seite verblasste, genauso wie meine zwei Kinder. Sie verschwanden alle, einfach so. Zurück blieb ich, alleine, auf einer dunklen verlassenen Landstraße.

Oh verdammt, ich führte mich auf wie eine Memme, dem konnte nur Alkohol entgegenwirken! Immer noch heulend griff ich mit bebenden Fingern zu meiner letzten Rettung – der Whiskey-Flasche in meinem Schreibtisch, wohl wissend, dass sie sicher nicht die letzte sein würde.

***

Tom und Phil tauchten irgendwann auf, als ich fast im Delirium war. Vermutlich wollten sie mir die Fresse polieren, aber offenbar fanden sie mich so mitleiderregend, dass sie sich zu mir setzten und sich mit mir brüderlich die Kante gaben. Wir sprachen nicht viel. Worüber auch? Für diese Katastrophe existierten keine Worte. Ich hatte einfach verschissen. Wenn man es genau nahm, mein gesamtes Leben, denn ohne Mia war ich eher tot als lebendig.

Sie wussten, was nun kommen würde, genauso wie ich. Und keiner konnte es aufhalten, denn die Person, die meine einzige Lichtquelle darstellte, hatte sich heute aus meinem Leben verabschiedet. Somit gab es nichts, was die Dunkelheit noch daran hinderte, sich in mir auszubreiten.

Ich hatte mein Mädchen schon auf sehr viele Arten verloren, aber noch niemals auf eine, die sich so endgültig und vor allem vernichtend angefühlt hatte.

20. Lebende Leichen

Tristan fast nüchtern Wrangler

Nach drei Tagen hatten mich meine Brüder wieder so nüchtern, dass ich mein bis dahin erfolgreich betäubtes Gehirn wieder benutzen konnte. Die ersten Gedanken, die mir in den Kopf schossen, waren:

Robbie.

Und.

Eli.

Meine Kinder.

Ich musste sie sehen. Mehr als eine Woche hatte ich mich weder blicken lassen noch mit ihnen gesprochen. So lange hatte ich nie ohne das geringste Lebenszeichen von meinen Kindern getrennt verbracht – und sie nicht ohne mich. Vor allem Robbie musste es das Herz brechen. Man hatte ihn schon einmal im Stich gelassen, und egal, was zwischen Mia und mir gerade ablief, ich würde ihn nicht hängen lassen.

Was war ich nur für ein verdammter Vater?!

Tja.

Ich war kein Vater, ich war ein Feigling!

Denn damit ich mit meinen Kindern Kontakt aufnehmen konnte, musste ich mit Mia sprechen. Und dazu war ich nach dem, was ich am See von ihr gehört hatte, eigentlich noch nicht bereit. Ich hatte keine Ahnung, wie ich nun mit ihr umgehen sollte. Aber noch viel wichtiger: Wie würde sie mit mir reden? Wie mit einem Fremden? Oder gar wieder so kalt? Nüchtern?

Hasserfüllt? Oder so, als wäre ich ihr egal? Das fickte meinen Kopf – gewaltig. Und doch überwand ich mich am Samstagvormittag und wählte, nachdem mich meine Brüder in die Dusche geschleift, mich mit kaltem Wasser gewaschen und mich neu eingekleidet hatten, ihre Handynummer.

Meine verdammten Hände bebten, während ich im Boxstudio hinter meinem Schreibtisch saß und den Kopf in eine Hand gestützt hatte. Selbst der schien mir zu schwer, abgesehen davon, dass er höllisch wehtat. Es klingelte endlos und ich dachte schon, sie wäre nicht da oder wollte nicht rangehen, doch dann meldete sie sich. Das erste Mal nach so langer Zeit wieder ihre Stimme zu hören, war schmerzhafter, als ich es mir vorgestellt hatte.

»Hallo«, meinte sie, als wüsste sie nicht, wer anruft, und ich wollte sagen: Hey Baby, verdammte Scheiße, ich vermisse dich so schrecklich. Ich kann ohne dich nicht mal einen verdammten Atemzug machen, ohne dass es wehtut. Bitte lass mich nach Hause kommen! Aber nichts davon fasste ich in Worte. Stattdessen schluckte ich und murmelte. »Ich bin's.«

»Ich weiß«, antwortete sie völlig ruhig und ausgeglichen. Verdammte Scheiße, was lief hier nur falsch?! Sie hörte sich an wie eine völlig Fremde. Erneut schluckte ich und musste mich räuspern, als ich mich an den Grund erinnerte, wieso ich anrief.

»Wie geht es Robbie und Eli?«, fragte ich und merkte selber, wie kraftlos ich klang. Als wäre jedes Wort eine einzige unsagbare Qual, was es auch war.

»Gut. Wir frühstücken gleich«, entgegnete sie immer noch verdammt ruhig und wieder mit dieser grausamen Telefontantenstimme.

»Kann ich sie sehen?«, fragte ich mit meiner Fuck-ich-ertrinke-gerade-Stimme.

»Natürlich.«

»Wann?«

»Passt es dir nach dem Frühstück?«

»Immer.«

»Okay, holst du sie dann hier bei Vivi ab?«

»Ja.« Verdammt, Mia! BITTE!

»Okay. Bis dann!« Und somit hatte sie schon aufgelegt. Geschlagen ließ ich mich in meinem Stuhl zurücksinken und schloss die Augen, das Handy immer noch in der Hand. Wieso fühlte sich jede Interaktion mit ihr neuerdings wie der nächste Todesstoß an, und wie oft konnte ich eigentlich noch sterben?

***

Das Vorhaben, meine Kinder zu sehen, war momentan wohl der einzige Grund, mich zusammenzureißen – zumindest etwas. Das und die Predigt von Tom, der mich anrief, um mir zu sagen, dass ich mich gefälligst rasieren und nicht wie ein Asozialer dort auftauchen sollte. Sonst würde sie mir die Kinder gar nicht erst geben. Außerdem riet er mir, nichts mehr zu trinken und Mia nicht zu kidnappen, so wie ich es in den Tagen davor genauestens geplant hatte.

Um Punkt elf Uhr stieg ich in den verdammten Aufzug des Hochhauses, wo mein Bruder und seine Hexe ein exklusives Penthouse bewohnten, wie es sich für einen Star-Anwalt und eine Architektin gehörte, und fuhr die elf Stockwerke hoch – mit wild schlagendem Herzen. Ich fühlte mich wie ein Teenager, der gleich auf sein großes Idol trifft. Das erste Mal wusste ich nicht, wie ich mich geben, was ich sagen sollte. Es war alles ein riesiges Fragezeichen.

Mit verdammt feuchten Händen verließ ich den Aufzug, betrat den großen offenen Flur und wurde von einem alten besten Freund begrüßt: Stanley.

Fuck!

Als er sich altersbedingt humpelnd und vor Freude mit dem ganzen Arsch wackelnd zu mir auf den Weg machte, hatte ich schon erste Tränen in den Augen. Ich war verdammt froh, dass ich ihn hochheben und mein Gesicht in seinem Fell verstecken konnte. Aber nicht lange, weil er vor Freude so wuselte, dass er fast auf den Boden fiel. Also ließ ich ihn wieder runter. Er wollte alles auf einmal. Mein Gesicht ablecken, an mir hochspringen und um meine Füße laufen. Ich musste lächeln, auch wenn es irgendwie wehtat, und gab ihm einen seiner Lieblingsknochen, die ich extra noch auf dem Weg hierher besorgt hatte. Jetzt war ich abgeschrieben. Freudig und agil, als wäre er ein Welpe, lief er in sein Körbchen, rollte sich dort zusammen und knabberte an seinem Knochen, ohne mich aus den Augen zu lassen. Wahrscheinlich hatte er Angst, dass ich sonst einfach verschwinden würde. Immer noch lächelnd stand ich aus der Hocke auf und erstarrte auf der Stelle, denn sie trat gerade aus dem Wohnbereich in den Flur – in einem einfachen schwarzen Spaghettiträgertop, einem gleichfarbigen Röckchen, barfuß, braun gebrannt, ungeschminkt und wunderschön.

Mir verschlug es förmlich den Atem.

Mein Herzschlag setzte aus.

Meine Hände zuckten.

Niemals zuvor war mir stärker aufgefallen, wie schön diese Frau war.

Ich konnte sie noch spüren, obwohl ich sie eine Woche lang nicht gesehen, nicht gehört, nicht an ihr gerochen oder mich gar in ihr versenkt hatte. Obwohl ich sie so verdammt vermisste, durfte ich nicht zusammenbrechen.

»Hi«, meinte sie und ihre sonst so warmen braunen Augen – Augen, die mich immer angehimmelt hatten – waren noch immer eiskalt. Nach der knappen Begrüßung drehte sie sich um und verschwand im Wohnbereich. Ihr Schritt war beschwingt, nichts strahlte Trübseligkeit oder gar Trauer aus. Sie schien praktisch gar nicht zu leiden. Verdammte Scheiße! Was sollte das!?

Mit schweren Schritten und geballten Fäusten folgte ich ihr, und da war sie, mein Engel.

»PAPA!«, rief sie zum Glück, sobald sie mich sah, als hätte sie mich zwanzig Jahre nicht gesehen, und kam mit wackligen Schritten barfuß in einem butterblumengelben Kleid auf mich zugestapft. Sie blickte mich warm, voller Liebe und Bewunderung an, was umso schmerzhafter war, da ihre Augen eine perfekte Kopie von Mias darstellten.

»Hey mein Engel!« Die Tränen zurückhaltend hob ich sie hoch, warf sie in die Luft, genoss ihr ausgelassenes Lachen und drückte sie schließlich an mich.

Dann spürte ich *ihren* Blick.

Sie lehnte im Türrahmen, umarmte sich selber und hatte Tränen in den Augen.

SIE WAR NOCH DA!

Mein Mädchen existierte noch.

Sofort witterte ich eine Chance.

Mit meiner Tochter im Arm machte ich einen Schritt auf sie zu. »Mia!« Doch sie hob nur die Hand, stoppte mich somit, und wandte sich ab.

»Ich hole Robbie!« In ihrer Stimme schwang wieder diese Kälte mit, die sich mit jedem Wort tiefer in mein Herz bohrte. Verdammt!

»PAPA, PAPA, PAPA, PAPA!« Eli patschte aufgeregt auf meinen Wangen herum und forderte wieder meine Aufmerksamkeit. Ich lehnte meine Stirn an ihre.

»Ja, mein Schatz?«, fragte ich und atmete tief ihren Duft ein. Sie roch sogar ein bisschen wie Mia.

»Brum-brum?«, meinte sie und ich betrachtete lächelnd ihre wunderschönen großen Augen.

»Ja, wir fahren mit dem Jeep.«

Sie jauchzte vor Freude, denn sie liebte es, in dem Monster zu fahren und dabei ihre Lieblingslieder zu hören. Lieder wie »Schnappi, das Krokodil«. Dazu tanzte sie wie Beyoncé persönlich in ihrem Sitz mit ernstem Gesichtsausdruck und perfekten Moves, die sie sich immer mit Katha in irgendwelchen Musikvideos abschaute. Nichts war süßer als das.

»Hey Paps.« Robbies Stimme riss mich von meiner Tochter los. Er grüßte mich im Vorbeigehen, hatte einen Rucksack dabei und ging in den Flur, ohne mich auch nur eines Blickes zu würdigen. Fragend sah ich automatisch zu Mia, doch die zuckte nur mit den Schultern. Dann folgte sie ihrem Sohn und kniete sich vor ihn, band ihm die Schuhe, auch wenn er das selber konnte.

»Du hast alles dabei?«

Er verdrehte die Augen. »Ja, Mama!«

»Und du kennst ja Tante Vivis Nummer?«

Ich zog eine Augenbraue hoch, er antwortete monoton.

»Ja, Mama!«

»Wenn was ist, dann hole ich dich ab.«

»Ja-ha.«

»Okay, ich wünsche euch ganz viel Spaß!« Sie gab ihm noch einen Schmatzer auf die Lippen und drückte ihn an sich. Dann kam sie zu uns, so nahe, dass sich die Härchen auf meinen Armen sofort aufstellten, und zog Eli ihre Sommerschuhe an, die wie kleine Boote aussahen. Natürlich ohne mich nur einmal anzublicken. Neuerdings wurde ich ja von keinem mehr angeschaut.

»Bring sie morgen einfach, wann es dir passt. Es ist jemand zu Hause.«

»Zu Hause?«, hakte ich sofort nach, denn es war das Einzige, was mir sofort auffiel. Sie stockte und sah mich kurz an, doch dann presste sie ihre Lippen aufeinander und nickte knapp, trat einen Schritt zurück und lächelte – ziemlich gezwungen, aber sie lächelte.

»Ärgert euren Papa nicht!« Somit schob sie mich in den Aufzug und die Türen glitten zu.

Mia die lebende Leiche Wrangler

Endlich war er weg!

Endlich konnte ich mit dem Rücken an die Wand sacken und meine Hand auf den Mund pressen. Nur selten war mir etwas so schwergefallen, wie diese Begegnung zu überstehen. Die Augen kniff ich fest zusammen und dennoch kamen sie – die Tränen. Tränen, die mich in beinahe allen Nächten überfielen, in denen ich alleine im Bett lag oder von Albträumen gequält aufwachte.

Er hatte so fertig ausgesehen!

Dicke Augenringe verunzierten sein perfektes Gesicht, seine Haare waren zu lang und nicht wie sonst akkurat zu seinem üblichen Chaos frisiert. Seine sonst so gepflegten Hände waren dreckig, die Nägel abgekaut, seine stattlichen breiten Schultern eingesunken – wie seine gesamte Gestalt. So hatte ich Tristan Wrangler wirklich noch nie gesehen. Und wie erst seine Stimme klang – ohne jegliche Betonung, ohne jegliches Leben in sich. Als wäre er eine lebende Leiche, so wie ich damals, vor so langer Zeit.

Konnte es sein, dass er sich so fühlte, wie ich empfunden hatte? Als ich nichts weiter von ihm bekam als den Psycholover, als ich keine Hoffnung mehr hatte, dass der alte Tristan noch immer irgendwo in seinem Körper war?

Ein tief in mir verwurzelter Instinkt hielt es kaum aus, denn ich wusste, *ich tat ihm das an* und ich hätte sein Leid so leicht beenden können. Aber ich tat es nicht, denn es ging mir das erste Mal im Leben nicht um *sein* Bestes.

21. Falsche Berührungen

Mia verwirrt Wrangler

Jetzt hatte ich am Wochenende also sturmfrei. Eine perfekte Gelegenheit, um sich mit jeder Menge Walnusseis und Stanley in meinem Bett einzukuscheln und *In einem Land vor unserer Zeit* anzusehen. Ein Film, der mir jedes Mal aufs Neue ans Herz ging. Vivi und Tom waren nicht da, die machten irgendeinen komischen Kurs in irgendeinem komischen Hotel – so genau wollte ich es gar nicht wissen. Katha und Phil waren auch beschäftigt. Heidi, mit der ich mich immer noch ab und zu traf, hatte auch keine Zeit, also hieß es alleine sein. Etwas, was im Moment absolut tödlich für mich war.

War ich abgelenkt und hatte Gesellschaft, ging es mir wirklich gut. Ich vergaß *ihn* sogar für einige Augenblicke. Aber sobald ich alleine war, kam alles über mich geschwappt wie eine riesige Welle und ich ertrank hilflos in ihr.

Wieso musste es sich so falsch anfühlen, obwohl es doch richtig war?

Bei einem Familienkriegsrat am Donnerstag hatten wir das alle einstimmig beschlossen. So ging es nicht weiter. Alle standen absolut hinter mir und waren ziemlich sauer auf *ihn,* auch wenn sie ihn natürlich trotzdem unterstützen würden. Das sollten sie auch, dafür war die Familie schließlich da. Immer hinter einem stehen, egal, wie viel Scheiße die Person baut. Ich war froh, dass *er* seine Brüder hatte, auch wenn ich nicht viel Hoffnung besaß, dass sie ihn vor der Dunkelheit bewahren konnten.

Zwar redete ich mir immer wieder ein, dass ich nicht mehr für sein Licht verantwortlich war, aber das auch zu begreifen, war schwerer, als ich dachte. Er musste es selber schaffen, auf der richtigen Bahn zu bleiben. Das sollte man doch von einem Dreißigjährigen erwarten können, oder?

Bei dem Gedanken lachte ich bitter auf und stopfte mir rüde noch einen Löffel in den Mund. Er war *nie* auf der richtigen Bahn gewesen, er hatte es mich nur glauben lassen, hatte mir eine perfekte Show vorgegaukelt und zumindest nach außen hin die Fassade gewahrt. Das spielte nun keine Rolle mehr. Jetzt würde er total abrutschen, aber *das ist nicht mehr deine Sache, Mia. Verdammt!*

Leider wollte dieser Umstand nicht in meinen Kopf rein. Denn egal, wie oft dieser Mann mich belogen und enttäuscht hatte, *er* war keineswegs ein schlechter Mensch! Und ich liebte ihn, würde ihn wohl immer lieben. Ich wollte nicht, dass sich so ein wunderbarer Mensch aufgab oder gar sein Leben zerstörte. Im Gegenteil, ich wollte, dass es ihm gutging, auch ohne mich. Nur leider hatte er bei unserem letzten Treffen am See nicht gut ausgesehen und schon gar nicht, als er die Kinder geholt hatte. Mich beschlich die dunkle Vorahnung, dass es mit jedem Mal schlimmer sein würde, und ich konnte *nichts* dagegen tun. Denn es war nicht mehr an mir, ihm das zu geben, was er zu brauchen glaubte. Ja, *glaubte*, denn hätte er mich wirklich so sehr gebraucht, wie er sich und mir einredete, hätte er nicht alles so leichtfertig auf Spiel gesetzt.

Für was? Das war es, was ich nicht verstand. Wir hätten jetzt alles haben können, was wir immer gewollt hatten, trotzdem war es ihm nicht genug gewesen!

Nein!

Er wollte ja immer mehr!

Er wollte alles auf einmal!

Er bekam den Hals nie voll!

Der Sack!

Nun stopfte ich das Eis wie eine Wilde in mich rein. Wut durchströmte mich wieder, wofür ich tatsächlich dankbar war. Denn nur indem ich mir seine Vergehen ständig vor Augen führte, schaffte ich es, standhaft zu bleiben. Wie oft hatte ich schon das Smartphone in der Hand gehabt und daran gedacht, ihn anzurufen und zu sagen: *Komm nach Hause! Ich liebe dich, ich will dich nicht verlieren.* Dann hatte ich mich aber daran erinnert, wie viel ihm diese Liebe wert gewesen war, als er sie so leichtfertig aufs Spiel gesetzt hatte. Was das Ganze noch steigerte, war der Umstand, dass er mit Onkel Patrick gemeinsame Sache machte. Einem Mann, der mir nur Leid zugefügt hatte. Das glich nicht nur einem Verrat an unseren Gefühlen zueinander, sondern vor allem an mir, und war dermaßen schmerzhaft, dass es mir leichtfiel, das Telefon jedes Mal aufs Neue verächtlich schnaubend ungenutzt wieder wegzulegen.

In dem Moment klingelte es.

Seufzend wuselte ich mich übers Bett und musste grinsen, als ich sah, wer anrief.

»Hi Martini!« Immer noch grinsend war ich rangegangen und hörte förmlich, wie er die Augen verdrehte.

»Na, was macht meine Schöne?« Ich verzog das Gesicht, denn ich mochte es nicht, wenn er mich so nannte. Das war so kitschig, aber er machte das ständig.

»Gammeln.«

»An einem sturmfreien Samstagabend? Bist du des Wahnsinns?«, erkundigte er sich gespielt empört.

»Japp! Ich habe Walnusseis.«

»Welche Marke?«

»Aldi natürlich.«

»Oh okay, ich verstehe!« Wir lachten zusammen. Mit ihm war es so leicht zu lachen. Alles war mit ihm leicht. Er machte es mir nie schwer, weil er selber ein fröhlicher unbekümmerter Mensch war. Weil er wie ich war und sich nicht so ernst nahm. »Nein, Scherz beiseite. Ich denke, du willst gar nicht daheim in deinem gemütlichen Bett liegen und leckeres Eis in dich hineinschaufeln.«

»Aha.«

»Ja, wirklich!«

»Was will ich denn?«

»Du willst mit mir zu einem nächtlichen Bootsausflug.«

Oh, wir hatten schon vor Ewigkeiten beschlossen, dass ich mit ihm die sieben Weltmeere, okay, angefangen beim Chiemsee bei Nacht, unsicher machte. Ich schaute zum Eis, zum Fernseher und vor allem kuschelte ich mich tiefer in die Kissen. Es war gerade sooooo gemütlich. Aber andererseits würde mich das vielleicht vor meinen nächtlichen Heulattacken bewahren. Also zuckte ich die Schultern und meinte: »Ich bin in einer halben Stunde fertig.«

»So mag ich mein Mädchen!« AUTSCH! Seine Worte brachten mich fast zum Kotzen und trieben mir die Tränen in die Augen.

***

Ich musste zugeben, dass Martin in seinem weißen Hemd und der beigen Hose, zusammen mit seinen schwarzen Haaren und der gebräunten Haut sehr gut aussah. Er hatte sich wirklich gemacht. Aus dem etwas unsicheren, liebevollen, flappsigen Hip-Hopper war ein erfolgreicher Geschäftsmann geworden, der wusste, was er wollte und wie er es bekam. Das bewunderte ich, so wie ich jeden bewunderte, der konsequent seinen Weg ging und alles daransetzte, seine Träume zu leben, aber keineswegs ohne

Rücksicht auf Verluste oder über Leichen gehend. Martin von und zu Arschkrapfen besaß eine genauso starke soziale Ader wie ich, gab gerne und viel – *ohne* etwas dafür zu erwarten oder gar zu verlangen. Außerdem behandelte er JEDEN mit Respekt, von einer Putzfrau bis zu seinen Vorstandsmitgliedern. Diese Menschen sind selten, und wenn man so jemanden findet, dann sollte man ihn gefälligst nicht loslassen. Denn das sind die guten Menschen, das sind die Menschen, die dir niemals schaden werden oder gar etwas Boshaftes tun. Das sind die Menschen, die diese Welt noch zu einem besseren Ort machen.

Etwas aufgeregt war ich schon, denn, um ganz ehrlich zu sein, ich war noch niemals auf einem Boot gewesen. Aber wie immer ließ mich Martin meine Aufregung schnell vergessen, indem er kleine Scherze mit mir trieb und herumalberte. Ich betrachtete sein Profil, während er lachte, und das erste Mal in meinem Leben sah ich ihn mit anderen Augen. Womöglich weil diese nicht mehr praktisch blind für andere Männer waren. Es ließ sich nicht leugnen, er war wirklich attraktiv, erfolgreich, witzig und ehrlich, aber er strahlte auch eine enorme Beständigkeit und Ruhe aus. Er war ein Mann, mit dem man ein perfektes Familienleben führen konnte. Eigentlich war er der Bilderbuch-Traummann.

Wie wäre mein Leben wohl verlaufen, wenn ich tatsächlich mit ihm zusammengekommen wäre? Wäre es so wie in meinen Albträumen ohne *ihn?* Ja, *ihn*, denn *seinen* Namen konnte ich nicht einmal denken, ohne dass es wehtat wie die Hölle. Hätte Martin womöglich schon in meiner Jugend alles geändert? Hätte er mich gleich zu der Frau gemacht, die ich gerne sein wollte, ohne die Erfahrung mit Francesco und einem Psycholover? Hätte er mich immer so gut fühlen lassen wie jetzt? Hätte er mir alle Sorgen genommen, anstatt mir immer wieder neue zu bereiten? Eines war auf jeden Fall klar: Ganz sicher hätte mich Martin niemals so behandelt, wie Tristan es manchmal getan hatte.

Martin hätte mich respektiert. Immer. Das hatte er schon getan, als sonst keiner einen Fünkchen Respekt für mich übrig gehabt hatte. Und dafür war ich ihm zutiefst dankbar. Dafür liebte ich ihn – auf eine Art, wie man einen Bruder liebt – und ich wusste, er liebte mich genauso. Wieso auch immer.

***

Es war wunderschön. Das Sportboot schwappte leicht hin und her, aber nicht so, dass mir davon kotzübel wurde, eher mummelte mich das Gefühl in eine sanfte Schläfrigkeit ein. Die Sterne über uns strahlten so hell und klar, wie ich es noch nie gesehen hatte, weil es auf dem dunklen See keinerlei Lichtquellen gab. Es roch frisch, nach viel klarem Wasser, aber vor allem nach einem heißen Sommer. Am liebsten hätte ich meine Füße im Wasser baumeln lassen, aber das traute ich mich nicht, aus Angst, dass mir ein Fisch in den Zeh beißen würde. *Der Chiemsee ist berühmt für seine Killerpiranhas! Baby, Vorsicht!* Wie auf Befehl hörte ich Tristans Stimme in meinem Kopf, die mich sanft neckte. Ich hörte sein Lachen, weil ich mich empören und sofort vom Rand wegspringen würde. Und ich seufzte, während ich hier mit Martin auf einer riesigen Decke am Bug saß. Denn da war sie wieder – *Tristans Stimme.*

Verdammt!

Und ich hatte gedacht, ich hätte alles so gut im Griff.

Von wegen.

Martin hatte allerlei leckere alkoholische Mixgetränke dabei. Dazu ein wenig Obst, ein wenig Eis, ein wenig von allem, was ich so mochte, und mir fiel mal wieder auf, wie aufmerksam er war. Vermutlich merkte er sich jedes Wort, das ich sagte, und versuchte mir das zu geben, was ich mochte. Er war immer so süß. Nach einem Mann wie Tristan, der meist alles andere als *süß* war, weil er nur aus Ecken und Kanten zu bestehen schien und keinerlei Ähnlichkeit zu einem Plüschhasen oder Spritzgebäck aufwies, war Martin wie Balsam für meine Seele. Er erklärte mir die Sternbilder, zeigte mir damit, was für ein enormes Wissen er besaß, ohne dass ich mich dabei fühlte wie ein Trottel, weil ich nicht mal die Hälfte von all dem gewusst hätte.

»Und das hier ist der wütende Stier.«

Während wir auf dem Rücken lagen und nach oben schauten, deutete er auf irgendeinen Haufen Sterne und ich – schon leicht angeheitert – musste lachen und schlug auf seinen Arm.

»Verarsch mich nicht du Möchtegernastronom! Wir sind hier nicht beim Yoga!« *Yoga, pfff, ist vielleicht ein gutes Training für Bettsport, aber nichts weiter*, hörte ich Tristan arrogant sagen. Martin hingegen drehte mir seinen Kopf zu und sah mich bewundernd an.

»Yoga ist ganz schön krass. Man bewegt sich langsam wie eine Schildkröte, aber das hat es in sich. Ich habe es einmal probiert und hatte danach eine Woche Muskelkater an den unmöglichsten Stellen, obwohl ich sonst Fußball spiele, wie du ja weißt. Machst du das?«

»Ja.« Ich grinste traurig, er richtete sich sofort auf.

»Zeig mir mal was!«

»Was? Hier? Jetzt?« Kichernd zog ich eine Augenbraue hoch und deutete auf das Boot, die Nacht, den See! Ich sah schon, wie sich die Fische im Wasser versammelten, um dieser künstlerischen Darbietung beizuwohnen, und verzog das Gesicht.

»Klar! Komm schon!« An den Händen zog er mich hoch und ich hatte keine Chance. Okay. Wacklig versuchte ich mein Gleichgewicht zu finden und er half mir dabei, indem er mich an der Hüfte festhielt.

»Also! Ich bin bereit!«, meinte er noch euphorisch und ich bekam schon jetzt Muskelkater vom Lachen.

Doch schließlich zuckte ich mit den Schultern. Dann würde ich ihm eben hier und jetzt ein paar Yogaposen zeigen, die sich gewaschen hatten. Er wollte es schließlich so! Zum Glück trug ich eine gemütliche Jogginghose und einen dicken Kapuzenpullover, also besaß ich genug Bewegungsfreiheit. Doch er würde sich in seiner Hose ganz schön schwertun.

»Also …«, sagte ich und streckte die Arme weit von mir, sah in den Himmel, umarmte ihn gedanklich, »beim Yoga geht es vor allem um Einklang mit sich selbst und den findet man am besten in der Natur. Deswegen ist Yoga in der Natur das Beste, was du tun kannst. Atme tief ein und beim Ausatmen faltest du deine Hände so vor deiner Brust.« Ich zeigte ihm, was ich meinte, und er machte es sofort voller Eifer nach. Martin war wirklich süß. *Er* hingegen hätte sich niemals auf diesen Scheiß hier eingelassen. *Er* trieb lieber Sport für richtige Männer. Boxen, joggen, Kraftsport, pfff. Oh Gott, sein Körper beim Trainieren, dieser Schweiß, der über perfekte Muskeln rinnt … Wie oft hatte ich dabei schon zugesehen und wäre fast gestorben? Verdammt! Ich durfte nicht daran denken!

»Schließe die Augen, fühle deinen Atem. Er ist die Verbindung zwischen dir und deiner Umwelt. Fühle, wie du stehst, fühle den leichten Wind, das leichte Schwanken … Der See ist wie deine Gedanken. Nur wenn er ruhig ist, kannst du auf den Grund sehen. Nur wenn du ruhig bist, kannst du deine wahren Gedanken, dein wahres Ich erkennen!«

»Ommmmmmmmm«, flüsterte er mit geschlossenen Augen, breitbeinig stehend und mit wie zum Beten vor der Brust gefalteten Händen. Ich lachte, als ich ihn aus dem Augenwinkel ansah.

»Das habe ich von meiner Yogalehrerin Vivi. Die macht das schon seit zehn Jahren, und meine Fresse, kann die sich verrenken!«

»Manchmal redest du wie er«, meinte er plötzlich düster, und das schlug ein wie eine Bombe. Sofort öffnete ich meine Hände wieder.

»Findest du?« Schockiert sah ich ihn an, auch er löste seine Pose und zuckte mit den Schultern.

»Ja, du hast ziemlich viel von ihm angenommen.«

»Was denn zum Beispiel?«

»Ähm, bestimmte Worte?« Na ja, gut, das ließ sich vermutlich nicht vermeiden, wenn man mit IHM zusammenlebte.

»Okay.« Ich kaute auf meiner Lippe und sah über den See. Das gefiel mir nicht. Ich wollte nicht sprechen wie ER, ich wollte sprechen wie ICH.

»Aber das ist doch klar, wenn man so lange mit jemandem zusammen war! Komm jetzt, machen wir weiter!« Martin fühlte natürlich sofort meinen Unmut und lenkte mich ab. Und ich ließ mich darauf ein.

Also machte ich hier mitten in der Nacht auf einem Boot auf dem Chiemsee Yoga mit Martin. Und es war eine der tollsten Erfahrungen, die ich jemals gemacht hatte.

***

Eine Stunde später, auch wenn ich ihm die ganze Nacht Übungen hätte zeigen können, saßen wir uns zugewandt im Schneidersitz da und waren total entspannt. Wir beide hatten ein dussliges befriedigtes Grinsen auf dem Gesicht, wie nach dem Sex. Irgendwie war ich mit Martin verbunden – schon immer. Seit wir uns wiedergetroffen hatten, spürte ich es erneut. Und zugegeben, das hier war fast so gut wie Sex gewesen, ich fühlte mich absolut wohl und mit mir im Reinen.

Das erste Mal seit Langem war ich glücklich.

Es gab keine Probleme oder negativen Gedanken mehr, ich hatte sie alle von mir geschoben, denn im Moment konnte ich sie sowieso nicht lösen. Ich war wie befreit, weil ich losgelassen hatte, und ich wusste, dass ich das nur dem Yoga zu verdanken hatte. Und okay, dem Mann vor mir. Dem Mann, den ich wieder mit diesen anderen Augen betrachtete, und dem Mann, dem ich niemals eine Chance gegeben hatte.

Vielleicht war jetzt der richtige Moment dafür.

Vielleicht konnte ich *ihn* so vergessen.

Wenn nicht jetzt, wann dann?

Wortlos beugte ich mich vor und küsste das erste Mal in meinem Leben freiwillig und aus eigenem Antrieb einen anderen Mann.

Und sofort schlug das Chaos ein.

Tristans Stimme brüllte mich an: FUCK, MIA! WEG! PFUI! AUS! WAS TUST DU DA?

Meine Stimme brüllte zurück: *DAS, WAS ICH WILL!*

Trotzig neigte ich meinen Kopf, änderte den Winkel und küsste den irgendwie total erstarrten Martin inniger. Ich schlang meine Arme um seinen Nacken, kletterte auf seinen Schoß, verschränkte die Hacken hinter seinem Rücken und fuhr mit den Händen in seine Haare.

Und es war falsch.

So falsch!

Mit einem Mal drehte sich mein Magen um und ich musste mich übergeben – genauso war es am Anfang bei Francesco gewesen. Im letzten Moment konnte ich von Martin springen und mich über die Reling beugen. Dann landete das schöne gute Walnusseis inklusive jeder Menge Alkohol mit einem *Schwapp* im kalten klaren Wasser – das nun verseucht war.

Die pure Verschwendung.

Super.

Ganz toll, Mia, dachte ich trocken, aber mein innerer einzig wahrer Ficker bekreuzigte sich wahrscheinlich zum ersten Mal in seinem Leben.

***

»Ist schon okay!« Martin fuhr sich durch seine Haare und sah mich immer noch so mitleidig an.

»Was soll daran bitte okay sein? Erst überfalle ich dich wie eine Wahnsinnige und dann kotze ich mir die Seele aus dem Leib!« Eingewickelt in eine Decke und mit einem Tee in der Hand saß ich in der winzigen Kabine und sah Martin so vorwurfsvoll an, als hätte er gerade totalen Bockmist gebaut. Er war eindeutig verletzt und verunsichert, auch wenn er versuchte, es zu überspielen – und zwar schlecht. Sehr schlecht.

»Mia, im Ernst. Es ist okay!«

»Nein, ist es nicht! Es tut mir leid!«

»Das hast du schon die ganze Zeit gesagt, während du noch gewürgt hast!«

»Und du hast auch noch meine Haare gehalten!«, warf ich ihm vor, dann sprang ich auf. »Hör auf damit!«

»Mit was?« Unschuldig wie ein frisch geborenes Rehkitz sah er mich an.

»SO zu sein!«

»Wie?«

»So süß!« *Wie ein Weichei!* Damit stapfte ich aus der Kabine.

Er kam mir nicht hinterher, denn Martin war das Rehkitz. Tristan wiederum hätte es getan.

TRISTAN.

Sein Name schlug in meinem Kopf ein wie eine Bombe, denn mit einem Mal wollte ich nur noch zu ihm laufen, mich bei ihm einkuscheln, was mindestens genauso gemütlich war wie mein Bett, und weinen.

Und danach wollte ich ihn küssen – langsam, zärtlich. Ich wollte seine Zunge an meiner spüren und meinen Atem mit ihm teilen. Ich wollte sein Stöhnen hören, seine Hände auf meinem Körper fühlen, wie sich seine Fingerspitzen vor Verlangen in meine Arschbacken bohrten. Ich wollte mit meiner Nase über die Haut an seinem Hals streichen und ganz tief seinen Geruch einsaugen. Ich wollte wieder *nach Hause*. Denn genau das war Tristan Wrangler – mein Zuhause.

Und kein anderer könnte das jemals sein.

Wie hatte ich das nur jemals annehmen können?

Es war eine Farce.

All meine Wut, mein Hass auf ihn war eine Farce.

Denn etwas würde bei mir immer am stärksten sein, wenn es um Tristan Wrangler ging – meine Liebe zu ihm. Sie war schier unüberwindbar, selbst wenn ich es mit allen Mitteln wollte. Ich musste es mir eingestehen …

22. Der Schein trügt

Ich verbrachte sechs wirklich nette Wochen zusammen mit den Kindern bei Vivi und Tom, inklusive viel Katha, sehr viel Phil und gelegentlich auch Martin. Bis auf Vivi mochte ihn keiner und er wurde dementsprechend nur schweigend geduldet. Mich wunderte, dass er nach dem Kuss-Desaster auf dem Boot weiterhin Zeit mit mir verbringen wollte. Offensichtlich lag ihm wirklich was an mir. Also beschloss ich, das Ganze unter Reinfall abzuheften und probierte auch nie wieder, mich ihm anzunähern. Dazu war ich wahrscheinlich einfach noch nicht bereit. Wahrscheinlich würde ich niemals wieder bereit für einen anderen Mann sein, aber dann sollte es eben so sein. Auch gut.

Wer braucht heutzutage schon noch Männer?

Ich für meinen Teil hatte vorläufig die Schnauze voll von ihnen. Insbesondere von einem – immer noch. *Er* ließ mich nämlich überwachen. Von SECHS Bodyguards … Als ich es am Mittwochmorgen gemerkt hatte, hatte ich ihm eine SMS geschickt, dass er sie sofort wieder abziehen sollte. Er hatte nur ein ›Nö!‹ zurückgeschrieben. Sonst nichts weiter. Denn der Herr ignorierte mich neuerdings. Er rief mich nicht mal mehr an, sondern sprach nur noch mit Vivi und *ließ mir Dinge ausrichten*. Zwar nahm er die Kinder zuverlässig jedes Wochenende, kam aber nicht mehr nach oben. Stattdessen schickte ich sie mit dem Aufzug hinunter und jedes Mal wollte ich am liebsten aus dem Fenster hinterherspringen.

Fazit: Nach fast zwei Monaten ohne ihn hatte sich kein bisschen geändert.

Ich war nicht über ihn hinweg. Nicht mal ansatzweise.

Er war praktisch ständig in meinen Gedanken präsent. Wenn auch nur durch seine Stimme. Auch gut! Dann hörte ich eben bis an mein Lebensende Stimmen. Kein Problem. Ich meine, welcher Mensch heutzutage hat denn nicht ein Ding an der Waffel?

Martin war immer höflich, immer freundlich, immer nett, aber mittlerweile wusste ich, wieso er eben nie mehr als ein Freund sein würde – wahrscheinlich mein bester Freund, aber niemals jemand, den ich lieben konnte. Denn es fehlte ein entscheidendes Kriterium. Der Kick!

Das Harte.

Das Unerbittliche.

Das Unvorhersehbare.

Das Männliche.

Das gewisse Etwas, das mein Herz jedes Mal vor Aufregung fast zerbersten ließ, alleine, wenn *er* mich auf eine bestimmte Art *ansah*.

Okay. Es fehlte einfach Tristan.

Und manchmal wusste ich nicht, ob ich es ohne ihn auch nur eine Minute länger aushalten würde.

Dann lenkte ich mich wieder ab.

Es war ein ewiger Kampf – wieder mal.

***

»Es wurde einer der weltgrößten Waffenhändler an verschiedene Tarnorganisationen bei einem Militäreinsatz dingfest gemacht und rate mal, wie er heißt«, sagte Vivi beim Frühstück. Ich aß Joghurt mit Früchten, Sesam und Honig, während sie eine saure Kiwi verspeiste – die für was auch immer gut war.

»Wer denn?«, erkundigte ich mich und löffelte meine Schüssel bis zum letzten Bissen aus.

»Martin.«

»Was?«

»Martin Schmitt.«

»Willst du mich VERARSCHEN?« Mit einem Ruck riss ich ihr die Zeitschrift aus den Händen und da war er, auf dem Titelblatt. Eindeutig sauer, mit nach hinten gefesselten Händen, während er gerade zum Gericht geführt wurde. Der Löffel fiel mir aus der Hand, während ich den Artikel überflog.

»ER HAT WAS?«, brüllte ich.

»Er hat Waffen an Terrororganisationen geliefert und damit sein Vermögen aufgebaut«, meinte Vivi locker. »Tom weiß da mehr«, erklärte sie abwinkend. Im nächsten Moment klingelte es und Vivi öffnete. Katha kam mit der Zeitschrift und unseren zwei Kindern im Kinderwagen hereingestürmt. Völlig außer Atem. Zerzaust, aber natürlich wunderschön.

»OH GOTT, habt ihr es schon gehört?«

»Japp«, trällerte Vivi.

»Scheiße! Ich wollte es sagen, denn ich wusste, an dem ist was faul!«, rief Katha aus und vollführte mit der Zeitschrift einen Freudentanz. Sie hatte Martin nie ausstehen können, weswegen er von ihr immer die volle Bitchbreitseite abbekommen hatte.

»Martin ist ein Arschloch! Martin ist ein Arschloch! Martin ist ein Arschloch!«, singsangte sie, bis ich auf die Kinder zeigte. »Oh Mist! Das habt ihr nicht gehört!«, befahl sie den zwei Mädels im Kinderwagen, die von dem Trouble einfach nur verwirrt waren und an ihren Winnie-Puh-Schnullern nuckelten. Außerdem hielten sie Händchen. Alexandra und Eli taten das immer. Sie waren ein Herz und eine Seele und erinnerten mich an Schneeweißchen – Alexandra – und Rosenrot – Eli.

»Ich wusste es auf jeden Fall!«, sagte sie und ging in die angrenzende Küche, um den Kühlschrank zu plündern. »Er ist nicht nur ein verdammtes Weichei, sondern auch noch ein Arschloch!«

»Ja, Katha, wir haben es mittlerweile verstanden«, antwortete Vivi trocken und verzog das Gesicht, als sie noch einen Löffel von ihrer Kiwi nahm. »Aber Tristan ist deswegen auch nicht besser!«

»Oh doch!«, meinte Katha fest und schlug den Kühlschrank mit enormer Wucht zu. Huch?! Was war denn jetzt los? »Sieh sie dir doch an!« Sie deutete auf mich, als wäre ich wieder mal nicht da. »Sie sieht aus wie der lebende Tod!«

»Ähm, vielen Dank auch!«, warf ich kopfschüttelnd ein, löffelte frustriert noch etwas Joghurt in meine Schüssel und aß in Ruhe weiter, aber irgendwie schmeckte er nicht mehr.

»Wie lange soll das noch so gehen? Er heult! Sie heult! Sie macht sich fertig! Er macht sich fertig! Sie stirbt bald, er stirbt bald.«

»Ich heule gar nicht!«

»Oh doch! Jede Nacht!«, konterte Vivi und ich errötete. »Aber meine Güte, Tristan macht sich doch immer fertig!«, knurrte Vivi abwertend. »Er kann gar nicht anders.«

»Nein«, antwortete Katha fest, und irgendwas an der Art, wie sie das sagte, machte mir Angst. »Diesmal ist es anders. Ich habe ihn gestern gesehen und …« Sie schluckte. »Es ist wirklich ernst.« Das ließ meine Alarmglocken nicht nur schrillen, nein, sie zerbarsten förmlich in meinem Kopf vor lauter Stress.

»Was ist mit ihm?«, hörte ich mich fragen, bevor ich es aufhalten konnte. Denn ich vermied es normalerweise, über ihn zu sprechen, genauso wie seine Familie. Sie respektierten diesbezüglich meinen Wunsch. Doch jetzt wollte ich es wissen. Vivi sah Katha stechend an, aber die schüttelte nur den Kopf. Vivi seufzte und ließ den Kopf in ihre Hände fallen. Und dann berichtete Katha …

Tristan etwas fertig Wrangler

Wer zum verfickten Teufel machte hier so einen verdammten Drecksterror? Das war mein erster Gedanke, als ich aus dem Schlaf aufschreckte. Ich befand mich in meinem Club, in meinem Bett, in das ich nach zwei Wochen auf der Pritsche übergesiedelt war. In einem Bett voll leerer Bier- und Whiskeyflaschen, und irgendjemand wagte es, mich zu stören.

Auch noch so!

»WAS?«, brüllte ich aggressiv und drehte mich um, schlug mir dabei den Kopf an einer der Flaschen an und fluchte.

»MACH SOFORT AUF!«, rief eine Stimme, von der ich gedacht hatte, sie nie wieder zu hören, und schlagartig war ich nicht nur wach, sondern vor allem nüchtern. Wie ein Verrückter sprang ich aus dem Bett – direkt in einen Kleiderhaufen, weiter in einen Pizzakarton und dann in irgendetwas Feuchtes, Undefinierbares, von dem ich nicht wissen wollte, um was es sich handelte. Dann war ich an der Tür und riss sie auf.

Sie kam über mich wie eine wunderschöne, total angepisste Erscheinung, und die motzte sofort drauflos. »ICH GLAUB'S JA NICHT!« Unwirsch schob sie mich an der Brust zurück ins Zimmer und knallte die Tür hinter sich zu. Ich hatte nicht mal Zeit, ihren Anblick richtig zu genießen, da zerrte sie mich schon ins Bad, vorbei an weiteren Fresskartons, Flaschen, umgefallenen Möbeln, Zigaretten, Kleiderbergen, Zeitschriften, Computerteilen und einer aufblasbaren Gummipuppe. Keine Ahnung, wie die hier hoch gekommen war. Musste wohl von der Party gestern Nacht stammen, die leicht eskaliert war – weswegen ich mich auch nicht mehr daran erinnerte.

Im Bad lag gerade mein Speed zum Trocknen, deswegen stank es etwas. Sie würgte sofort, schnappte sich kurzerhand den Beutel und warf alles aus dem Fenster, nachdem sie es sperrangelweit aufgerissen hatte. Schneien mal anders …

Auch gut.

Waren ja nur um die 5.000 Euro, die sie da gerade wortwörtlich aus dem Fenster geworfen hatte.

Mit einer nicht gerade freundlichen Bewegung schubste sie mich auf den geschlossenen Klodeckel, und ehe ich mich versah, zog sie mir das Shirt über den Kopf.

»Wow, Baby!«

»Oh Gott!« Sie würgte schon wieder, als ich sie ansprach. Wahrscheinlich roch mein Atem nicht gerade gut. »Gott, halt einfach die Klappe und zieh die Shorts aus!«

Bevor sie es sich anders überlegen konnte, tat ich wie befohlen. Natürlich war er in dem Moment steif geworden, als er ihre Stimme gehört hatte, was sie jedoch nicht weiter beachtete und mich stattdessen unter die Dusche schob. »DUSCHEN!«, drillsergeante sie.

»Aye, aye, Sir! Meine Fresse«, murmelte ich und fing an, mich träge einzuseifen. Sie verschwand leider sofort aus dem Bad und ich wollte ihr hinterherhechten, als es mir auffiel, aber sobald ich das Wasser abgestellt hatte, rief sie sofort: »ICH SAGTE DUSCHEN!« Und ich duschte.

Mia wollte es schließlich so.

FUCK!

Allein ihren Namen zu denken, tat immer noch weh, weswegen ich es die letzten Wochen vehement vermieden hatte. Dann fiel mir jedoch ein, dass sie hier war, BEI MIR, und ich beeilte mich, wieder einen frischen, nicht mehr stinkenden Menschen aus mir zu machen. Als ich aus der Dusche trat – nackt wie der Scheißer mich da oben erschaffen hatte –, war sie sofort wieder im Bad und hielt mir ein Handtuch entgegen, ohne mich anzuschauen. Augenverdrehend und mit einem leicht spöttischen Grinsen – dem ersten Lächeln seit WOCHEN – band ich es mir um die Hüften. »Schaust du mich nicht an, weil du nicht sehen willst, wer meine Pussy so heftig vermisst?«

Eine Zahnbürste wurde mir vor die Nase gehalten. MEINE ZAHNBÜRSTE – von zu Hause.

»Zähneputzen!« Damit verschwand sie wieder und rumorte in meinem Zimmer herum.

Und wieder folgte ich einfach ihrem Befehl.

Ich, Tristan Wrangler!

Was sie als Nächstes von mir verlangen würde, war mir klar, deswegen rasierte ich mich gleich – über-fucking-all –, merkte dabei erst, wie sehr ich es hatte schleifen lassen und wie widerlich ich eigentlich die ganze Zeit gewesen war und … fühlte mich danach um mindestens zehn Kilo leichter und rundherum einfach besser.

Wie ein Mensch.

Das erste Mal seit Wochen.

Wuhu!

Nur im Handtuch sowie frisch rasiert und gewaschen trat ich aus dem Bad und erkannte das Zimmer nicht mehr wieder, das davor gestunken hatte wie der Puff, über dem es sich befand. Sie konnte wirklich schnell aufräumen. Dabei motzte sie natürlich – irgendwas von »idiotischem Idioten« und mit anderen sehr netten Schimpfworten. Als ich rauskam, warf sie mir einen kurzen Blick zu, ich bekam immer nur Sekundenblicke – weil sie es sonst nicht ertrug. Dennoch war das nicht die kalte Mia. Irgendwas musste passiert sein.

»Was ist passiert, Mia?«, fragte ich, weil bei mir alle Alarmglocken schrillten. Sie stockte sofort in ihren Bewegungen, machte dann aber noch hektischer weiter. »Nichts!«

»MIA! Setz dich hin und erzähl! SOFORT!« Ich packte sie einfach an den Schultern – meine Hände kribbelten natürlich – und pflanzte sie auf mein Bett – ob sie wollte oder nicht. Zuerst war ihr Blick störrisch, aber dann atmete sie tief durch und ließ den Kopf in ihre Hände fallen.

»Martin ist im Knast!« Ich verzog das Gesicht, hielt aber meine persönlichen Gefühle zurück. Meine Brüder hatten mir berichtet, dass er fast jeden Tag mit ihr abhing, dass er ihr guttat, und nur deswegen hatte ich den Knilch nicht gekillt. Mir war klar, wie wichtig er in letzter Zeit für sie geworden war. Bevor ich reagieren konnte, sprach sie schon weiter. »Und somit auch der Investor.«

OH HEILIGE SCHEISSE!

Ich wollte auf die Knie fallen und dem Schicksal danken. Irgendjemand da oben liebte mich doch! Er kannte Erbarmen!

Mia fing an zu weinen. »Tut mir leid …«, schniefte sie. »Es ist mir gerade klargeworden, als du gefragt hast. Dabei sind wir fast fertig.«

»Ich weiß.« Natürlich wusste ich das, ich wusste ALLES von ihr und ihrem Projekt. Ich war ein verschissener Stalker, wenn auch nicht persönlich.

»Alles … alles wird ins Wasser fallen«, schluchzte sie, und endlich tat ich das Richtige. Ich trat an sie heran, etwas unsicher, das erste Mal in meinem Leben, aber dann dachte ich mir: *Fuck drauf! Sie braucht das jetzt!*

Also setzte ich mich neben sie auf die Kante, ganz megavorsichtig, als wäre sie eine scharfe Granate. Sofort warf sie sich in meine Arme und heulte ungehemmt.

»Wieso … wieso passiert so was? Ich meine, ich habe mich von dir getrennt, um glücklicher zu werden, aber ich merke nur, wie mein Leben zerbröckelt.«

Oh fuck, ich halte mein Mädchen in den Armen!, war das Einzige, was ich denken konnte, als ich sie sanft an mich presste, ihren Kopf und ihr Haar streichelte. Sie kletterte kurzerhand ganz auf meinen Schoß und ich unterdrückte ein Stöhnen.

»Tristan …« Anstatt fortzufahren, heulte sie noch mehr und sagte gar nichts mehr, klammerte sich nur an mir fest und vergrub ihre verrotzte Nase an meinem Hals. »TRISTAN!«, schluchzte sie wieder und mir kamen auch die verdammten Tränen. Fuck!

Fuck!

Ich wollte sie ficken!

Und wenn ich sie ficken würde, dann wäre alles wieder gut!

Sie ließ mich sie berühren.

Ein paar weitere gekonnte Berührungen und sie würde nackt unter mir liegen.

Sie würde wieder mir gehören.

Aber sie wollte das nicht.

Und sie hatte es nicht verdient, dass ich ihre Schwäche ausnutzte.

Das hatte ich mittlerweile gelernt, auf einem harten Weg.

Also fickte ich sie nicht.

Ich sagte nichts.

Ich hielt sie einfach nur. Eine sehr lange Zeit!

23. Richtungsänderung

Mia bekommt ein Angebot Wrangler

Er sah wirklich beschissen aus.

Und ich hätte nie gedacht, dass ich das jemals über ihn sagen würde, aber so war es. Wie konnte man sich nur innerhalb von ein paar Wochen so runterwirtschaften? Der ach so eitle Tristan gab derzeit einen Scheiß auf sein Aussehen und augenscheinlich auch auf seine Gesundheit. Er war abgemagert, trug einen Bart, genauso dunkle Augenringe, wirkte alles in allem eingefallen und sah aus wie ein Drogensüchtiger. Und wie er erst stank! Er war geradezu überwältigend in seiner Widerlichkeit. Katha hatte nicht übertrieben. Natürlich schaltete ich sofort in den Krankenschwestermodus, denselben Modus, den ich oft bei meinen Kindern nutzte, denn anscheinend war er eins. Gut, war er nicht, das zeigte er mir, als er in nichts weiter als einem Handtuch aus dem Bad trat. Frisch rasiert und geduscht. Nebenbei verdeutlichte es auch, dass er keineswegs alles an Muskelmasse verloren hatte und dass er immer noch innerhalb von zwanzig Minuten den absoluten Traummann aus sich machen konnte.

Verdammt.

Er war wirklich ein Traummann – leider bloß vom Aussehen her –, und nicht mehr meiner.

Oder?

Ich wusste gar nichts mehr. Bei Martin war ich mir so sicher gewesen, dass er *gut* war, doch ich hatte mich getäuscht. Hatte ich mich vielleicht auch die ganze Zeit selbst getäuscht, indem ich mir eingeredet hatte, dass Tristan ja so schlecht war?

Keine Ahnung!

Und außerdem brach sowieso gerade alles auseinander.

Denn natürlich hatte man mich umgehend angerufen und mir mitgeteilt, dass die Fertigstellung meines Heims gestoppt wurde, da ich ja keine finanziellen Mittel mehr besaß.

Mein Traum zerplatzte – so kurz vor dem Ziel.

Alles zerplatzte.

Und zurück blieb nur noch er.

Wenn in meinem Leben alles drunter und drüber ging, wusste ich, Tristan würde mich auffangen. Immer!

War das nicht mehr wert als das, was er angestellt hatte?

Ich wusste es nicht, ich wusste nur, dass ich ihn jetzt endlich brauchte. Meine Droge. Meinen Schuss Vergessen und Geborgenheit. Meinen Tristan. Scheiß auf die Konsequenzen, scheiß aufs Hart- und Starksein, nur einmal wieder das totale Fallenlassen, das ich nur in seinen Armen erleben konnte.

Ich *lag* gerade in Tristans Armen!

Genau genommen saß ich auf seinem Schoß und seinem natürlich harten Ficker, der lediglich von dem Handtuch bedeckt war.

Als es mir klar wurde, spürte ich die Erschütterung wie nach einem Bombeneinschlag und wollte nur noch eins.

Ihn.

Auf mir.

In mir.

Überall.

Also tat ich es einfach. Ich zog ihn an den immer noch feuchten, duftenden Haaren zu mir heran und küsste ihn. Langsam und sinnlich, und vor allem mit einem erleichterten Stöhnen, das er in genau demselben Moment von sich gab.

Wenn auch etwas verwundert. Seine Arme umfingen mich sofort fester, fast wie zwei Schraubstöcke, und er stöhnte erneut, erwiderte den Kuss für eine Millisekunde, bevor er sich abrupt verspannte und mich von sich schob. Mit seiner Stirn an meiner und keuchendem Atem murmelte er: »Fuck, Mia …« Ich konnte nicht beschreiben, was diese Worte in mir auslösten. Dieses einmalige Kribbeln war sofort zurück – mächtiger als jemals zuvor. »Du denkst nicht klar. Das willst du jetzt nicht«, wisperte er weiter und dann hob er mich einfach von seinem Schoß!

WAS?

Absolut schockiert sah ich ihn an, während er sich die Haare raufte und anfing, durch das Zimmer zu tigern, mich gar nicht ansah, sondern überlegte.

Er hatte gerade unseren Kuss beendet!

Er hatte mich von seinem Schoß gehoben!

Wollte er mich nicht mehr?

Oder …

»Gibt es eine andere?«, fragte ich düster.

»Ruhe!« Geistesabwesend winkte er ab, bevor er zu seinem Schrank hechtete und ihn aufriss. »Wir treffen uns in zwei Stunden an der Baustelle, ich bin jetzt dein Investor!« Somit schlüpfte er in eine Shorts, in ein Muskelshirt und holte ein weißes Hemd heraus.

Ich war völlig konfus.

»W… was?«

»Wie kann ich besser das Herz meines Mädchens zurückerobern, als wenn ich ihren Traum rette?« Oh verdammt. Mein Herz fing an wie wild zu schlagen, Schmetterlinge flatterten herum und meine Wangen wurden heiß. Er wollte mich noch! Aber er hielt sich zurück, *für mich*! Er hatte die Situation nicht ausgenutzt und getan, was er fickerscheinlich wollte, sondern er hatte darauf Rücksicht genommen, was ICH wollte! Wow!

»Ja! Ich werde ab jetzt der Mann sein, den du brauchst!« Er schlüpfte in eine dunkle Hose. »Es hat sich ausgemartint und ausgeirgendwast und ich habe zu lange hier untätig rumgesessen und mich im Selbstmitleid gesuhlt!« Anscheinend sprach er mit sich selbst, während er ein Paar Socken überstreifte. Dann zog er seine Schuhe an und war innerhalb von Minuten der arrogante, gewiefte Geschäftsmann. Und dabei unsagbar sexy!

Oh mein heiliger Tristan!

So ging er auf mich zu und stützte sich auf meine Knie. Seine Nase strich hauchzart über meine, sein Duft traf mich und ich konnte nicht anders, als ihn atemlos anzustarren.

»Ich werde dir zeigen, wieso ich der BESTE bin!« Ich kicherte, konnte nicht anders, als er alles zwischen uns umdrehte. »Und ich werde dafür sorgen, dass ich diesen Ton noch viel öfter höre!« Somit küsste er mich nicht, nein, er richtete sich auf und verließ pfeifend seine Räumlichkeiten.

Ich blieb sitzen, starrte ihm hinterher und berührte völlig verwirrt meine Nasenspitze.

Zwei Minuten darauf waren meine sechs Bodyguards wieder da, die ich aus Mangel an Alternativen nach smokingtragenden Filmpersönlichkeiten benannt hatte, wie zum Beispiel *Mister Smith.*

Fünf Minuten später hatten sich meine Gedanken etwas geklärt, trotzdem schüttelte ich meinen Kopf und rief Katha an. »Du hast keine Ahnung, was gerade passiert ist. Ich glaube, Tristan Wrangler wird erwachsen!«

24. Versuchung die erste

Er ging nicht ans Handy, weswegen ich zwei Stunden später auf der Baustelle erschien, wo Tristan tatsächlich bereits die Leute herumkommandierte, und verdammt – verdammt hoch zehn – meine Beine wurden weich, allein wenn ich ihn ansah.

Ich wusste wirklich nicht, ob ich diese Scharade noch aufrechterhalten WOLLTE, als er schief grinsend auf mich zugeschlendert kam.

»Alles in die Wege geleitet. Es eröffnet dieses Wochenende wie geplant.« Er zündete sich eine Zigarette an, steckte dann eine Hand in die Hosentasche und lehnte sich zum Rauchen an einen der uralten riesigen Bäume, die das Camp umgaben. Als ich nichts erwiderte, sondern ihn einfach nur anstarrte, hob er eine Augenbraue.

Gott! Was war nur mit mir los?

Ich musste mich zusammenreißen! Sonst war alles umsonst gewesen!

Also sah ich von ihm weg und überblickte die emsigen Arbeiter. Augenscheinlich waren es keine Billigkräfte, denn sie legten sich wirklich ins Zeug.

»Das ist gut. Dann werde ich mich nun um die Einstellungsgespräche kümmern«, ratterte ich eher mechanisch vor mich hin.

»Hm, hm.« Seine Lippen schmiegten sich um den Filter, als er an der Zigarette zog. Ich hatte ganz vergessen, wie sexy sie dabei waren, hatte verdrängt, wie sexy dieser ganze Mann war, selbst wenn er es nicht darauf anlegte – was er jetzt nicht tat. Oder ließ er mich nur denken, dass er auf nichts aus war? Was spielte er schon wieder für ein Spiel? Genau mit der Frage in den Augen sah ich ihn trotzig an und er lachte.

»Oh Baby, das wüsstest du wohl gerne.«

»Ich dachte, du hättest aus deinen vergangenen Spielen gelernt.«

»Das …« Er schnippte die Kippe weg, stützte sich mit einem Mal mit einem Arm hinter mir am Baum ab und kesselte mich ein. »… hab ich auch!« Fast berührten mich seine Lippen. Seine grünbraunen Augen nahmen mich intensiv gefangen. »Und zwar, dass das Leben mit dir kein verdammtes Spiel ist, Mia!« Oh Gott! Wie er meinen Namen aussprach und vor allem … Wo war das Baby hin? Ich war wie erstarrt und krallte mich mit meinen Nägeln in den Baum. »Wenn du wüsstest, wie unsagbar sexy du bist, wie sehr du mich anmachst.« Wie zum Beweis drückte er seinen Ficker gegen meinen Bauch und ich keuchte. Er lachte mir leise ins Ohr, strich mit der Nase über meine Schläfe. »Wie gerne ich dich jetzt und hier einfach ficken würde … Wie befreiend es wäre, in dich einzudringen …« Ich konnte nicht anders, ich stöhnte und kniff die Augen zu. »Aber das werde ich nicht tun. Ich werde dich nicht mehr manipulieren. Wie auch immer.«

»Lügner«, wisperte ich und war stolz auf mich, weil ich überhaupt ein Wort über die Lippen brachte. »Du bist ein Lügner, denn du manipulierst mich schon wieder.«

»Oh nein, ich hole mir nur, was ich brauche wie die Luft zum Atmen.« Ausgiebig roch er an meinen Haaren und ich erschauerte.

Er war zu heiß.

Zu intensiv.

Zu Verstand raubend.

Und er wusste es, aber ich war nicht mehr hilflos.

»Du brauchst mich?«, fragte ich leise und öffnete wieder die Augen, um ihn herausfordernd anzublicken. Er stockte. Mit einem Gegenangriff desselben Kalibers hatte er nicht gerechnet. Ich grinste und ging auf die Zehenspitzen, rieb mich dabei absichtlich an seinem Ficker und küsste hauchzart seinen Hals. »Was genau brauchst du von mir? Nur meinen Geruch? Oder mehr?«

»Mehr«, wisperte er und mit einem Mal war es mir egal; es war mir egal, dass andere Leute hier waren und dass wir nur etwas abseits an einem Baum lehnten. Denn ich brauchte dieses *Mehr* auch. Endlich würde ich es bekommen. Außerdem wollte ich ihm zeigen, dass ich die Zügel in der Hand hatte und er sie mir nicht mehr so einfach entreißen konnte. Also glitt meine Hand langsam an seinem Körper hinab.

»Was brauchst du noch? Meine Berührung?«

»Dringend!«, keuchte er. Ich legte meine Hand auf seinen Schritt, umfasste die harte große Form über der Hose, und er vergrub stöhnend sein Gesicht an meinem Hals.

»Was tust du nur mit mir?«, fragte er, erneut stöhnend, während ich anfing, langsam auf und ab zu streichen, genau seinen Schwanz zu fühlen, wie er immer härter wurde, wie er zuckte. Oh Gott, wie hatte ich das vermisst hatte!

»Dasselbe, was du immer mit mir getan hast. Dein Schwanz gehört mir, verstanden?«

»Fuck. JA!«

»Du gehörst mir, Tristan Wrangler«, hörte ich mich wispern und intensivierte die Berührungen, brachte ihn erneut zum Stöhnen. Seine Hüften stießen hilflos nach vorne und schon fühlte ich es. Mit einem »FUCK!« kam er einfach in seine Hose, wie ein Teenager, mir völlig hilflos ausgeliefert.

Woah!

Die Macht, die mich zeitgleich durchrauschte, war köstlich.

»Oh heilige Scheiße«, knurrte er danach und packte meine Hand, damit ich sie nicht weiterbewegte. »Ich habe gerade meine Lieblingsshorts versaut!«

Leise kicherte ich und küsste noch einmal seinen Hals, dann schob ich ihn rüde von mir, auch wenn es mir alles abverlangte.

»Tja!« Ich zwinkerte ihm zu, drehte mich um und ging zu meinem Auto – ziemlich schnell.

Dann fuhr ich um die Ecke, froh, dass mir gerade keine Bodyguards folgten, und berührte mein Höschen unter dem Kleid. Einmal rieb ich über meinen Kitzler und kam.

Heilige Scheiße!

25. Versuchung die zweite

Tristan erleuchtet Wrangler

Ich hatte ja schon immer gewusst, dass in Mia eine wahre Verführerin steckte, aber das hätte ich ihr dennoch nicht zugetraut. Okay, eigentlich klar. Irgendwas musste sie ja in den Jahren von mir gelernt haben. Dieses kleine Teufelsweib hatte mich einfach so eiskalt und mit voller Absicht – VOR ZUSCHAUERN – innerhalb von zwei Minuten in meine Hose kommen lassen!

Während ich nach Hause fuhr, also in den Club, war ich immer noch baff. Und beflügelt! Sie taute auf! Auch wenn sie, anders als mein Mädchen, momentan eher einer wahren Femme Fatale glich, so war sie keineswegs zu verachten. Nein. Ganz im Gegenteil. Diese Seite an ihr, die ganz genau wusste, was sie wollte und vor allem, wie sie mir den Kopf verdrehte, hatte sie sonst nie so stark offenbart und mich damit absolut überrascht. Sie war eigentlich genau mein Gegenstück. Und sie ließ sich augenscheinlich von mir weder einschüchtern noch um den Finger wickeln. Sie machte mich schwach, und das war auch gut so, denn für sie würde ich es zulassen, für sie würde ich alles tun – immer noch. Und wenn ich dafür zu ihrem persönlichen Spielzeug mutierte, so wie sie damals hatte meins sein müssen, dann war das eben so!

Punkt!

»Wieso, denken Sie, sind Sie für diese Stelle geeignet?« Ich saß am nächsten Tag in Tristans altem Atelier auf dem Dachboden und schaute mir die Leute an, die sich als Erzieher in dem Camp beworben hatten. Außer einem Hippie, der eindeutig zu viel kiffte und wahrscheinlich ziemlich unzuverlässig war, aber dafür ein Herz aus Gold und die richtigen Ansichten besaß, gab es leider noch keinen geeigneten Kandidaten, und es war schon vier Uhr nachmittags. Ich verzweifelte langsam, denn ich wollte nicht diese Bilderbuchpädagogen, die versuchten, aus Kindern kleine Roboter zu machen, damit sie auf Befehl folgten.

Dann kam sie.

Groß, schön, und mir irgendwie bekannt vorkommend.

Ungefähr in meinem Alter.

Ungefähr meine Statur.

Mit ihrem Dutt und ihrem adretten schwarzen Kostüm ziemlich streng wirkend, aber im Grunde ihres Herzens genau das, was ich suchte. Eine Anstandsdame namens Hannah Amalia Hunter. Fest schüttelte sie beim Vorstellen meine Hand, etwas, das schon mal ein großer Pluspunkt war, und ließ sich mir gegenüber auf den Stuhl gleiten wie die Grazie in Person.

Wow!

Sie machte allein schon Eindruck, wenn sie einen Raum betrat. Ihre Haltung und ihr Gebaren strahlten Professionalität aus, dabei schien sie bestimmt, aber nicht boshaft zu sein. Diese Frau wäre das genaue Gegenstück zu meinem Hippie.

Und sie wusste augenscheinlich zu genau, wie man mit rotzigen Kindern umging. In ein paar Fallbeispielen verhielt sie sich genau so, wie ich das haben wollte. Geduldig, nicht aufgeregt, aber konsequent.

Vielleicht fehlte ein wenig das Liebevolle, aber man konnte schließlich nicht alles haben. Ganz davon abgesehen kennt man einen Menschen nach einem einstündigen Gespräch nicht.

»Mein Gott!« Ich sprang auf. »Wir haben uns ja richtig verratscht, aber Ihre Methoden sind einfach zu interessant. Ich frage mich, wie Sie zu ihnen gekommen sind, Mrs. Hunter.«

»Erfahrung, eigene schmerzliche Erfahrung«, erwiderte sie trocken und ein Lächeln zupfte an ihren Mundwinkeln. Es ließ sie sofort nicht mehr so streng erscheinen und zerstreute meine letzten Zweifel. Lächelnd stand ich auf.

»Ich denke, Sie werden sehr bald von mir hören!«

»Ich freue mich darauf!« Sie schüttelte meine Hand, drehte sich um und stöckelte aus dem Büro.

Fünf Minuten später kam Robbie reingeschneit.

»Na?«, fragte er neugierig und setzte sich auf meinen Schoß. »Hast du jemanden gefunden?« Ich vergrub mein Gesicht in seinen Haaren, er roch ein bisschen wie Tristan, und lächelte. »Ich denke ja!«

***

Ich wusste nicht, was das jetzt mit Tristan war, aber er hatte sich wirklich irgendwie verändert. Er fraß mich zwar geradezu mit Blicken auf, als wir uns am nächsten Tag an der Baustelle trafen, trotzdem hielt er sich zurück. Genau genommen war er sogar ein vollendeter Gentleman, und seit dem Vorfall mit seiner Hose kam er mir auch nicht mehr zu nahe.

Was war das nur?

So war er noch NIE gewesen!

So zurückhaltend.

Und erwachsen.

Er imponierte mir.

Aber vor allem schürte er meine Sehnsucht.

Denn ich hatte nun einmal vom verbotenen Apfel genascht, und diesen ach so süßen, einzigartigen Geschmack konnte ich nicht mehr so einfach vergessen. Er war umso vieles besser, als der ständige Kampf, sich von ihm fernzuhalten.

Dennoch wusste ich nicht, ob ich uns noch einmal eine Chance geben sollte, auch wenn er sich noch so sehr anstrengte. Was, wenn ihm das normale Leben in einem Jahr doch wieder zu langweilig wurde? Was, wenn er wieder anfing, mich zu belügen? Hieß es nicht »Einmal Lügner, immer Lügner«? Oder hatte er seine Lektion wirklich gelernt? Ich dachte eher nicht und Vivi nahm dasselbe an. Nur Katha, die anscheinend momentan am meisten Kontakt mit ihm hatte – was mich etwas verwunderte, denn eigentlich hatten sie sich nie sonderlich nahegestanden –, berichtete, dass er sich wirklich verändert hatte. Das Trauma, mich zu verlieren, hätte ihm den Schock versetzt, den er gebraucht hatte, um zu VERSTEHEN …

Dass ich eben nicht selbstverständlich war.

Dass er mich zu respektieren hatte.

Dass ich nicht seine Spielfigur war.

Und so weiter und sofort.

Ich wusste nicht, was ich glauben sollte. In meinem Kopf herrschte einfach nur Chaos. Und das eigentlich, seitdem ich unser Haus und ihn verlassen hatte.

Mehr und mehr fühlte ich mich wie ein Stück Treibholz auf dem offenen Meer, das langsam, aber sicher unterzugehen drohte. Dabei wäre er mein rettendes Ufer. Dennoch hielt ich mich zurück, zumindest auf eine gewisse Art. Andererseits reizte ich ihn auch, beobachtete, wie er auf mich reagierte und wie hilflos er mir in Wahrheit ausgeliefert war. Ich testete ihn, seine Zurückhaltung, seine Grenzen, so wie er das damals bei mir gemacht hatte.

Ich spielte mit ihm und verstand ihn erstmalig, verstand den Reiz an der Sache. Was aber nicht hieß, dass ich nicht schon bald mehr brauchen würde. Mehr Nähe, mehr Intensität, mehr Tristan.

Und dennoch zögerte ich.

Wen folterte ich eigentlich gerade?

Ich wusste es nicht.

Aber als er neben mir stand und der Bauträger irgendwas sagte, was ich nicht verstand, weil ich grundsätzlich nicht denken konnte, wenn Tristan in meiner Nähe war, stieß er leicht mit seiner Schulter gegen meine. Allein diese vermeintlich unschuldige Berührung schlug schon ein wie ein Blitz. Als ich ihn daraufhin ansah, lächelte er dreckig in sich hinein und es war alles klar.

Jetzt, wo er die Hände mit im Spiel hatte, mischte er sich auch überall ein. Das hieß, er instruierte kurz darauf mit mir zusammen die Mitarbeiter, schüchterte den Hippie ein, damit er seine bekifften Stielaugen von mir ließ, und legte sich mit meiner neuen Anstandsdame nach nur fünf Minuten an. Er hatte den Klositz im Hauptgebäude, wo es die einzigen normalen Toiletten, Elektrik und Duschen gab, oben gelassen. Da wurde meine Anstandsdame ganz schön sauer … Dabei hatte ich ihm daheim beigebracht, entweder im Sitzen zu pinkeln oder regelmäßig das Klo zu putzen. Er hatte sich für die erste Variante entschieden, war ja sowieso gemütlicher und seine Männlichkeit konnte er ganz anders beweisen.

Jedes Mal, wenn ich ihn an diesem Tag zufällig ansah, zog sich mein Bauch ruckartig zusammen. Gefüllt mit einer Sehnsucht, die ich nur bei ihm empfand. Ich vermisste ihn. Vermisste seine Umarmungen am Morgen, seine trägen Küsse, seine vom Schlafen raue Stimme. Ich vermisste es, mit ihm zusammen im Bad Zähne zu putzen, während wir uns regelrecht mit den Augen auffraßen, vermisste es, sein schiefes Gesinge beim Duschen zu hören. Ich vermisste den Geruch seiner ekligen Proteindrinks und sein Lachen, wenn ich deswegen die Nase rümpfte. Ich vermisste seine sehnsüchtigen Abschiedsküsse, als würde er mich nie wiedersehen, wenn er zur Arbeit ging. Vermisste seine plötzlichen Kontrollanrufe, in denen er mir sagte, er hätte gerade an mich gedacht, und mich fragte, wie es mir ging und was ich machte. Ich vermisste es zu wissen, dass es da jemanden in meinem Leben gab, dass ich nicht alleine war. Dass ich immer zu ihm nach Hause konnte oder er zu mir kommen würde, wenn ich es brauchte. Ich vermisste meinen strahlenden Helden, denn das war er immer gewesen. Aber kein Held kann immer strahlen. Jeder gerät doch mal auf Abwege, oder nicht? Heißt es nicht, in einer Ehe lernt man immer wieder zu verzeihen?

Nach zwei Monaten ohne ihn war ich praktisch am Ende.

Aber ich wollte und konnte nicht den ersten Schritt auf ihn zu machen, ich konnte nicht noch einmal ertragen, von ihm verletzt zu werden, denn das war im Laufe meines Lebens einmal zu oft passiert!

26. Urknall

Mia im Rausch Wrangler

Es dämmerte gerade. Bunte Lampions waren überall um das Camp herum in den Bäumen verteilt und verwandelten es somit in einen fast mystischen Ort. Auf der Terrasse vor dem Haupthaus standen ein riesiger Grill und ein Buffet. Phil persönlich kümmerte sich um das Zubereiten der köstlichsten Speisen. Alkohol war in unsagbaren Mengen vorrätig, und es gab sogar einen Pavillon, damit die Gäste an den Stehtischen vor Regen geschützt wären. Auch wenn kein Niederschlag erwartet wurde, denn es war eine der heißesten Nächte dieses Jahres. Zusätzlich befanden sich an den Seiten der improvisierten Tanzfläche gemütliche Sitzgelegenheiten aus Rattan. Ich wusste nicht, wie viel Tristan für diese Party gezahlt hatte, aber es war sicher ein kleines Vermögen gewesen. Das musste aber auch so sein. Alle wichtigen Personen waren hier, vor allem aber Sponsoren, die sich das Camp anschauen und überlegen wollten, ob es sich lohnte zu investieren.

Da Vivi das Event zusammen mit Katha und Tristan geplant hatte, lief es perfekt. Alle hatten hergefunden und ihre Edelkarossen auf dem großen Kiesparkplatz direkt vor dem Camp abgestellt, der an unseren grenzte. Solarfackeln hatten ihnen im Wald den Weg hierher gewiesen und sie schauten ungläubig, sobald sie mit ihren Luxusfrauen aus den Autos stiegen.

Alles war gut.

Nur Tristan war nicht da.

Tristan, den ich so sehr vermisste.

Tristan, den ich trotzdem nicht haben konnte!

Denn eigentlich hatte sich NICHTS geändert!

Er lebte immer noch ein Leben, das mit meinem inkompatibel war.

Seufzend trank ich noch einen Schluck von meinem Hugo – ich mochte einfach keinen Champagner und es war mir egal, wie Vivi mich angesehen hatte, als ich die Kiste dieses unwürdigen Getränks angeschleppt hatte. Alle versammelten sich so langsam vor dem Camp auf dem Parkplatz. Noch war ein rotes Band davor gespannt, noch war es nicht eröffnet. Aber gleich würde ich es zerschneiden und somit meinen Traum zum Leben erwecken.

Ich war stolz.

Und gleichzeitig machte ich mir beinahe in die Hosen.

Für so etwas war ich nicht geschaffen. Leuten Honig um den Mund schmieren, Small Talk halten, sie um den Finger wickeln. Das schien mir alles zu sehr wie eine große Farce, und ich verstellte mich nun mal nicht gerne. Wenn ich allerdings Sponsoren wollte, würde ich genau das tun müssen.

Ich trank noch einen großen Schluck, um das Brodeln in meinem Magen zu beruhigen, und sah mich in der Menschenmenge um, die gerade von Phils professionellem Team mit Champagner verköstigt wurde, damit sie gleich mit uns anstoßen konnten. Die Hälfte dieser Leute kannte Tristan und sie waren ganz sicher nicht koscher, aber sie besaßen Unmengen an Geld. In dieser Hinsicht hatte er seinen Willen bekommen. Ich entdeckte sogar einen hohen Politiker in der Menge, genauso wie den Bürgermeister und eine Reporterin, die im TV die allabendliche Klatschsendung moderierte.

Wenn diese Eröffnung Anklang fand, wäre alles perfekt. Na ja, fast alles. Denn Tristan war nach wie vor nicht da.

Dabei brauchte ich ihn. Ohne ihn konnte ich das Camp nicht eröffnen und mich vor allem danach den ganzen Leuten stellen.

Meine Aufregung steigerte sich ins Unermessliche. Mittlerweile war es fünf vor acht und von Tristan keine Spur. Immer wieder blinzelte ich hektisch auf Kathas Uhr, die in ihrem weißen, paillettenbesetzten Kleid und mit ihren langen blonden Korkenzieherlocken auch für *Victoria's Secret* hätte laufen können.

»Er kommt gleich, beruhige dich«, murmelte sie mir zu und zupfte ein wenig meine Haare zurecht. Ich war stark geschminkt, mit dunklen Smokey-Eyes und dunkelroten Lippen. Dazu trug ich ein enges, ärmelloses rotes Kleid, das am Bein schräg zulief, und hohe dunkle Heels. Wieder einmal hatten Vivi und Katha, wie schon zu meiner Hochzeit, einen richtigen Traum aus mir gezaubert. Doch nun war es das erste Mal, dass ich mich in meiner Haut wohlfühlte. In den letzten Wochen waren mir die Blicke, die mir andere Männer zugeworfen hatten, extrem aufgefallen, und sie waren keineswegs abwertend gewesen. Offensichtlich fand mich nicht nur Tristan unwiderstehlich, und so hatte ich auch langsam angefangen, mich selber mit anderen Augen zu sehen.

Dann hatte ich eben ein paar Kilo zu viel auf den Hüften. Und? Das nannte man weibliche Rundungen! Ich konnte mich beim Yoga verrenken, wie das sonst nur Wenige können. Ich war fit und gesund, meine Haut war rein und strahlend. Ich fühlte mich … wohl, so wie ich war. Mir ging es einfach gut, vor allem, weil ich aufgehört hatte, mir einzureden, dass jeder mich anstarrte, weil er mich zu fett fand. Die Wahrheit war doch, dass mich andere Menschen überhaupt nicht großartig beachteten. Wenn sie es doch taten und ihnen nicht gefiel, was sie sahen, konnten sie wegschauen. Mir war das inzwischen herzlich egal. Jeder hat doch etwas an sich, mit dem er sich unwohl fühlt, von dem er annimmt, es sei nicht schön, nicht so perfekt, wie die Medien es uns vormachen. Jeder hat seine Problemzonen, auch die Menschen, die einen abwertend mustern und sich dabei denken, sie wären etwas Besseres.

Das sind Arschlöcher, die über andere aufgrund ihres Aussehens urteilen. Ich für meinen Teil hatte irgendwann eingesehen, dass ich mit Arschlöchern sowieso nichts zu tun haben wollte. Also konnte mir deren Meinung wirklich egal sein.

Die Menschen, die mir wichtig waren, standen immer zu mir.

Das war das Wichtigste.

Ganz einfach.

Ich fühlte mich wohl, und wenn ich mich wohlfühlte, dann strahlte ich das auch aus.

Gut, im Moment hoffte ich, nicht auszustrahlen, denn ansonsten würde ich demnächst etwas Braunes, Ekliges im Spitzenhöschen haben.

Wenn er nicht bald käme, dann würde ich …

»Alles ist gerettet. Ich bin da!« Mit einem Mal schlang sich SEIN Arm von hinten um meine Hüfte und mein Glas wurde mir abgenommen. »Das reicht erst mal!«, meinte er wie nebenbei und überschaute die Menge.

Ich währenddessen starrte ihn an.

Gott!

Ich hatte ganz vergessen, wie verdammt schön er war.

Besonders im Anzug.

Macht, Autorität, Männlichkeit und Eleganz verströmte er darin mit einer beneidenswerten Leichtigkeit, was sofort meine Knie weich werden ließ, sodass sie beinahe einknickten.

»Komm, wir eröffnen jetzt mal deinen Traum, oder?« Er zwinkerte mir zu und führte mich mit der Geschmeidigkeit eines schwarzen Panters nach vorne auf das kleine Podest, wo ein Mikrofon stand.

Nach wie vor hatte er seinen Arm um mich geschlungen, als würde ich immer noch zu ihm gehören, aber in diesem Moment war ich froh darum. Froh um die Stütze und um die Tatsache, dass er selber an das Mikro trat, statt mich zu zwingen, eine Ansprache zu halten.

Groß.

Wunderschön.

Atemberaubend.

Ich starrte ihn immer noch an wie meinen persönlichen Gott, von dem ich schon so lange gedacht hatte, dass er es für mich war, und alles an mir kribbelte. Er drückte beruhigend meine Hand, die er nun hielt.

»Meine lieben Liebenden …«, begann er mit einem attraktiven Schmunzeln. Einige lachten ein wenig, manche Frauen fächerten sich schon jetzt theatralisch Luft zu und tuschelten aufgeregt, sobald der legendäre Tristan Wrangler das Wort an sie gerichtet hatte. »Wir haben uns hier versammelt, um etwas ganz Besonderes zu eröffnen. Einen Traum. Eine Vision. Die Vision einer Frau, die diese Welt zu einem besseren Ort machen will, und zwar für diejenigen, die es am dringendsten brauchen. Für Kinder. Für diejenigen, die am hilflosesten und darauf angewiesen sind, dass man ihnen den Weg zeigt. Dass man ihnen zeigt, wie man aufrecht und nicht mit falschen Mitteln in dieser druckorientierten Gesellschaft bestehen kann, ohne sich selbst zu verlieren.« Wieso zum Teufel hatte ich jetzt schon Tränen in den Augen, während alle gespannt seiner wunderschönen Stimme lauschten? »Was passiert denn sonst mit so einem Kind, wenn es ohne die notwendige Hilfestellung aufwächst? Es wird mit Medikamenten vollgestopft, es wird mit Technik ruhiggestellt, es wird nicht gesehen, nicht beachtet, es soll sich gefälligst anpassen und Ruhe geben. Aber ist nicht jeder Mensch und somit auch jedes Kind individuell? Sollte es sich nicht ausleben und seine eigenen Stärken erkennen dürfen, anstatt in ein Raster gepresst und so wie jeder andere zu werden?« Ich glaube, kein Mensch hier verstand meine Hintergründe so wie er. Keiner hätte das, was ich bezwecken wollte, besser in Worte fassen können. Nicht einmal ich selbst. Tristan sprach mir aus tiefstem Herzen, das mittlerweile wild in meiner Brust schlug. Ehrfurcht vor diesem Mann, seiner Denkweise und seinen wahren Worten durchflutete mich, nistete sich heiß in meinem Bauch ein und schürte meine Sehnsucht und mein Verlangen nach ihm bis ins Unermessliche. Vor allem meine Liebe … Ich liebte ihn für so vieles, für so vieles mehr als für die Dinge, die ich an ihm verachtete. Aber vor allem liebte ich ihn, weil Tristan Wrangler einer der besten Menschen war, die ich jemals kennengelernt hatte. Wirklich. Von der Seite starrte ich sein perfektes Profil an, so wie früher, dusslig, ehrfürchtig und absolut hingebungsvoll. Denn das war es, was ich wollte, ich wollte mich ihm hingeben. Absolut. »Hier bietet sich die Chance. Hier können die Kinder zu sich selbst finden, ihre Stärken erkennen und Wege finden, wie diese gefördert werden. Hier dürfen Kinder Kinder sein. Hier ist die Welt ein guter Ort. Ein Ort, den uns diese wunderbare Frau neben mir mit all ihrer Kraft erbaut hat. Dafür spreche ich ihr meinen tiefsten Respekt aus. Danke, Mia Marena Wrangler, dass du all den unschuldigen Kindern diese Chance gibst.« Mit den letzten Worten sah er mich an – intensiv, so intensiv. *Eine Chance, die wir nie hatten,* hörte ich ihn förmlich in Gedanken sagen. Und dann legte er einen Arm auf seinen Rücken und verbeugte sich formvollendet und mit allem Respekt vor mir.

Mir blieb das Herz stehen. Ich konnte ihn nur anstarren, während die Snobs regelrecht in Jubel ausbrachen, mich feierten, meinen Traum feierten, IHN VERSTANDEN, und das sogar mit ein paar Tränchen in den Augen.

Immer noch ohne mich aus seinem intensiven Blick zu entlassen, überreichte mir Tristan diese peinliche riesige Schere, aber ich zitterte zu sehr, um sie halten zu können. Er lächelte beruhigend, umfing meine Hände mit seinen eigenen, und zusammen schnitten wir das Band durch.

Das Jubeln wurde lauter, Champagnerkorken knallten und wie auf Befehl ging hinter uns und über dem Camp das riesige Feuerwerk los, das Tristan geplant hatte.

»Back to basics!«, flüsterte ich, während ich ihn anstarrte, weil eine riesige Welle des Glücks mich durchströmte, und dann dachte ich nicht weiter nach. Über gar nichts. Weder über das Pro und Kontra unserer Liebe noch über die Gründe, warum alles so furchtbar kompliziert war. Ich schmiss diese blöde Schere einfach weg, sprang ihn an, schlang meine Arme um seinen Nacken und küsste ihn im funkelnden Licht der explodierenden Feuerwerkskörper.

Diesen wunderbaren Mann, der mir nicht zum ersten Mal in meinem Leben aus der Seele gesprochen und es auch so gemeint hatte. Wir waren uns in unserem Inneren einig, wir waren eins – und *das* war doch am wichtigsten!

***

Als ich seine Lippen nach der langen Zeit das erste Mal auf meinen spürte, gab es kein Halten mehr. Für keinen von uns beiden.

»Gott im Himmel!«, keuchte er. Seine Hände krallten sich in meinen Hintern und ich stöhnte auf. Während alle anderen immer noch gebannt und mit glänzenden Augen dem Feuerwerk zusahen, zog ich ihn an seinem Arm von der Bühne und steuerte auf die erstbeste gerade erbaute, nach frischem Holz riechende kleine Hütte zu. Sobald die Tür hinter uns zugeknallt war, drückte ich ihn genau gegen diese, küsste ihn wieder, überfiel ihn mit allem, was sich so lange in mir angestaut hatte. Ich brauchte ihn – so sehr wie noch nie.

Seine Hände bebten genauso wie sein Atem. Er keuchte, als ich ihm einfach das Hemd unter dem Jackett aufriss – ich musste seine Haut spüren, JETZT – und über seine Brust fuhr, bis zu seiner Hose hinab, die ich sofort öffnete. Er hatte keine Chance gegen diesen Überfall. Aber er wehrte sich auch nicht sonderlich, als ich seinen Ficker umfing.

»FUCK!«, knurrte er, sobald ich ihn berührte. Dann packte er meine Haare, küsste mich inniger und murmelte: »Noch einmal komme ich nicht in meiner Hose.«

Somit wirbelte er mich herum.

Mein Rücken schlug heftig gegen das harte Holz, als er mich hochhob und meine frisch rasierten Beine sich automatisch um seine Hüften schlangen. Mein Höschen musste daran glauben. Es riss hörbar. Dann war es fort.

Es war verboten; es war genau das, was ich in den letzten Monaten versucht hatte, mit aller Kraft zu vermeiden, aber im nächsten Moment war er in mir.

Wir stöhnten den Namen des anderen.

Wir sahen uns in die Augen.

Sprachen ohne Worte.

Von Sehnsucht.

Und Verlangen.

Und Leidenschaft.

Und Schmerz.

Und Liebe.

Dann zog er sich zurück und stieß wieder tief in mich.

Ich schrie auf. Mein Kopf fiel nach hinten gegen das Holz und meine Fingernägel krallten sich in seine Schultern, während er sich in mir bewegte.

So schnell und hart und rasend, wie ich es brauchte, und dabei lösten sich unsere Lippen nicht einen einzigen Moment voneinander. Er knurrte in meinen Mund, ein animalischer, besitzergreifender Laut, der mich fast ins süße Vergessen stürzte. Ich spannte automatisch stöhnend meine Muskeln um ihn herum an.

Es ging zu schnell.

Aber die Explosion ließ sich nicht aufhalten, während wir vom Feuerwerk vor den Fenstern in buntes Licht getaucht wurden.

Wir kamen.

Atmeten dabei denselben Atem.

Flogen in eine gemeinsame Welt, die nur uns gehörte.

Und dann war es auch schon vorbei.

Gott im Himmel!

Ich habe gerade mit Tristan geschlafen!

Und es war SO GUT!

Meine Sucht war wieder voll entfacht.

Alles an mir zitterte; ich wollte ihn noch nicht gehen lassen. Er vergrub sein Gesicht an meiner Schulter, atmete dort genauso heftig wie ich. Hielt mich immer noch fest und presste sich eng an mich. Anscheinend hatte er denselben Plan wie ich: mich einfach nie wieder loszulassen.

Ich schloss die Augen und lehnte meine Wange seufzend an seinen Kopf.

Ich war zu Hause.

Endlich!

***

Als er irgendwann seinen Kopf von mir löste, sah ich an seinen geröteten Augen und dem feuchten Schimmer darin, dass er tatsächlich geweint hatte. Ich wusste nicht, was ich sagen sollte, wusste nicht, was ich tun sollte, und auch er sprach kein Wort, als er mich vorsichtig auf dem Boden abstellte und mein verrutschtes Kleid wieder zurechtzupfte. Er bückte sich und hob eine Spange auf, platzierte sie wieder haargenau an dem Ort, wo sie gewesen war, und richtete meine Locken.

»Du warst noch nie schöner als heute«, murmelte er, nahm mein Gesicht wie etwas wahnsinnig Kostbares in seine Hände und küsste meine Stirn.

Dann drehte er sich um und verließ die Hütte.

Ich sackte gegen das Holz, schloss die Augen und legte meine Hand auf mein Herz. »Dito«, murmelte ich und versuchte wieder zu Atem zu kommen.

27. Mut und Zurückhaltung

Vivi und Katha dachten gar nicht daran zu klopfen, sondern stürmten einfach kurzerhand die kleine Hütte – leicht angetrunken und gackernd.

»Japp! Sie hat mit Tristan gefickt!«, berichtete Katha Vivi erfreut, die nach ihr eintrat, was mich aus meinem Schock riss.

»RUHE!«, rief ich, zog sie ins Innere und knallte die Tür hinter ihnen zu. »Das muss ja jetzt nicht jeder wissen!« Denn die Gäste hatten sich bereits verteilt und wurden auch von Hannah herumgeführt, direkt an der kleinen Hütte vorbei.

»Was? Dass du Sex mit deinem Mann hattest? Ohhhh, wie schlimm!« Katha grinste mich wie ein Honigkuchenpferd an. Vivi wirkte eher etwas mürrisch.

»Und?«, fragte Katha.

»WAS?«, fauchte ich sie an und richtete meine Haare.

»Wie war's?«

Ich verdrehte die Augen, genauso wie Vivi, die ziemlich genervt klang.

»Wie soll es schon gewesen sein? Ficken ist, was er am besten kann und womit er sie immer wieder rumkriegt!« Die letzten Worte knurrte sie mir ins Gesicht, doch ich winkte nur ab und lugte aus den Fenstern. Verdammt, die standen alle direkt vor der Hütte, ich konnte jetzt auf keinen Fall raus.

»Er hat … er hat nicht mit mir geschlafen, um mich zu manipulieren.« Vivi gähnte übertrieben. »Nein, wirklich!« Langsam wurde ich sauer, schließlich war ich kein kleines

Mädchen mehr. ICH hatte es so gewollt! ICH hatte das alles angezettelt!

»Okay, heißt das jetzt also, dass ihr wieder zusammen seid und es so weitergeht wie davor? Mia hat mal wieder nachgegeben und Tristan hat mal wieder bekommen, was er wollte. Und das mit billigem Sex!«

»Vivi, halt die Klappe!« So etwas wollte ich gerade nicht hören. Sie sollte das hier nicht in den Dreck ziehen, wo es mir so viel bedeutete. Und ihm auch, das wusste ich. Das hier war nicht nur billiger Sex gewesen, das zwischen uns war nie nur Sex!

Es war mehr!

So viel mehr!

Und sie hatte kein Recht, es schlechtzumachen!

Andererseits war sie eben besorgt um mich und wollte nicht, dass ich einen Fehler beging, deswegen durfte ich sie nicht so anfahren.

»Ach? Ich soll die Klappe halten? Ja? Weil du die Wahrheit wieder mal nicht sehen willst? Sag mal, Mia, bist du wirklich so DUMM oder tust du nur so? Langsam glaube ich, er hat dir jede Gehirnzelle rausgefickt!« Wow! Was war denn jetzt los? Wirklich wütend funkelte sie mich an – wahrscheinlich das erste Mal, seit wir befreundet waren, während mich ihre Worte heftig in der Bauchgegend trafen. Jetzt reichte es. Ich trat auf sie zu und wisperte:

»Nein, ich bin nicht dumm! Ich liebe ihn und er liebt mich! Langsam glaube ich, du bist neidisch!«

»Auf was sollte ich bitte neidisch sein? Darauf, wie du dich zur Idiotin machst?«

»Nein«, meinte ich. »Aber vielleicht auf unser Leben, unsere Kinder …« Katha zog scharf den Atem ein, denn wir alle wussten, wie sehr Vivi und Tom Kinder wollten und dass es einfach nicht klappte.

Das war wirklich ein Schlag unter die Gürtellinie gewesen, aber sie hatte mich zuerst verletzt! Und jetzt traten ihr auch noch Tränen in die Augen! Verdammt!

»Weißt du was, es reicht! Du kleines Prinzesschen hast alles – ALLES – und es ist dir trotzdem nicht genug. Du hast Probleme mit deinem Mann? Oh mein Gott! Stell dir vor, das gehört zu einer Ehe nun mal dazu! Jeder hat Probleme, sobald er eine Beziehung hat! Ist so! Und nein, ich bin auf eure Psychobeziehung sicher nicht neidisch!«, zischte sie mit bebender Unterlippe und mit zu Fäusten geballten Händen.

»Von dir muss ich mir nicht sagen lassen, wie schlimm das Leben sein kann. Du vergisst wohl, dass ich jahrelang nicht gerade auf der Sonnenseite gelebt habe! Sag mir bitte, wie fühlt es sich an, mit dem goldenen Löffel im Mund geboren zu sein und mitzuerleben, dass ein Niemand an dir vorbeizieht und sich all deine Wünsche für ihn erfüllen?«

»Wow, wow, wow, beruhigt euch, Mädels!« Katha trat zwischen uns und schob uns am Oberkörper auseinander. Aber es war bereits zu spät, der größte Schaden angerichtet und Worte gesagt, die man nicht mehr zurücknehmen konnte. Mir schossen in Rekordgeschwindigkeit die Tränen in die Augen. So dachte sie also von mir! Meine beste Freundin, einer der wichtigsten Menschen in meinem Leben, eine absolute Konstante – zumindest bis jetzt.

»Ich muss was trinken!« Somit stürmte ich einfach aus der kleinen Hütte, direkt an Hannah – die nur eine Augenbraue hochzog, aber nicht in ihrer Rede stockte – und einigen anderen Leuten vorbei zur Bar.

***

Vier Gläser Hugo später war mein Kopf immer noch völlig wirr, wenn nicht sogar noch wirrer, und Tristan anscheinend endgültig verschwunden. Er war doch nicht wirklich abgehauen?! Nicht nach diesem Urknall-Erlebnis! Allein der Gedanke daran, dass er jetzt einfach weg sein könnte, versetzte mir einen schmerzhaften Stich. Hatte es für ihn vielleicht nicht so viel bedeutet wie für mich? Und Vivi, was war das denn jetzt gewesen? Wieso war sie so sauer? Geschlagen ließ ich meinen Kopf auf meine Hand fallen. Der Streit war wirklich Mist gewesen, ich hatte Dinge gesagt, die ich niemals hatte sagen wollen. War es vielleicht …

»Hi!« Als diese altbekannte Stimme neben mir erklang, wirbelte ich herum und sah schockiert in Martin Schmitts schuldbewusste Augen.

»Was tust du denn hier?«

»Ich hatte einen guten Anwalt, konnte bis zum Gerichtstermin raus. Und ich verpasse doch nicht die Eröffnung deines Lebenstraumes.«

»Aha!« Wollte der mich VERARSCHEN?

»Mia, hör zu!« Er strich sich abgekämpft über das Gesicht; seine Augen wirkten irgendwie leer. »Es tut mir leid, dass ich dich so hängen lassen hab.«

»Aha!«

»Ich … ich habe dich angerufen und ich wollte dir Geld überweisen, aber du bist nicht rangegangen!« Gleich würde hier die nächste Bombe explodieren!

»Weil ich dieses Geld nicht wollte. Hätte ich gewusst, womit du es verdienst, hätte ich gleich dankend abgelehnt!«, zischte ich ihn mit kaum unterdrückter Wut an, dann stach ich mit meinem Zeigefinger in seine Brust. »Du hast mir etwas vorgemacht! Und ich dachte, du wärst mein Freund!«

»Ich *bin* dein Freund!«

»Nein! Ein Freund lügt einen Freund nicht an und nutzt dessen beschissene Situation aus, um in sein Höschen zu kommen! So war es doch! Seien wir mal ehrlich!« Ja! Einmal angefangen sprach ich anscheinend nur noch Tacheles. Aber ich hatte keine Lust mehr darauf, mir ständig nur alles zu denken und es nie zu sagen. Das erste Mal in meinem Leben sah ich in Martins Augen ein wenig Wut aufblitzen. Die Maske fiel – SEHR GUT!

»Ich wollte nicht in DEIN HÖSCHEN!«, knurrte er.

»Ach?«

»Und es ist eine bodenlose Frechheit, was du mir hier vorwirfst. Schon mal was von Dankbarkeit gehört?«

»DANKBARKEIT?«, platzte es aus mir raus und ich stellte mich direkt vor ihn. Nase an Nase. »Wofür sollte ich denn bitte dankbar sein? Dass ich von Männern nur belogen und betrogen werde? Dass ihr alle Bastarde seid, die nur an ihr eigenes Wohl denken, und dafür, dass du gedacht hast, du kannst mich kaufen wie eine Nutte?«

Er packte meinen Arm, ziemlich fest, und seine Augen funkelten so zornig wie noch nie.

»Nimm das zurück!«

»Da hab ich wohl ins Schwarze getroffen!« Mit einem Ruck entzog ich ihm meinen Arm. »Und du wirst mich nie wieder anfassen! SPACKO!«, gab ich noch eines von Tristans Lieblingsworten dazu, drehte mich um und fing sofort *seinen* Blick auf. Er hatte ein wenig abseits an einem Pfosten gelehnt und mich beobachtet, mich aber diese Schlacht selber ausfechten lassen.

Jetzt grinste er mich stolz an.

Gott sei Dank! Tristan war noch hier! Und er passte auf mich auf, so wie immer!

Ich streckte ihm die Zunge raus und marschierte in mein Haus, um JETZT schlafen zu gehen. Tristan würde sich zusammen mit Vivi und Katha um alles kümmern. Die anderen, und was sie von mir erwarteten, waren mir egal!

Sein leises Lachen konnte ich bis zu mir hören und ein Gänsehautschauer rieselte meine Wirbelsäule hinab.

28. Zarte Bande

Mia verliebt Wrangler

Genau einen Tag nach dem Urknall kam der Anruf. Ich lag schon im Bett und schwelgte so wie in den letzten Stunden in Erinnerungen an den vergangenen Abend, als mein Handy klingelte. Etwas verschlafen ging ich ran.

»Ja?«

»Würdest du mit mir essen gehen?«, fragte *er*, und ich richtete mich ruckartig wie eine Mumie, mit nach vorne ausgestreckten Armen, auf. Mein Magen zog sich bei der Frage zusammen. Sofort fühlte ich wieder seine Lippen auf meinen, ihn in mir, während ich immer feuchter wurde. Obwohl ich das bereits war – den ganzen Tag und die gesamte vergangene Nacht.

Verdammt!

Ich war wirklich wieder süchtig.

»Wann?« Meine Stimme klang genauso – schwach, bebend, sehnsüchtig. Ich brauchte meinen nächsten Schuss. Meine Hand umklammert das Smartphone so stark, dass meine Knöchel weiß hervortraten.

»Jetzt.«

»Aber, Tristan, ich liege bereits im …«, versuchte ich schwach dagegen anzukämpfen.

»Glaubst du etwa, das weiß ich nicht? Mia, bitte, ich muss dich sehen, sonst werde ich wahnsinnig!« Oh, ich wusste genau, was er meinte!

»Ich weiß nicht, ob ich bereit dafür bin.« Nervös kaute ich auf meiner Unterlippe herum.

»Ich schwöre dir, ich werde auch keine Annäherungsversuche machen, außer du willst es, natürlich, aber wir müssen endlich reden! In Ruhe!« Ich seufzte, denn egal, wie es zwischen uns weitergehen würde, das mussten wir wirklich. Er sprach weiter: »Ich habe dir genug Zeit gelassen, deinen Kopf zu klären, ihn wieder frei zu bekommen. Ich habe dir genug Zeit gelassen, um dir zu zeigen, wie ein Leben ohne mich ist, und du konntest überlegen, ob du es weiterhin ohne mich oder wieder mit mir verbringen willst. Aber nun brauche ich eine endgültige Entscheidung. Meine Geduld ist verdammte scheiße noch eins am Ende! Also! Bitte geh JETZT mit mir Essen.«

***

Ich ging tatsächlich darauf ein.

Eine Stunde später saß ich in seinem Restaurant und wartete auf ihn – wie bei einer Verabredung. *Eine Verabredung mit meinem eigenen Mann, wie witzig*, dachte ich und trank mein gesamtes Glas Lambrusco auf einmal aus, denn ich war nur selten in meinem Leben so aufgeregt gewesen wie jetzt. Ich wusste nicht, was passieren würde; ich wusste nicht einmal, wie ich mich denn nun eigentlich entschieden hatte! Alles war wirr, vor allem mein Magen.

Beim Anziehen hatte ich fünf Minuten gebraucht, um meine Ohrringe in die richtigen Löcher zu stecken, so sehr hatten meine Hände gezittert. Dann hatte ich über das richtige Outfit gegrübelt und ein wenig rumprobiert, aber dabei mein Höschen vergessen. Das passierte mir sonst nie! Während ich eine Hotpants anzog, fragte ich mich, ob mein Unterbewusstsein versuchte, mir die Richtung zu zeigen. Wie hatte Vivi gesagt?

Er hatte mir die Gehirnzellen rausgevögelt? Vielleicht sollte ich sie jetzt von ihm wieder reinvögeln lassen! Wie auch immer … Etwas zu finden hatte sich als ziemlich schwierig herausgestellt. Sexy oder eher leger? Auf jeden Fall etwas, das ihm zeigte, dass es mir egal war, was er von mir hielt.

Keine Masken!, war mir da in den Kopf geschossen.

Etwas, das Katha mir erst gestern gesagt hatte: »Ihr beide solltet endlich eure Masken abnehmen! Ihr könnt sowieso beim anderen dahintersehen!« Womit sie recht hatte. Also hatte ich ein süßes weißes Kleid angezogen, mir die Haare leicht gelockt und mich dezent geschminkt. Ich hatte mich für *ihn* schön gemacht, und in diesem Moment war mir klargeworden, dass ich nichts dringender wollte, als dass er mich auch schön fand, dass er mich wollte und dass er wieder zu mir zurückkehrte. Denn ein Leben ohne Tristan war kein Leben! Immer noch!

Tristan baff Wrangler

Als ich mich im Restaurant einfand – wieder mal aufgeregt wie ein Teenager –, sah ich sie nicht. Doch ihre Jacke, die über der Stuhllehne hing, verriet mir, dass sie bereits da und wahrscheinlich nur kurz auf der Toilette oder bei Phil in der Küche war. Das kam mir momentan ganz recht. Ich setzte mich und versuchte meinen Kopf zu klären. Gleichzeitig wischte ich meine drecksfeuchten Hände an meiner Hose ab. Verdammte Scheiße.

Gestern hatte ich Sex mit Mia gehabt, hatte wieder das gespürt, was schon für mich verloren schien. Ich war mir vorgekommen, als … als hätte ich Gott persönlich getroffen, als wäre ich im Paradies gewesen. Und da wollte ich noch einmal hin.

Immer und immer wieder.

Immer wieder war nämlich einfach nicht genug!

Es gab nichts mehr zu verlieren und ich hatte alles genau durchgeplant.

Ich arbeitete nicht mehr für Luca und hatte Vincent als meinen Nachfolger vorgeschlagen, was Patrick so gar nicht gefallen hatte, aber der würde sowieso nicht mehr lange ein Thema sein.

Ich hatte wieder angefangen, mich intensiver um das Boxstudio zu kümmern, und bot dort neue Kurse an, die, wenn sie gut liefen, hohe Einnahmen bringen würden.

Ich hatte wieder angefangen zu fotografieren. In der Zeit ohne Mia hatte mir einfach die Muße dazu gefehlt, und ich trainierte wieder regelmäßig.

Außerdem hatte ich das Koksen aufgegeben, einfach widerlich das Zeug!

Ich versuchte ihr zu zeigen, dass ich mich verantwortungsbewusst um die Kinder kümmern konnte und dass auch ihr Traum mir etwas bedeutete.

Kurz: Ich riss mir für sie den Arsch auf und würde es weiterhin tun, aber ich wusste, dass es sich lohnte, denn ich kämpfte um das einzig Wichtige in meiner jämmerlichen Existenz. Um die Liebe meines Lebens.

Und dann kam sie! Verdammte Scheiße, so wie jedes Mal, zog sich mein Herz zusammen, allein wenn ich sie ansah, dann raste es los wie verrückt. Es versetzte mir einen regelrechten Stich, vor allem, weil ich sie nicht berühren durfte. Sie sah sich unsicher um, ganz die alte Mia von früher. Dann entdeckte sie mich am Tisch. Erst verhärteten sich ihre Züge, doch dann bemerkte sie den Strauß weißer Rosen in meinen Händen und, verfickte Scheiße, sie lächelte! Wie die verdammte Sonne persönlich erstrahlte ihr Gesicht. Schüchtern und mit geröteten Wangen ging sie in Heels und einem atemberaubenden schneeweißen Kleid, das absolut zu ihrer Reinheit passte und zu meinem schwarzen Outfit das genaue Gegenteil darstellte, auf mich zu.

Natürlich stolperte sie und natürlich war ich da bereits aufgesprungen, um ihren Sturz zu verhindern. Ich hatte es schon geahnt.

»Vorsicht«, murmelte ich und starrte sie einfach nur wie ein verliebter Idiot an. Ich konnte meine Hand nicht zurückhalten und strich ihr eine verirrte Strähne hinters Ohr, woraufhin sich die Röte auf ihren Wangen vertiefte. Sie biss sich auf die Lippe und sah zu den Blumen. Verlegen räusperte ich mich und hielt sie ihr entgegen. Dabei kam ich mir so verdammt unsicher und dämlich vor und wollte schon fast vor ihr auf die Knie gehen. Ich wusste nicht, was ich zu dem Gestrüpp sagen sollte, aber das musste ich auch nicht. Denn sie nahm mir das Zeug aus den Händen, führte es an ihre süße Nase, roch daran und murmelte: »Sie sind wunderschön. Danke, und auch danke, dass du meinen Traum gerettet hast. Das habe ich dir nie gesagt.«

Verfickte Scheiße! Ich starb innerlich tausend Tode, als sie mich wieder ansah, und ich wusste immer noch nicht, was ich sagen sollte. Führte mich auf wie ein verdammter Idiot!

»Bitte«, meinte ich steif aus Ermangelung an Alternativen, und sie kicherte leise. Ich zog ihr den Stuhl zurück, erinnerte mich an das Training gestern Abend mit dieser unmöglichen Frau, die Mia eingestellt hatte, aber die eindeutig wusste, wie sich ein Gentleman zu verhalten hatte, setzte mich ihr gegenüber und dann starrte ich sie erst mal wieder an.

Ich kam mir vor wie in einem Traum.

Mein Baby saß mit mir an einem Tisch, und es hatte sich verdammt hübsch für mich gemacht!

Ich war doch echt ein verdammt glücklicher Scheißer.

»Wieso schaust du mich die ganze Zeit so an?«, fragte sie knallrot und ich lachte leise, weil sie einfach so süß in ihrem Unwissen und ihrer Unschuld war.

»Weil du wunderschön bist.« Ich zuckte mit den Schultern. Sie sah mich mit großen Augen an und ich lachte erneut. »Was? Glaubst du mir nicht?«

In dieser Frage schwang so viel mehr mit. Einige Sekunden blickte sie mich ruhig an, dann antwortete sie bedächtig: »Ich weiß es nicht.« Ich HASSTE dieses Misstrauen, das neuerdings zwischen uns herrschte! Das hatte hier nichts verloren! Es war falsch! Und es war alles allein meine Schuld!

Verdammt!

Wir bestellten bei Antonio die Vorspeise, dann konnte es nicht mehr länger warten.

»Hör mal, ich … ich wollte mich mit dir treffen, weil ich dir etwas sagen muss«, fing ich an und wusste eigentlich gar nicht, *was* ich sagen wollte, doch sie sah mich abwartend an und trank einen Schluck. »Ich liebe dich!«, fuhr ich fort, weil es das Erste war, was mir einfiel. »Ich liebe dich so sehr, dass es sich anfühlt, als wäre ich zweigeteilt, wenn du nicht bei mir bist.« Sie wollte etwas erwidern, ein kämpferischer Ausdruck hatte sich in ihre Augen geschlichen, aber ich hob die Hand und hielt sie auf. »Und ich weiß, dass ich mit meinem dämlichen Scheiß alles riskiert habe, was uns ausmacht. Ich habe riskiert, das Einzige zu verlieren, was ich wirklich brauche, weil ich dachte, ich müsste jemand sein, der ich schon lange nicht mehr bin. Ich … ich habe einfach nicht nachgedacht!«

»Du hast einfach nicht nachgedacht?«, bohrte sie unheilvoll mit stechendem Blick nach und bedankte sich knapp bei dem Kellner, der unsere Vorspeisen servierte. »Das soll deine Ausrede dafür sein, dass du unsere Ehe zerstört hast? Du hast nicht *nachgedacht?*« Brutal erstach sie mit verengten Augen ein unschuldiges Salatblatt.

Fuck!

Mir wurde viel zu heiß und ich lockerte unangenehm herumrutschend den Kragen meines Hemdes.

Du gibst ja ein trauriges Bild ab. Schwitzend, unsicher, stotternd. So gar nicht der Ficker, der du immer sein willst. Was bist du? Ein Mann oder eine Maus? Oder doch nur eine Memme? Reiß dich zusammen, jetzt!

»Manchmal tun Menschen unüberlegte Dinge. Dinge, die andere Menschen verletzen. Aber was geschehen ist, ist geschehen, ich kann es nicht mehr rückgängig machen, so gern ich auch die Zeit zurückdrehen und mir selber in den Arsch treten würde. Ich kann nur versuchen, in Zukunft aus meinen Fehlern zu lernen.«

»Wie?« Wie eine Todesgöttin starrte sie mich immer noch keineswegs besänftigt an und ich fühlte mich wie in der ersten Klasse. Als wüsste ich eine Matheaufgabe nicht, die verdammt einfach zu lösen war.

»Ich habe die ganze Sexclubgeschichte aufgegeben!«, ratterte ich herunter. Sie hob fordernd eine perfekt geschwungene Augenbraue, also sprach ich eilig weiter: »Wirklich! Du kannst Luca fragen! Außerdem habe ich eine neue Assistentin und ich fotografiere wieder. Sie heißt Greta und ist vierzig Jahre alt.« Ein kühles Lächeln zupfte an ihren Lippen, was sie fast schon tödlich schön machte und leider auch genauso einschüchternd. Sie hatte sich wirklich verändert. Aber ihre Augen wurden etwas wärmer. Ich strich mir unsicher durch die Haare. »Wie auch immer, ich würde dir so gerne versprechen, dass ich dir nie wieder wehtun werde, aber wie das in einer Ehe nun mal so ist, werde ich das ganz sicher, weil zwei Menschen sich immer irgendwie wehtun, wenn sie zusammen sind. Schon allein, weil wir nicht gleich sind. Aber ich kann dir verdammt noch mal versprechen, dass ich dich nie wieder anlügen und deine Gutgläubigkeit so schamlos ausnutzen werde, wie ich das getan habe. Ich werde deine

Grenzen respektieren, *dich* respektieren. Ich weiß, du bist … du bist kein kleines Mädchen mehr, du bist eine erwachsene Frau, die in ihrem Leben so viel durchgestanden und so viel geschafft hat. Du hast keine Ahnung, wie stolz ich eigentlich auf dich bin. Wie sehr ich dich bewundere! Und ich weiß, es wird nicht alles jetzt sofort wieder gut sein, weil du höllische Angst hast, wieder von mir verletzt zu werden, aber … aber ich wollte nur, dass du weißt, dass ich bereit bin, mich zu ändern und dir zu beweisen, dass ich wieder deiner würdig sein kann. Ich kann dir jetzt viel erzählen, aber ich werde es dir zeigen. Ich kann ein guter Mann sein. Wenn nicht für dich und die Kinder, für wen dann?« Ihre Augen schwammen mittlerweile in Tränen und ich wusste, ich war *endlich* wieder auf dem verfickt richtigen Weg.

Das gab mir Mut. Ich traute mich und nahm ihre zarte, kleine Hand in meine, die zwischen uns auf dem Tisch lag. Allein diese Berührung versetzte meinen Körper in Flammen und so streichelte ich mit den Daumen über ihren Handrücken. Ihr verdammter Ehering fehlte. So sehr. Dann führte ich sie an meinen Mund und wisperte: »Ich werde auf dich warten, egal wie lange. Denn du bist und bleibst mein Mädchen, das ich immer beschützen und ehren werde, auch wenn du eine Frau geworden bist, mit der sich echt keiner anlegen sollte.«

»Oh Gott, Tristan«, schluchzte sie auf und hielt sich schnell die Serviette vor das Gesicht. »Verdammt, meine Schminke! Du kannst doch nicht einfach so was sagen!« Ich lachte leise und sie tat es mir gleich.

»Du bist auch wunderschön, wenn du aussiehst wie ein Waschbär, das habe ich dir schon mal gesagt«, scherzte ich schwach. Da sprang sie mit einem Mal auf und warf sich förmlich auf meinen Schoß. Sie umarmte mich und heulte mich voll, während ich seufzte und sie an mich drückte. So eng es ging. Endlich!

Irgendwann musste das Restaurant leider schließen und Phil schmiss uns raus. Händchenhaltend und immer noch ohne ein Wort zu sagen, aus Angst ansonsten diese Einträchtigkeit und dieses soeben geknüpfte zarte Band zu zerstören, traten wir nach draußen, und ich sah auf die wunderschöne Frau an meiner Seite hinab.

Auf *meine* Frau!

»Was jetzt?«

Sie grinste – unwiderstehlich mit teuflisch funkelnden Augen. »Zu mir oder zu dir?«

FUCK!

»Zu uns!«, hauchte ich und beugte mich vor, küsste sie langsam und zärtlich. Genoss es, als wäre es unser erster Kuss. Er fühlte sich auch irgendwie so an. Dabei hielt ich ihr Gesicht in meinen Händen und genoss ihr leises Keuchen, ihre Fäuste, die sich in mein Hemd krallten, und vor allem ihren süßen, absolut genialen Geschmack.

Leider waren wir in unterschiedlichen Autos gekommen, also beschlossen wir kurz darauf, auch in beiden zu fahren, doch das war die letzte Trennung, die ich jemals wieder zulassen würde! Das schwor ich mir!

29. Opfer

Mia verängstigt Wrangler

Ich fuhr grinsend hinter Tristans rotem Audi her. Sicher leitete er mich durch die dunkle Nacht, wie so oft schon. Gleich wären wir zu Hause und wieder vereint. Ich konnte es nicht abwarten ihn endlich nackt unter mir zu haben, seinen wunderschönen Körper zu erkunden, als wäre es das erste Mal. Ich schwor mir, ich würde ihn die nächsten 24 Stunden nicht aus dem Bett lassen – wenn nicht sogar länger –, denn die Kinder waren sicher bei Katharina untergebracht. Sie hatte sich tierisch gefreut, als ich ihr gesagt hatte, dass ich mit Tristan verabredet wäre. Vivi hingegen war nicht daheim gewesen, als ich mich verabschiedet hatte, und Tom hatte sich schon langsam Sorgen gemacht. Normalerweise wäre es mir nicht anders gegangen, aber weil ich noch so sauer war, hatte ich ihm an den Kopf geworfen: »Ich bin nicht ihr beschissenes Kindermädchen, keine Ahnung, wo sie ist!«, und war einfach abgedampft, während er mir mit großen Augen hinterhergestarrt hatte. Ja, das war nicht nett gewesen, aber nett war im Bezug auf sie gerade aus. Punkt! Das, was sie zu mir gesagt, wie sie unsere Liebe und auch Tristan beleidigt hatte, war zu viel gewesen. Ich war wahnsinnig verletzt, vor allem, weil ich nicht verstand, wieso sie auf einmal so ausgeflippt war. Man hätte annehmen können, sie wäre unsterblich in Tristan verliebt und ich hätte ihn ihr weggenommen oder so was.

Auf jeden Fall wusste ich nicht, ob und wann ich jemals wieder ein Wort mit ihr wechseln würde. Sie war einfach zu weit gegangen, und ja, auch ich hatte mich bei der Auseinandersetzung mit ihr sicher nicht mit Ruhm bekleckert, aber schließlich war es mein gutes Recht gewesen, mich zu verteidigen.

Ich seufzte, als mir die Dämlichkeit meiner Ausrede selber aufging.

Ja, auch ich hatte sie verletzt, hatte vorsätzlich Dinge gesagt, von denen ich wusste, dass sie ihr wehtun würden. Das war nicht ich und wollte es auch nicht sein.

Wenn so die neue Mia aussah, dann konnte ich getrost auf sie verzichten!

Als Tristan mit einem Mal mitten auf der Landstraße eine Vollbremsung vollführte, war ich so in Gedanken versunken, dass ich ihm fast in sein geliebtes Baby Nummer zwei gekracht wäre. Mit voller Wucht trat ich auf die Bremse, die Reifen quietschten sogar, schließlich war ich gute 100 gefahren, aber ich schaffte es gerade noch so, stehen zu bleiben.

Da sprang er schon aus seinem Auto, im grellen Licht meiner Scheinwerfer kam er auf mich zu, und er war weiß wie eine Wand.

Ich ließ das Fenster runter.

»Er hat Vivi!«

»WAS?«

»Patrick hat Vivi!«, brüllte er völlig außer sich und mein Herz rutschte irgendwo in meine Fußsohlen. Mir wurde sofort kotzübel und ich merkte, wie das Blut meine Wangen verließ.

»W… was will er?«, stammelte ich und Tristans schmerzhafter Blick machte mir die Antwort sofort klar.

»Uns!«

***

»Tristan, es ist mir scheißegal, ich werde auch bis zum Steg mitkommen! Du kannst mich mal! Ich lasse mich von dir nicht behandeln wie ein Kleinkind und auch sicher nicht wieder im Auto einsperren! Sie hat sich für MICH geopfert und ICH werde sie da rausholen!«

Tristan umklammerte das Lenkrad fester und knurrte, während wir gemeinsam in seinem Auto die Landstraße entlangfetzten. Nur mit viel Überredungskunst, Trotz und Drohungen hatte ich es überhaupt in dieses Auto geschafft. Die ersten fünf Minuten hatte er nur irgendwelche Leute angerufen, weshalb ich mit ihm nicht ausgiebig hatte diskutieren können, dann hatte er mir mitgeteilt, was ONKEL Patrick zu ihm gesagt hatte, als er gerade bei ihm angerufen hatte. Ein paar Stunden zuvor hatte der liebe Patrick es bei mir probiert, leider hatte ich mein Handy auf der Party vergessen und Vivi, die es mitgenommen hatte, war rangegangen. Er hatte gesagt, er ziele gerade mit einer Waffe auf Elis süßen Kopf am Spielplatz und wenn sie nicht wolle, dass gleich ein Loch darin wäre, solle sie zum See kommen. Nur war nicht ich erschienen, sondern Vivi! Was hatte sie sich dabei nur gedacht! Jetzt war Onkel Patrick gelinde gesagt sauer, denn er hatte bei Tristan angerufen und ihm verkündet, wenn er in zwanzig Minuten nicht mit mir zusammen da wäre, würde eben dieses unmögliche Weibsstück daran glauben.

Tristan hatte daraufhin Tom kontaktiert, der sofort aufgelegt hatte, sobald er die nötigen Details kannte, dann Phil, Garrett und diverse andere Leute.

Doch wir wären eindeutig zuerst da.

»Wie willst du das denn anstellen, liebe Mia? Sie da rausholen, meine ich!«, knurrte er mich mit kaum unterdrücktem Spott an. »Willst du dich wieder mal opfern, indem du brav in sein Auto steigst und mit ihm davonfährst?«

»Bist du irre?«

»Ähm ja! Gerade schon ein wenig!«

»Ich werde Zeit schinden und ihn so lange von allem abhalten, bis deine komische Verstärkung eintrifft und Schweizer Käse aus ihm macht! Und jetzt halt die Klappe, Tristan! Ich komme mit!«

»Mia!«

»Verstehe! Also hast du dich doch nicht geändert?« Ich wusste, es war fies, aber er verstummte sofort und sagte kein einziges Wort mehr. Na gut, er fluchte weiterhin leise vor sich hin, aber mir war klar, diese Diskussion hatte ich gewonnen!

***

Der Mond schien hell auf den See herab und spiegelte sich in der rauen, sonst schwarzen Wasseroberfläche. Ein starker Wind wehte, weswegen die Wellen heftig ans Ufer schwappten. Es gab ein grusliges Bild ab. Ein Bild, bei dem es mich fröstelte, sobald wir im Schutz der Bäume stehen blieben. Aber vor allem fröstelte ich wegen des Anblicks, der sich mir etwas weiter entfernt bot. Auf dem Steg, der weit in den See hinaus ragte, waren sie – vier dunkle Gestalten und eine zierliche, die mit hinter dem Rücken verbundenen Händen auf dem Boden kniete. Aus einem Impuls heraus wollte ich sofort meine Tür aufreißen und zu ihnen rennen, aber Tristan packte mich am Arm und zog mich zurück.

»WARTE!«, zischte er mir zu, bereits hochkonzentriert, wachsam, die Lage überblickend, wie ein Adler auf der Jagd. »Es sind acht Männer. Vier sind im Gebüsch positioniert«, flüsterte er mir zu, schnappte sich sein Handy und tippte etwas ein.

»Wie *siehst* du das nur?« Ich konnte nichts ausmachen, nur Schwärze und Schatten. Angestrengt riss ich die Augen auf, scannte das Gebüsch, sah aber nur leicht wehende Blätter. Er antwortete nicht, sondern wandte sich mir zu, nahm mein Kinn und schaute mich intensiv an.

»Ich will nicht, dass du mitgehst.«

»Ich weiß!«

Einige Sekunden fochten wir den Kampf mit Blicken aus, dann gab er sich geschlagen und seufzte.

»Aber du wirst es sowieso tun …«, sagte er leise, beugte sich vor und lehnte seine Stirn an meine. »Ich bin nicht bereit, dich zu verlieren, jetzt wo ich dich endlich wiederhabe, Mia-Baby!« Und da war es wieder – Mia-Baby. <3.

»Ich bin auch nicht bereit, dich zu verlieren, Tristan Wrangler, aber das da ist meine beste Freundin.«

»Ich weiß …« Er strich mit dem Daumen über mein Kinn. Dann gab er mit einem Stöhnen nach, umfasste meinen Hinterkopf und küsste mich – fest, verlangend, verzweifelt. Er raubte mir den Atem und den Verstand, den ich jetzt doch so dringend benötigte. Seine Hand fuhr von meinen Haaren bis zu meiner Schulter. »Und ich werde dir jeden Wunsch erfüllen, ich schwöre es dir, aber nicht, wenn du dabei dein Leben riskierst!« Somit drückte er einen Punkt an meinem Hals und im nächsten Moment driftete ich ab in sichere Schwärze.

***

ICH WERDE IHN NICHT ALLEINE LASSEN! NEIN! ICH WERDE IHN NICHT ALLEINE DA HINGEHEN LASSEN! NEIN!

Gerade als seine Tür hinter mir zuknallte, öffnete ich die Augen und rappelte mich auf, als wäre ich nie ohnmächtig gewesen, um aus dem Auto zu sehen.

Er ging bereits im Mondschein und mit wehenden Haaren auf die Männer auf dem Steg zu – lässig schlendernd, als würde er spazieren gehen.

Da sprang ich aus dem Auto und hechtete ihm hinterher. Tristan drehte sich schockiert um, als er meine Schritte auf dem Kies hörte. Seine Augen weiteten sich, während ich auf ihn zustapfte. Mit geballten Fäusten und wütend!

Offensichtlich konnte er nicht glauben, was er sah.

»Das wird noch ein Nachspiel haben!«, murmelte ich ihm zu, dann blickte ich nach vorne zum Steg. Mein Onkel lächelte mich breit an. Seine Zähne erstrahlten sichtbar, während er mir mit seiner Waffe winkte. Nett.

»Jetzt komm!«, sagte ich zu Tristan und ging ihm voraus über den Steg. Er kam mir immer noch völlig baff hinterher und zwängte sich dann vor mich. Vermutlich konnte er nicht fassen, dass sein Super-Griff bei mir nicht richtig funktioniert hatte. TJA! Wenn ich mir was in den Kopf setzte, dann war das auch so! Meine Gedanken formten meine Umwelt! Und nicht anders! Yogaweisheit!

Am hinteren Ende wurde der dünne Steg etwas breiter, sodass alle, die sich hier versammelt hatten, Platz fanden. Sobald Tristan zwischen sie trat, wurde er von den drei riesigen Männern gestoppt und abgetastet. Er verdrehte die Augen und wandte ihnen sogar brav den Rücken zu, damit sie es gründlich tun konnten.

»Ja, ich weiß, du wolltest schon immer mal so einen heißen Männerarsch begrabschen«, provozierte er schmunzelnd, und ich glaubte es nicht! Wie konnte er nur so locker sein, während ich förmlich zur Salzsäule erstarrt war, sobald ich mich bis auf wenige Schritte meinem Onkel genähert hatte.

»Keine Waffen, Wrangler?« Patrick hob ungläubig eine Augenbraue. Tristan grinste ihn nur an. *Als ob er Waffen bräuchte!*

»Ja, ja, wie immer voller Selbstüberschätzung!« Dann machte er einen Schritt zur Seite und gab den Blick auf Vivi frei, die auf dem Boden kniete. Sie war unversehrt, und vor Erleichterung wurde mir ganz schummrig, während sie mich störrisch anfunkelte.

»WAS TUST DU HIER?«, brüllte sie mich an, dann Tristan. »WAS TUT SIE HIER?«

»Ich hatte keine Chance!« Er zuckte nur mit den Schultern, dann zündete er sich eine Zigarette an und legte mir den Arm um die Hüfte, während er lässig rauchte. »Also, was willst du?«

»Die Clubs!«, erwiderte Patrick sofort.

»Bekommt schon Vincent.«

»Ich weiß!«, knurrte Patrick und ballte die Fäuste. »DU hast mir versichert, dass du sie an mich weitergeben wirst! ALLE!«

»Ich habe es mir anders überlegt«, informierte Tristan ihn ruhig.

»Warum?«

»Vielleicht weil ich dich sowieso in den nächsten fünf Minuten killen werde?«, konterte Tristan, als wäre es klar. Dann steckte er mir ein winziges Messer zu, das ich reflexartig festhielt. Ich hätte ihm einen irritierenden Blick zugeworfen, aber dazu kam ich nicht, denn im nächsten Moment flog ich nur so durch die Luft ins Wasser. Mit einem Prusten fiel ich in die Wellen, tauchte tief in den See und strampelte mich wieder nach oben. Vivi landete umgehend neben mir – mit gefesselten Händen. Ich war froh, das verdammte Messer vor Schock so fest umklammert zu haben, dass ich es gar nicht loslassen *konnte*. Ansonsten wären wir wohl im Arsch gewesen. Während Pistolenschüsse auf dem Steg die Dunkelheit genauso wie mein Trommelfell zerrissen, tauchte ich unter und zog Vivi nach oben. Sie schnaubte und würgte, während ich sie mit einem Arm festhielt und anfing, das Seil zu durchschneiden. Das Messer war zum Glück scharf genug, sodass es nicht lange dauerte, sie zu befreien, damit sie selber schwimmen konnte.

Sie zog mich an sich, umarmte mich fest. Ich schloss kurz die Augen und tat es ihr gleich, dann schob ich sie in Richtung Ufer. »SCHWIMM!«, rief ich ihr zu und machte mich auf zu der kleinen Leiter, die zum Steg hinaufführte. Ich sah nicht, was gerade geschah, es waren einfach nur schwarze Gestalten, die sich eindeutig die Seele aus dem Leib prügelten. Drei waren ins Wasser geflogen und trieben bewusstlos, wenn nicht sogar tot vor sich hin – einer direkt an mir vorbei. Seine Augen waren starr geöffnet und blickten ohne jegliches Leben gen Himmel.

Oh Gott!

Mit bebenden Händen, aber das Messer fest umklammernd, erreichte ich den Steg, hielt mich mit einer Hand fest und wollte mich nach oben ziehen. Ich rutschte ab und wäre fast wieder im Wasser gelandet, doch eine Hand packte mich plötzlich am Arm und zog mich nach oben. Im nächsten Moment stand ich auf dem Steg mit einer Waffe am Schädel und meinem Onkel hinter mir.

»JETZT REICHT'S!«

***

Während wir auf dem Boden knieten und er uns beiden die Hände mit Handschellen fesselte , fühlte ich immer noch, wie Tristan brodelte, und genauso die Panik, die langsam, aber sicher mein Herz zuschnürte. Patrick sah ziemlich mitgenommen aus. Vermutlich waren einige seiner Finger gebrochen. Aus seiner Nase sprudelte regelrecht das Blut, seine Bewegungen wirkten fahrig und er keuchte. Ihm lief die Zeit davon, denn alle seine Männer waren fort und er machte den Eindruck, jeden Moment umzukippen.

»Mir reicht es! Ihr beide, ihr macht mir immer einen Strich durch die Rechnung, aber jetzt ist es vorbei! Vorbei mit der Romeo-und-Julia-Scheiße!« Sobald er meine Handschellen mit einem Klick verschlossen hatte, richtete er sich wieder auf –

triumphierend, grinsend, wahnsinnig – und zeigte uns seinen Schlüssel. »Das hier nennt sich wohl Schlüssel der Herzen«, meinte er theatralisch. »Er kann nur EINE Handschelle öffnen, dann bleibt er stecken. Mal sehen, wer von euch beiden sich für den anderen opfert!« Somit schmiss er den Schlüssel auch schon ins Wasser und Tristan, der Idiot, hechtete sofort hinterher! Was tat er nur!

»TRISTAN!«, rief ich schockiert, da zerrte mich mein Onkel auf die Beine, sodass ich wacklig stand.

»Keine Sorge! Du kommst schon noch zu deinem Tristan!« Damit schubste er mich. Ich landete rückwärts im See, mit verbundenen Händen und wild strampelnden Füßen. Panik packte mich mit ihren unerbittlichen, eisigen Klauen, als ich immer weiter in das tiefe und kälter werdende Wasser sank und NICHTS dagegen tun konnte. Ich presste den Mund zusammen, ruckelte mit den Händen, aber die Handschellen waren eisenfest. Panisch strampelte ich stärker mit den Beinen, aber dadurch ging mir der Atem nur schneller aus. Dann fühlte ich etwas an meinen Händen. *Tristan.* Ich drehte mich herum und mit einem Mal waren meine Hände frei, aber mein Sauerstoff war fast aufgebraucht. Mein Herz schlug bestimmt fünfmal so schnell wie sonst, mein Kopf war wirr, trotzdem sah ich ihm in die Augen und er mir. Wütend, unbeugsam und vor allem fordernd. Dann packte er meinen strampelten Fuß und schob mich mit enormer Kraft nach oben, wodurch er weiter in die Tiefen befördert wurde. Mein Körper handelte automatisch, als ich den Mond über der Oberfläche erblickte. Ich begann zu schwimmen, brauchte nichts dringender als Luft, während in mir die Panik immer größer wurde. Punkte tanzten mittlerweile vor meinem inneren Auge, die Kraft ging mir aus, meine Lunge drohte zu bersten, doch da durchbrach ich die Wasseroberfläche und vollführte den geilsten Atemzug meines Lebens.

Aber die Panik hörte nicht auf, sie wurde nur noch stärker – in meinem Kopf hallte nur ein Name wider.

TRISTAN!

Also atmete ich noch einmal tief durch und tauchte wieder hinab. Der See war dunkel und so tief. Ich konnte nur schemenhaft erkennen, wie Tristan langsam in der Schwärze verschwand. Er bewegte sich nicht! *Er kämpfte nicht!* Ich hingegen ruderte stärker mit Armen und Beinen, kämpfte für uns beide, bis ich kaum noch Kraft besaß, um gegen die Dichte des Wassers anzukommen. Die Luft ging mir erneut aus, ich kam einfach nicht mehr weiter runter, egal, wie sehr ich es versuchte.

Er wurde ganz von der Schwärze verschlungen.

Ich schrie seinen Namen, auch wenn das das Dämlichste war, was man unter Wasser machen konnte, dann musste ich wieder hoch!

Ich musste!

Gerade so schaffte ich es an die Oberfläche. Ich wollte sofort noch einmal tauchen, während heiße Tränen über mein Gesicht liefen, da packte mich jemand am Arm und zog mich in Richtung Ufer. Neben mir tauchten zwei andere Gestalten in die Wellen. Ich wehrte mich aus Leibeskräften gegen den Griff, der mich unerbittlich an Land zerrte – VON TRISTAN WEG – und dabei heulte und strampelte und schrie ich. »TRIIIIIIIIIIIISTAAAAAAAAAAAAAAAAAAAAAAAN!« Es hallte endlos über den See.

Der Schrei einer sterbenden Frau.

30. Das Leben und der Tod

Sein lebloser Körper landete kurz darauf im Kies. Er war so weiß, seine Lippen blau! Sofort hechtete ich zu ihm und fing mit der Mund-zu-Mund-Beatmung an, während in der Ferne bereits Sirenen ertönten.

»Oh Gott, verlass mich nicht! DU bleibst gefälligst hier!«, forderte ich hektisch, während ich dazu überging, sein Herz zu massieren. Alles in mir konzentrierte sich auf ihn, auf das bisschen Seele, das noch in ihm wohnte, obwohl er nicht ATMETE!

NEIN!

Ich würde mich von der Panik nicht zerfressen lassen! Ich würde weiterkämpfen!

Ich würde ihn nicht sterben lassen!

Wieder ging ich zur Mund-zu-Mund-Beatmung über … Seine Lippen waren so leblos, so kalt … Dann wurde ich von Phil weggezogen, keine Ahnung, was er hier machte. Keine Ahnung, wer sonst noch da war, ich wollte wieder zu Tristan. Aber zwei Sanitäter schoben sich bereits an uns vorbei. Emsig, aber mit kontrollierten Bewegungen fingen sie an, ihn wiederzubeleben, und Phil hielt mich mit aller Kraft mit beiden Armen umschlungen. Ich wusste nicht, ob er mich abhalten oder mir Kraft spenden wollte, aber mir blieb nichts weiter übrig, als hilflos zuzusehen, während unentwegt Tränen über meine Wangen rannen.

Die Punkte tanzten wieder vor meinen Augen. Ich fühlte, wie sich ein Teil von mir verabschiedete und starb – mit ihm –, ich konnte es genau spüren und *nichts* dagegen tun.

Das alles war so schnell gegangen.

Zu schnell!

Es war beschlossene Sache, als sich einer der Sanitäter zu uns umdrehte und Phil ansah.

Er schüttelte einmal knapp den Kopf, und in seinen Augen stand die Botschaft klar geschrieben:

Er ist tot.

Tristan war tot!

31. ....

Man sollte schätzen, was man hat. Immer. In jeder Sekunde. Denn genauso viel Zeit braucht es manchmal, um einem genau das zu nehmen.

Mit diesem Ereignis wird es einem klar. Alle Probleme des *normalen Lebens* bedeuten nichts, sie sind banal. Die Schwierigkeiten sind keine wirklichen Probleme, sondern nur beschissene, unnötige Gedanken, die unser Leben bestimmen, obwohl wir es selber bestimmen sollten. Alltagsprobleme, Lügen, Betrug, Streit. Was ist das schon? Was ist das gegen eine Welt, in der es die Person, mit der das Herz verbunden ist, nicht mehr gibt?

Doch diese Alltagsprobleme gehören zum Leben. Wenn man sie hat, dann lebt man, liebt man, leidet man. Das alles endet zwangsläufig mit dem Tod, einem Tod, mit dem jeder irgendwann Bekanntschaft macht. Erst in diesem Moment erkennt er man ganz klar, was man falsch und was man richtig gemacht hat.

Wird man mit einem Lächeln auf den Lippen sterben, weil man ein gutes, ein reines, ein befriedigendes Leben geführt hat? Hat man das getan, was er man tun wollte oder was man tun MUSSTE? Wird man verbittert sein, weil man so viel anders hätte machen wollen, weil man so viele Leute verletzt und aus Frust so viel Unheil angerichtet hat, was man erst JETZT erkennt?

Jetzt, wo es zu spät ist, um noch etwas zu ändern?

Nun ja, ich lächelte auf jeden verdammten Fall.

Denn in den wirklich wichtigen Dingen hatte ich alles richtig gemacht.

Ich hatte nie mein Rückgrat verloren.

Ich hatte die, die mich liebten, auch über alles geliebt.

Ich hätte alles für sie getan.

Ich *hatte* alles für sie getan.

Ich hatte mein Mädchen gerettet.

Ich starb mit einem reinen Gewissen.

Und ich hörte die Stimme meiner Mutter, während die weißen Lichter auf mich zukamen, mich umspielten, mich lockten und zu verschlingen drohten.

»Ich bin so stolz auf dich, mein Schatz«, sagte sie, während ich ihre Hand fühlte. Sie streichelte mein Haar, obwohl sie nicht da war. »Aber für dich ist die Zeit noch nicht gekommen! Deine Aufgabe ist noch nicht erfüllt!«

32. Gefängnis

Ich wusste genau, was das für ein beschissenes Piepen war, das als Erstes an meine Ohren drang – ich wusste auch genau, wieso dieses Bett so verdammt ungemütlich war und wieso es hier so beschissen steril roch.

Ich war in einem verdammten Krankenhaus.

Und mein Mädchen lag neben mir.

Sie kuschelte sich an meinen Körper, als würde ich schlafen. Ihr Gesicht lag auf meiner Brust, ihre Hand auf meinem Bauch, ihr Bein umklammerte meins, als würde sie mich nie wieder loslassen wollen.

Und ich lächelte.

Okay, mein Mund bewegte sich irgendwie nicht. Als ich die Stirn runzeln wollte, geschah ebenfalls nichts und genauso wenig passierte etwas, als ich schockiert die Augen aufreißen wollte. Was war hier nur los?

»Mia«, wollte ich wispern, aber es kam kein Ton über meine unbeweglichen Lippen. Nichts geschah. Panik kroch langsam meine Wirbelsäule hoch und schnürte meine Kehle zu. Ich wollte schreien, aber das hätte wahrscheinlich auch nicht geklappt.

Bleib cool!, befahl ich mir in Gedanken und versuchte meine Fingerspitzen zu bewegen.

Nichts.

Meine Füße.

Nichts.

Mein Ficker.

Nichts.

FUCK!

MEIN FICKER WAR KAPUTT!

OH FUCK!

Ich forderte von mir, ruhig weiterzuatmen – langsam und bedächtig –, was ich leider auch nicht kontrollieren konnte, weil mein Körper nur noch automatisch atmete, immer in derselben Geschwindigkeit. Von der Panik, die in meinem Kopf um sich griff, merkte der Rest von mir nichts. Es hatte keinerlei Auswirkungen. Als wäre mein Körper in einer Art Scheißegal-Modus inklusive der Piss-und-Scheiß-Automatik. Ich wollte kotzen, was natürlich auch nicht ging.

GENIAL!

Noch genialer! Ich hatte 'nen Katheter im Schwanz!

DAS WAR DER ABSOLUTE OVERKILL!

Verdammt!

Ich war praktisch nicht da!

Der pure Horror.

Als hätte Mia meine Gedanken, so wie immer, gespürt, richtete sie sich mit einem Mal mit einem leisen, hoffnungsvollen »Tristan?« auf und blickte auf mich herab. Ich sah ihre toten Augen, die dicken Ringe darunter, sah ihr hageres Gesicht, das einer Leiche gleichkam, und wollte sie sofort beruhigen und an mich drücken, aber ich KONNTE MICH NICHT BEWEGEN.

Sie betrachtete mich eine lange Zeit mit geneigtem Kopf und gerunzelter Stirn und ich brüllte währenddessen: *JA, JA, JA, HIER BIN ICH, BABY! VERDAMMT HIER! GENAU VOR DIR, BABY!* Doch schließlich seufzte sie geschlagen, beugte sich vor und küsste mich sanft.

Oh fuck! Mias Lippen … Ich stöhnte innerlich.

Vorsichtig krabbelte sie vom Bett. Wieso zum Teufel sah sie aus wie ein verdammtes Skelett in meinen Sachen? Wo waren ihre Rundungen hin? Dann verschwand sie im Bad und somit aus meinem Blickfeld, während ich in undurchdringliche Schwärze starrte. Ganz toll!

Aber stopp mal, ich hatte die Augen doch geschlossen, wie konnte ich SIE dann sehen?

Was war das denn für ein esoterischer Scheiß?

Andererseits war das mein Mädchen. Wir waren *verbunden*. Vielleicht deswegen … irgendwie …

Auf jeden Fall wurde es mir schon sehr bald in dieser blöden Schwärze zu langweilig. Was sollte ich denn hier die ganze Zeit tun? Ich konnte nicht mal die verdammten Däumchen drehen, sondern war ganz allein mit mir und meinen Gedanken.

Grusliger Scheiß!

Ehrlich!

Ich wollte hier raus!

Wollte meinen verfickt perfekten Körper zurück!

Ich musste doch noch aus Robbie den besten Boxer der Welt machen. Ich wollte sehen, wie Eli in die Schule kam, wie Robbie haufenweise Mädchen nach Hause brachte, während ich Elis Verehrer alle vertrieb. Ich wollte danebensitzen, wenn sie das erste Mal Auto fuhren und ihren Schulabschluss machten! Ich wollte ihnen sagen, wie verdammt stolz ich auf sie war und dass ich sie über alles liebte, egal, wohin sie ihr Weg führte.

Ich … ich wollte mit Mia auf meinem Schoß auf unserer Veranda sitzen, in einem verdammten Schaukelstuhl, unseren Garten überblicken, unser Camp, und unsere Enkelkinder beim Spielen beobachten.

Ich wollte sterben, während ich im Bett unter ihr lag und sie mich ritt! Und nicht so!

VERDAMMT!

33. Erinnerungen

Mia verzweifelt Wrangler

Er war nicht tot!

Aber er lebte auch nicht!

Mein Held mit den dreckigen Gedanken und dem knallroten Audi würde vielleicht nie wieder ein Wort mit mir sprechen, hatten zumindest die Ärzte gesagt. Er würde vermutlich nie wieder meine Hand nehmen und sie küssen oder mir nie wieder in die Augen schauen und womöglich auch nie wieder seinen geliebten Audi fahren.

Koma.

Keiner wusste, wie lange es dauern würde, nur eines war gewiss: Er musste sich selber da rausholen, wofür die Ärzte gar nicht so schlechte Prognosen abgegeben hatten, da sein Gehirn nicht irreparabel geschädigt war, wie das EEG gezeigt hatte.

Er wachte nicht auf, aber ich kapitulierte auch nicht. Stattdessen betrachtete ich ihn, wie er hier hilflos vor mir lag, verkabelt, an verschiedene Infusionen und piepende Monitore angeschlossen – nicht nur über die Arme, sondern auch über einen größeren Zugang am Hals. Außerdem hatte man ihm eine Ernährungssonde gelegt, damit er nicht noch mehr abmagerte, wobei man gegen die rasant schwindende Muskelmasse natürlich nichts tun konnte. Es kam mir vor, als würde er mit jedem Tag ein bisschen weniger werden, irgendwie schrumpfen.

Vielleicht bildete ich es mir auch nur ein, um nicht wahnsinnig zu werden, aber ich war mir dennoch sicher, dass er zu mir zurückkommen und mich nicht allein und schutzlos zurücklassen würde.

Nicht mein Tristan.

Er war ein Kämpfer und er würde kämpfen, um zu mir zurückzukehren.

Okay, es gab eigentlich so gut wie keine Gefahr mehr.

Luca war hier gewesen und hatte mir versichert, dass Patrick nie wieder ein Problem für uns werden würde. Einer seiner Männer, die auch im Krankenhaus dabei gewesen waren, Vincent, hatte es noch auf dem Steg beendet. Er hatte wohl auch irgendeine »Cassandra-Rechnung« mit meinem Onkel offen – welche auch immer. Dieser Vincent und Luca hatten stundenlang an Tristans Bett gesessen. Genau genommen war in den ersten Tagen das ganze Krankenzimmer voll gewesen. Die gesamte Familie hatte hier Stellung bezogen, mit vielen Campingstühlen, diversem Fresskram und sonstigem Zeug, das man so brauchte. Doch mit jedem Tag, an dem er sich nicht rührte, verschwand einer mehr. Es war klar, ihr Leben ging weiter. Nur meines nicht.

Ich wusste, dass ich mich eigentlich um unsere Kinder kümmern musste, aber jede Minute, die ich nicht mit ihm in diesem Krankenzimmer war, kam mir wie Verrat vor. Selbst die Besuchszeiten interessierten mich nicht, und die Schwestern hatten es aufgegeben, mich darauf hinzuweisen.

Es waren Vivi und Katha, die mich nach fünf Tagen förmlich mit Gewalt raus und nach Hause schleiften, die mich daran erinnerten, dass mich gerade jetzt unsere Kinder brauchten, weil sie nicht verstanden, was geschehen war! Also saß ich hier nur von acht Uhr morgens bis sechzehn Uhr nachmittags, anstatt rund um die Uhr.

Für den Rest des Tages funktionierte ich so mechanisch, wie sich Tristans Brust hob und senkte und wie der Bart in seinem Gesicht wuchs.

Ich rasierte ihn jeden Tag, weil ich wusste, wie sehr er Stoppeln hasste. Ich zog ihn auch um, wusch ihn, wenn es nötig war, kümmerte mich so liebevoll und selbstverständlich um ihn, als wäre es mein Körper. Dabei sprach ich mit ihm, als wäre er noch da, denn ich konnte das meiste, was er mir antworten würde, sowieso meine geliebte Stimme sagen hören. Außerdem erzählte ich ihm Geschichten, manchmal las ich ihm auch vor. Ich wusste nicht wieso, aber irgendwie hatte ich das Gefühl, er würde sich sonst langweilen. Manchmal, wenn mir der Gesprächsstoff ausging, kramte ich auch nach gemeinsamen Erinnerungen, in der Hoffnung, ihn so irgendwie wieder zu mir zurückzuholen.

Tristan erinnert sich Wrangler

Ich wusste es noch, als wäre es gestern gewesen ... Mia mit einem wunderschönen dicken Babybauch, mit glänzendem langem braunem, leicht gelocktem Haar, ebenmäßiger Haut und strahlenden Augen. Sie war so wunderschön gewesen während der Schwangerschaft.

Und ich hatte sie zu Tode genervt – wirklich.

Sie hatte so gut wie keinen Schritt mehr selber machen dürfen, denn ich hatte sie überall hingetragen. Ich hatte ihr sogar angeboten, ihr aufs Klo zu helfen, was sie genauso vehement abgelehnt hatte, wie dass ich sie abduschte. Beim Klostreit gewann sie, beim Duschen ich. Sie konnte sich schließlich nicht mehr gut bücken, um ihre süßen Zehen zu waschen! Und außerdem konnte ich sie so ausgiebig massieren, was ich bei jeder Gelegenheit machte – zum Beispiel beim abendlichen Fernsehen, beim Baden, beim Autofahren, beim Abendessen, beim

Frühstück, wenn sie auf dem Scheißhaus saß –, weil ihr permanent der Rücken wehtat. Ich hatte mir sogar extra Urlaub genommen, um in den letzten Wochen den Haushalt zu schmeißen und zu kochen. Das Geld war etwas knapp geworden, aber das war egal. Wichtig war nur sie – und ihre kostbare Fracht.

Wir lagen gerade im Bett und ich war dabei einzuschlafen, als sie mir absolut trocken mitteilte:

»Meine Fruchtblase ist soeben geplatzt!« Wie ein Irrer hechtete ich aus dem Bett, schnappte mir den Koffer, der schon fertig gepackt wartete, ließ ihn wieder fallen und brüllte sie an:

»BEWEG DICH NICHT! KEINEN SCHRITT!« Sie verdrehte die Augen und wollte sich aufsetzen, um loszumarschieren, aber ich drückte sie an der Schulter zurück und sah sie tödlich an. »KEINE. VERFICKTE. BEWEGUNG! Ich warne dich, Mia Marena!« Und wie immer, wenn ich mit dieser Stimme sprach, gehorchte sie – augenverdrehend und motzend, aber sie blieb liegen. Ich währenddessen stürmte ins Bad, rannte dabei fast Robbie über den Haufen, der verschlafen ins Zimmer kam und fragte, was der Krach sollte, und brüllte ihn an. »DAS BABY! ES KOMMT!«

»Mein Gott, beruhige dich, Tristan. Du tust so, als würde die Welt untergehen.« Mia war mittlerweile doch aufgestanden und ins Bad getapst. Resolut nahm sie das Täschchen aus meiner Hand, während ich mich total hektisch umsah, um nichts zu vergessen, und stapfte zurück ins Schlafzimmer. Bereits angezogen und fertig gemacht. Dann wollte sie den Koffer nehmen!

»NEIN!«, brüllte ich und warf mich dazwischen. Ich packte sie und hob sie vorsichtig auf die Arme. »Du fasst nichts mehr an!« Sie verdrehte die Augen, als ich sie GANZ vorsichtig und in Zeitlupe die Treppen runtertrug, damit sie bloß nichts erschütterte und nichts geschah.

Genauso vorsichtig und in Zeitlupe setzte ich sie ins Auto und schnallte sie an. Dann stürmte ich wie ein Irrer nach oben, klemmte mir Robbie in seinem Pyjama unter den rechten Arm, griff mit der linken Hand den Koffer und STÜRMTE zurück zum Auto. Mia bekam sich vor Lachen nicht mehr ein, erst recht, als ich ihr auch das verbot. Viel zu anstrengend, ganz zu schweigen von den Erschütterungen! Dann schimpfte sie mich aus, weil ich Robbie nichts angezogen hatte und weil er sogar barfuß war, doch ich war damit beschäftigt, ins Krankenhaus zu rasen – auf dem Standstreifen, die gesamte Strecke entlang. Denn es war gerade Ferienzeit und somit auf der Autobahn Stau. Dabei dachte ich auch noch geistesgegenwärtig daran, meine Geschwister anzurufen und ins Telefon zu brüllen: »SIE KOMMT!« Ich legte auf und brüllte den Nächsten an. Nachdem ich damit fertig war, ging es mir nicht besser. Mia versuchte, mich zu beruhigen, aber ich verbot ihr auch das Sprechen. Sie sollte sich nur darauf konzentrieren, ihre Fracht bei sich zu behalten, bis wir im Krankenhaus waren.

Auf dem Parkplatz der Klinik hatten sich schon alle versammelt und warteten auf unser Eintreffen. Ich sprang aus dem Wagen, als Tommy die Tür öffnete, schubste ihn zur Seite, schnallte Mia ab und hob sie in Zeitlupe aus dem Auto.

Mir war scheißegal, dass sie knallrot wurde und alle mich anstarrten, als wäre ich total dämlich geworden. Dann rannte ich so schnell ich konnte mit ihr ins Krankenhaus. Im Augenwinkel sah ich noch, dass Phil sich um den Koffer kümmerte und Tom um den barfüßigen Robbie. Total außer Puste kamen wir an der richtigen Station an, wo man uns bereits erwartete, weil Mia das Krankenhaus während der Fahrt bereits verständigt hatte, bevor ich ihr das Handy hatte abnehmen können. Zu viel Strahlung!
Ich ließ sie nicht einmal runter, als ein Pfleger mich aufforderte, sie in einen dieser Rollstühle zu setzen. Von wegen. Was da alles

passieren konnte! Das Teil könnte schließlich auseinanderfallen oder explodieren. Also trug ich sie eigenarmig in Richtung Kreißsaal, auch wenn mich alle belächelten. Drauf geschissen. Bevor wir reingingen, wollte sie Robbie noch einen Kuss geben, also hockte ich mich vor ihn, genehmigte ihn ihr und küsste den Kleinen selber auf die Schläfe. Ich sagte, er solle die Stellung halten, und dann betrat ich mit ihr das Zimmer des Grauens. Das Zimmer, das ich jetzt am liebsten aus meinem Kopf streichen wollte. Denn ganz ehrlich, so hatte ich meine geheiligte Pussy sicher nie sehen wollen! Nichts hätte mich darauf vorbereiten können, was dann kam … Der Horror, der absolute Horror!

Erstens schien sie mich mehr zu hassen, je stärker die Wehen wurden. Zweitens zerdrückte sie meine Hand und drittens dieser Anblick – MEINE ARME PUSSY! –, ich hielt es nicht aus …

Mia musste jetzt, während sie mir das erzählte und ich in Erinnerungen schwelgte, schon wieder lachen, und ich verdrehte, natürlich im Kopf, meine Augen. *Das war überhaupt nicht witzig, Baby!,* dachte ich, doch wie immer hörte sie mich nicht, aber antwortete trotzdem darauf.

»Es war sogar meeegaaaaa witzig, Tristan! Ich habe noch nie einen Menschen so lustig in Ohnmacht fallen sehen. Es war wie in einem Film!«, sagte sie kichernd, und ich hätte sie so gern wirklich dabei gesehen – und nicht nur von oben aus dieser dämlichen Vogelperspektive, als würde ich an der Decke hängen wie eine verdammte Glühbirne. Mittlerweile wusste ich, es war nur meine Vorstellung, die mir zeigte, wie sie gerade aussah, und meistens erzählte sie mir auch immer haargenau, was sie anhatte, wenn sie um acht Uhr morgens kam und erst mal das Fenster öffnete, mich rasierte und mir die Zähne putzte – mich für den Tag vorbereitete.

Wenn mein Ficker nicht ein Krüppel gewesen wäre, hätte er sie auch immer begrüßt und wäre anschließend allein von ihren Beschreibungen gekommen. Aber er war es leider, genauso wie ich als Ganzes.

Ich hatte mich schon fast damit abgefunden, hier einfach faul rumzuliegen und auf sie zu warten.

»Zuerst waren wir zu dritt und dann mit einem Mal war *sie* da«, sprach sie mit sanfter, verträumter Stimme weiter und streichelte meine Wange. Manchmal fühlte ich ihre Berührungen besser und manchmal gar nicht. Heute fühlte ich sie ziemlich intensiv. »Und nichts war mehr so, wie es davor war. Du weißt, ich liebe Robbie über alles, aber Eli ist ein Teil von mir und ein Teil von dir – endlich vereint. Es war, als hätte sie mein Leben erst richtig perfekt gemacht. Sie … sie … Tristan …« Mit einem Mal schluchzte sie auf. Verdammt! »Sie braucht dich so sehr! Und ich brauche dich auch! Bitte!«, wimmerte sie und ich fühlte, wie sie ihre Stirn an meine legte.

»Bitte, ich werde dich nie wieder verlassen, dich nie wieder anbrüllen, wenn du die Zahnpastatube offenlässt oder wenn du zu spät von der Arbeit heimkommst! Ich werde mir deine dämlichen Fußballspiele ansehen, ohne über die Spieler zu lachen! Und bei Actionfilmen werde ich mir meine Kommentare verkneifen! Verdien doch dein Geld, womit du willst! Mir egal! Solange du bei mir bist! Das ist das Einzige, was zählt! Bitte, komm zu mir zurück! BITTE!«

34. Hilflos

Tristan erinnert sich weiter Wrangler

Ich wollte sie so sehr umarmen, aber ich konnte einfach nicht, also blieb mir nichts weiter, als mit ihr zu heulen – ich konnte nicht mehr anders. Und ich heulte immer noch verzweifelt, als sie sich schon wieder mit einem energischen »Sorry!« fing und aufrichtete. »Ist gar nicht so schlimm! Siehst du!« Ich war mir sicher, sie lächelte mich an, verzog dann aber das Gesicht, weil ich nicht reagierte. Als Nächstes stand sie auf und ging ins Bad. Als sie wiederkam, war sie völlig gefasst und mir zerriss es das Herz.

Sie war so unsagbar stark. So stark wären nur wenige an ihrer Stelle gewesen.

»Oder weißt du noch, als du mit Robbie das erste Mal Elis Windel gewechselt hast?«, sprach sie weiter, vermutlich um mich abzulenken, während ich ihre Hand fühlte, die mir die zu langen Haare aus der Stirn strich.

»Mensch, Papa!«, hörte ich die ungeduldige Stimme meines Sohnes in meinem Kopf. »Du legst sie falsch hin! Das fängt ja schon mal gut mit dir an! Nicht auf den Bauch!« Er zeigte mir, wie ich das kleine zerbrechliche Würmchen hinlegen sollte. »So macht Mama das immer! Hast du ihr noch nie zugesehen?«, beschwerte sich der Knirps und knöpfte den winzigen Body an den pummligen Beinchen auf.

»Ich hab zugesehen!«, meinte ich nur und blickte meine Tochter verzweifelt an. Bei Mia sah das alles so einfach aus, aber ich hatte Angst, Eli kaputtzumachen. Sie war jetzt zwei Tage daheim und ich hielt sie immer noch völlig steif auf dem Arm, wenn Mia sie mir gab oder wenn sie sie mir auf den Bauch legte. Aber Windeln gewechselt hatte ich bisher noch nie, dafür aber anscheinend mein Sohn.

»Hier machst du die Windel auf.« Er deutete mit dem Finger darauf. Ich öffnete sie und wurde sofort von einer Stinkbombe epischen Ausmaßes erschlagen. Robbie lachte, als ich würgte, die Windel schnell wieder schloss und einen Arm vor meine Nase hielt.

»Halt sie!« Ich rannte in die Küche und band mir im Cowboystil ein Küchentuch um, dann ging ich tapfer zurück an den Ort der Stinkigkeit.

»Das ist ja tödlich!«

»DAS ist nur Babykacka!« Robbie verdrehte die Augen und hielt mir ein paar feuchte Tücher entgegen. »Da!«

Ich war mutig, öffnete die Windel erneut, versuchte durch den Mund zu atmen und rupfte Robbie die Tücher aus den Händen. Schweiß brach mir aus allen Poren, als ich sie sauber machte. Sehr gründlich natürlich. »Gut, Papa!«, bestärkte mich mein Sohn positiv, was er eindeutig von Mia hatte. Dann war Eli sauber und ich wollte die Windel einfach unter ihr fortziehen.

»Warte! Du musst sie hochheben! So nimmt Mama immer ihre Beine!« Mit einem Finger zwischen den Knöcheln hob ich die Beinchen und beseitigte das tödliche Objekt. Dann lag sie vor mir, glücklich vor sich hin schmatzend – meine Tochter, mein Fleisch und Blut, mein … –, und pinkelte natürlich im nächsten Moment.

»Fuck!«, fluchte ich und hielt schnell die neue Windel als Schutz vor mich, wobei Robbie sich vor Lachen nicht mehr einkriegte. War ja klar, das erste Mal Windeln wechseln und gleich bekam ich Geschenke. Ich zog ihr die Windel danach natürlich erstmal falsch herum an, während Robbie sich vor Lachen mittlerweile am Boden kringelte. Dann hatte ich es geschafft und Eli schlief tief und fest. Ich hob sie hoch wie ein rohes Ei, dachte brav daran, ihr Köpfchen zu stützen, und legte sie in ihr Bett.

»Und jetzt zu dir!«, meinte ich zu Robbie, stürzte mich auf ihn und warf ihn aufs Bett, um ihn dort totzukitzeln. »Du lachst mich aus!«, knurrte ich, während er vor Lachen grunzte. »Hör auf damit!«

»Ich kann nicht, Papa!« quiekte er, aber ich folterte ihn mit meinen Fingern immer weiter.

»Hör auf zu lachen!«, forderte ich, wohl wissend, dass dies unmöglich war, er lachte nur lauter.

»PAPA!«, rief er völlig verzweifelt. »Ich mach mir gleich in die Hose!«

»Robbie hat mir danach davon erzählt und immer noch gelacht. Er lacht sogar heute noch, wenn ich ihn daran erinnere, wie du Eli das erste Mal die Windeln gewechselt hast«, meinte Mia mit einem eindeutigen Lächeln in der Stimme und schnitt mir mittlerweile die Fingernägel. Sie fand einfach immer irgendwas, was sie mit mir anstellen konnte – als wäre ich eine verdammte übergroße Puppe.

»Oder weißt du noch, als du sie das erste Mal mit Robbie gebadet hast? Wie viele Thermometer hast du da noch mal benutzt? Vier? Damit das Wasser ja die richtige Temperatur hat, und kaum wart ihr beide in der Wanne, kackte sie dich voll.« Mia lachte jetzt auch einige Zeit, bevor sie sich wieder beruhigte und räusperte, während ich innerlich nur trocken HAHA machte.

»Oder als wir die Babysachen kauften … Ich konnte kaum rollen und war mit Robbie, Katha und dir im Babygroßmarkt. Ohne Katha wären wir aufgeschmissen gewesen und hätten die Hälfte vergessen!«

Ja, Baby, ich erinnere mich. Du hattest ein pfirsichfarbenes Sommerkleid an und sahst atemberaubend aus, wie zu jeder Sekunde deiner Schwangerschaft.

»Oder …« Jetzt nahm sie meine Hand und drückte sie an ihre Wange. »Weißt du noch, als ich erfahren habe, dass ich schwanger bin, und käseweiß zu dir ins Arbeitszimmer hochkam? Ich hatte solche Angst, es dir zu sagen, denn ich wusste nicht, wie du reagieren würdest. Ich wusste nicht, ob du schon bereit für ein weiteres Kind warst. Ein Kind mit mir … Ich weiß es noch bis heute. Es war so kalt, der Schnee lag noch vor den Fenstern und ich hatte meine Tage nicht bekommen, also machte ich mit Vivi diesen Test. Schon der erste Test war positiv und veränderte alles. Dann kauften wir noch zwei weitere, die auch positiv waren. Nach dem letzten bin ich dann am Abend zu dir hochgegangen. Selten ist mir etwas schwerer gefallen. Du hast nur flüchtig von deinem Rechner aufgeschaut und *›Hi, Baby‹* gemurmelt, also stellte ich mich vor deinen Schreibtisch und sagte: *›Ich bin schwanger!‹*

›Wer ist schwanger?‹, hast du abgelenkt gefragt, weil du dich gerade so auf deine Arbeit konzentriert hast und ich sagte: *›WIR, du Idiot!‹*

Dann schoss dein Kopf aber nach oben und du hast mich angesehen … Und wie du mich angesehen hast!«

»Wir sind schwanger«, wisperte ich und konnte nicht glauben, was sie sagte, dachte schon, mich erneut verhört zu haben, aber ihr Blick sprach Bände, während ihre Augen in Tränen schwammen.

Mein Baby war schwanger – von mir!

»Wir sind schwanger!«, rief ich mit einem Mal, hechtete zu ihr, nahm ihr Gesicht in meine Hände und küsste sie. »Fuck, Baby, ich bekomme ein Kind mit der besten Frau der Welt! Fuck!« Sie lachte und brach in Tränen aus, also zog ich sie an mich und umarmte sie – eine sehr lange Zeit, während der Schnee friedlich vor den Fenstern herabrieselte. Dabei badete ich in ihrer Wärme, in ihrer Weichheit und in dem Gefühl, zu Hause zu sein. Dann streichelte ich ihren Bauch, nahm ihr Kinn und hob ihr Gesicht an. Ich küsste sie. Zart. Anschließend fickte ich sie auf der Couch in meinem Arbeitszimmer – langsam und genüsslich –, ich konnte einfach nicht anders.

Selten war ich glücklicher in meinem Leben gewesen als an jenem Tag, an dem mir klar wurde, dass ein Teil von mir in meinem Baby heranwuchs.

Okay, die Geburt – als das Gebrüll beendet und ich wieder bei Bewusstsein war, als ich Eli das erste Mal auf dem Arm hatte, *das* war der glücklichste Tag in meinem Leben. Noch vor dem Tag, an dem Mia Engel mir ihr Ja-Wort gegeben und meinen Nachnamen angenommen hatte oder an dem Robbie bei uns eingezogen war – schüchtern, verängstigt, aber überglücklich, mit nichts weiter als einem kleinen abgewetzten Koffer und seinem Teddy unter dem Arm.

Es hatte sehr viele glückliche Momente in unserem Leben gegeben, und es war schön, sich an sie zu erinnern, aber mir wurde auch klar, dass ich MEHR von diesen Momenten wollte. Mehr von Mia und Eli und Robbie und meiner Familie!

Verfickte Scheiße!

Wie lange sollte die Scheiße denn hier noch gehen?

35. Ein neuer Herzschlag

Mia wird überrascht Wrangler

Erst jetzt, als ich mit Tristan darüber geredet hatte, ja, okay, als *ich* mich daran erinnert hatte, wie ich das erste Mal schwanger gewesen war, fiel es mir auf – und zwar ruckartig, mit der Wucht einer Bombenexplosion –, und meine Finger, die seine Haare gestreichelt hatten, erstarrten.

Meine Tage waren überfällig.

Während ich zitternd Tristans Hand nahm, überschlug ich schnell in meinem Kopf … und ja, tatsächlich.

Meine Tage waren schon eeeeeewig überfällig! Durch den Stress hatte ich es gar nicht mitbekommen! Wie konnte mir das nur entgehen?! Der erste Griff, den ich, mit immer noch bebenden Fingern, machte, war automatisch: Ich holte mein Handy hervor. Die erste Person, die ich anrief, war auch klar. »Vivi. Ich muss mit dir reden. Jetzt!«

***

Der Streit mit Vivi war in Anbetracht der Tatsache, dass ihr Schwager und damit mein Mann fast gestorben wäre und nun im Koma lag, völlig nebensächlich geworden. Wir hatten nie wieder ein Wort darüber verloren, weil es nicht nötig war. Allein unser schlechtes Gewissen war aussagekräftig genug, denn wir wussten, wie wir in Wahrheit zueinander standen und dass wir beide überreagiert hatten. Dass die Worte – wie so oft – im Affekt nicht unser Ernst gewesen waren und dass wir uns dennoch liebten wie Schwestern. Außerdem hatte sie ihr Leben für meine Kinder sowie für mich riskiert und war statt meiner zu Patrick gegangen. Sie war eine wahre Freundin. Da wäre es wohl nicht angebracht gewesen, ihr wegen so einer Lappalie eine Szene zu machen. Ja, selbst die Streitigkeiten mit Tristan spielten keine Rolle mehr, waren nicht weiter erwähnenswert.

Doch nun war ich wirklich schwanger. Und das war ganz sicher keine Kleinigkeit.

Ganz im Gegenteil, das war etwas, was mein Leben erneut verändern würde. Und seines auch.

***

Ich saß mit Katha und Vivi daheim auf meinem Bett und starrte den Test seit gefühlten Stunden an. Eindeutig schwanger. Unbestreitbar, und zwar nicht nur aufgrund des Tests. Ab dem Moment, als sich der Streifen verfärbt hatte, hatte ich es fühlen können – etwas, was mir vor lauter Kummer davor gar nicht aufgefallen war. Meine Brüste schmerzten bei jeder Bewegung, so wie sie es manchmal taten, wenn ich meine Tage bekam. Ich war launisch. Ich hatte wieder Heißhunger auf Fanta von Mc Donalds, wie schon bei der ersten Schwangerschaft, aber vor allem legte ich immer öfter instinktiv eine Hand auf meinen Bauch und fühlte mich dabei so *wohl.*

In mir wuchs tatsächlich wieder ein Leben heran, aber diesmal war ich nicht so überglücklich wie bei Eli.

Noch ein Kind? Das hatten wir zwar immer gewollt – drei Kinder –, aber doch nicht ohne Tristan! Ohne dass er mich massierte, mich herumtrug, sich aufführte wie eine gluckende Henne und sich später aufopfernd um unser Kind kümmerte.

Ohne dass er in der Nacht aufstand, damit ich schlafen konnte, bei wirklich jedem Arzttermin dabei war und ohne dass für ihn eine Welt unterging, wenn Eli auch nur den kleinsten blauen Fleck hatte. Aber vor allem nicht ohne seine Beruhigungen, sein Herunterbringen, wenn ich überreagierte, seine Stärke. Wie sollte ich das ohne ihn überstehen? Ohne ihn anrufen zu können und ihm mitzuteilen: »So Freundchen, wenn du heimkommst, hast du ein echtes Problem. Eli hat gerade ihr erstes Wort gesprochen und was denkst du, was es war?«

»Mia, du schaffst das! Wir sind doch da!« Katha nahm meine Hand und drückte sie, während Vivi heftig nickte. Ich wurde aus meinen Gedanken gerissen, schloss die Augen und rieb mir müde die Lider.

»Natürlich werde ich nicht abtreiben. Ich meine, es ist von Tristan!« Ich strich mit meiner anderen Hand über meinen Bauch. »Aber es wird trotzdem nicht leicht.«

»Nur weil es nicht leicht ist, heißt das nicht, dass es sich nicht lohnt! Das müsstest du besser wissen als jeder andere!«, klugscheißerte Vivi und sie wusste wirklich, wovon sie sprach. Uns allen war klar, wie lang sie darum kämpfte, endlich ein Kind zu bekommen, und wie die Vorzeigebeziehung zwischen Tommy und ihr mittlerweile darunter litt, dass es nicht klappte. Doch sie gaben nicht auf … Noch.

Wir drei starrten eine weitere unendliche Zeit ins Leere. Vivi tippte sich irgendwann auf die Unterlippe und meinte nachdenklich: »Ich habe von Komapatienten gehört, die auf verschiedene Reize plötzlich reagiert haben und aufgewacht sind.«

Ich verdrehte die Augen. »Vivi, du hast keine Ahnung, *was* ich alles für … ähm … Reize an ihm ausprobiert habe, aber er hat nicht mal mit der Wimper gezuckt!« Ich hatte mich sogar schon nackt auf ihn gelegt, ich hatte ihm erzählt, dass ich jetzt mit Martin durchbrennen würde, ich hatte so Einiges versucht …

Sie verzog das Gesicht. »Okay, ich will's gar nicht wissen! Aber es reicht! Jetzt ist Schluss! Es wird Zeit, dass der faule Sack endlich aufwacht, und ich will etwas probieren! Lasst mich mal machen! Ich pack den arroganten Scheißer da, wo er reagieren *muss*!«

Damit stürmte sie, das Handy bereits am Ohr, aus dem Zimmer. Katha und ich sahen uns fragend an, zuckten mit den Schultern und folgten ihr dann gemächlich.

***

»Will ich wissen, wie viel das hier kostet?«, fragte ich meine Schwägerin, doch sie winkte nur ab.

»Jetzt sei ruhig und zieh dich aus!« Ein paar Stunden darauf, es wurde bereits Abend, hatten wir uns um Tristans Bett versammelt – zusammen mit allerlei Gerätschaften, die man für einen Ultraschall brauchte. Es war eng und stickig. Eli war quengelig auf Kathas Arm und Robbie saß, so wie immer, Gameboy spielend bei Tristan.

Ich zog mich nicht aus, stattdessen legte ich mich auf die Liege direkt neben Tristan, öffnete meine Hose und schob mein Oberteil hoch.

Dr. Jung, eine ältere Dame mit Brille und warmen, freundlichen Augen, die mich auch schon bei Eli begleitet hatte, lächelte mich an und meinte: »Na, dann wollen wir mal sehen, wie es dem Wurm da drinnen so geht.« Zum Glück war meine Schwangerschaft laut meines Kalender bereits so weit fortgeschritten, dass der Ultraschall nicht mehr vaginal, sondern direkt über den Bauch gemacht werden konnte. Mit der halben Familie im Raum wäre das ansonsten etwas blöd gewesen.

Ich hielt den Atem an, als sie das Gel verteilte und den Schallkopf ansetzte, sodass ich auf dem Monitor das Innere meines Körpers sehen konnte. Katha setzte Eli neben Tristans Kopf aufs Kissen, damit sie auch den Monitor und somit das Wunder des Lebens sehen konnte. Und da war es, das kleine Herz, in einem Knäulchen undefinierbarer Punkte und Linien und es schlug wie verrückt.

Der Ton des Herzschlages erfüllte sofort den gesamten Raum. Eli spitzte die Ohren, denn sie hatte das noch nie gehört, und sah mich fragend mit ihren großen braunen Augen an. Lächelnd sagte ich ihr: »Schau, Schatz, da ist dein Geschwisterchen!«, und zeigte auf den Monitor. Sie wandte sich sofort mit großen Augen an Tristan und fing an, so wie immer, wenn sie etwas von ihm wollte, mit ihrer Hand aufgeregt auf seine Wange zu patschen.

»PAPA, GUCK! PAPA, GUCK!«, rief sie, doch er guckte einfach nicht. Wahrscheinlich nie wieder. Mir liefen sofort die Tränen über, bevor ich von ihr weg und wieder zu dem Bildschirm sah.

»Schatz, hör a…«, wandte sich Katha an Eli, stockte aber mitten im Satz. Mein Kopf fuhr sofort alarmiert herum. Erst auf den zweiten Blick bemerkte ich, dass Katha Tristan mit offenem Mund anstarrte. Sofort schaute ich auch zu ihm und entdeckte sie – eine Träne auf seiner Wange!

In Zeitlupe lief sie herab und verdeutlichte so viel.

OH MEIN GOTT!

Er war hier!

»BABY!«, schluchzte ich sofort, nahm seine Hand instinktiv und legte sie auf meinen Bauch, da wo sein Baby drin war. »Wir sind wieder schwanger!« Er regte sich nicht, aber die Träne war da und rann nun aufs Kissen. Wir alle hielten den Atem an und starrten ihn an, sogar die Ärztin, während die Herztöne klar und deutlich durch den Raum galoppierten.

Und dann, mit einem Mal, nach fast drei Monaten, öffnete Tristan Wrangler endlich wieder seine wunderschönen grünbraunen Augen mit den endlos langen dunklen Wimpern und sah mit einem leise gekrächzten »FUCK!« auf den verdammten Monitor!

36. Zu Hause

Tristan kämpft Wrangler

SIE WAR SCHWANGER!

MIT MEINEM BABY!

FUCK!

FUCK!

FUCK!

Jetzt reichte es!

Ich musste hier raus!

Genug rumgelegen!

Von wegen Abfinden!

Ich wollte mein Kind sehen!

JETZT!

SOFORT!

Ich war ein verdammter Kämpfer, also kämpfte ich – kämpfte mit meinem Geist –, versuchte wenigstens, meine verdammten Lider zu bewegen! *Nur das! Komm schon! Mach die Augen auf! Da ist dein Kind! WRANGLER, MACH JETZT DIE AUGEN AUF! MACH SIE ENDLICH AUUUUUUUUUUUUUUUUUUUUUUUUUUUUUUU UUUUUUUUUUUUF!,* brüllte ich in meinem Inneren. Mit einem Mal war es, als würde ein Schalter in meinem Kopf umgelegt werden. Meine Lider bewegten sich tatsächlich, ich blinzelte schwerfällig und dann glitten sie einfach so auf.

ICH SAH WIEDER.

Und mein erster Blick galt diesem verdammten Monitor, von dem ich automatisch wusste, wo er stand, mit meinem Kind darauf. Mein nächster galt Mia, die mich nur mit riesigen feuchten Augen anstarrte, dann sah ich Robbie und schließlich Eli – meinen Engel –, die immer noch neben mir saß und mich sofort anstrahlte, als ich ENDLICH wieder in ihre wunderschönen braunen Augen blickte.

Jetzt war sie richtig happy.

Ich hatte auf sie gehört.

Aber was war mir anderes übrig geblieben? Sie war schließlich meine kleine Mini-Mia.

»PAPA!«, freute sie sich und beugte sich nach vorne, um ihr Gesicht an meiner Brust zu verstecken und mich zu umarmen. Automatisch hob sich mein Arm, na gut, er zuckte zumindest, wobei es jedoch blieb. Wahrscheinlich fehlte mir für eine wahre Bewegung schlicht die erforderliche Muskelmasse. Dann sah ich wieder zu Mia.

Nun wirkte sie, als könnte sie sich nicht mehr rühren. Stattdessen starrte sie mich nur an, als wäre das, was gerade geschah, ein verdammter Traum. Etwas, worauf sie schon so lange nicht mehr gehofft hatte. FUCK! Ich nahm erneut all meine Kraft zusammen, denn jetzt endlich konnte ich sie wieder beruhigen und ihr sagen, was ich schon die ganze Zeit zu ihr hatte sagen wollen.

»Kann ich jetzt verdammt noch mal endlich nach Hause?« Okay, es kam kratzig und kaum verständlich, zumindest für die anderen, aber mein Mädchen verstand mich – immer.

»Ja«, schluchzte sie sofort, dann stürzte sie sich schon auf mich und schniefte direkt an meiner Brust, bevor der Rest meiner Familie mich überfiel.

Kaum aus dem verdammten Koma wach und schon zerdrückt!

Na toll!

***

Alle hatten endlich das Zimmer verlassen, um die frohe Botschaft meines Aufwachens in der Welt zu verbreiten. Nur Mia war noch hier, hatte mich mit Wasser versorgt, damit ich besser sprechen konnte, und starrte mich immer noch an wie einen lebendigen Geist, während sie neben dem Bett stand und ungläubig zusah, wie ich die Krankenschwestern zur Sau machte. Sobald alle draußen gewesen waren, hatte Mia sofort nach einer dieser Patientenquälerinnen geschickt. Die piekte und drückte nun auf mir rum, ignorierte ansonsten aber meine Forderung, obwohl ich sie schon zweimal wiederholt hatte: »Nehmt sofort diesen Latexscheiß aus meinem Ficker!«

Dann kamen die Quacksalber höchstpersönlich. Die sprachen immerhin mit mir. Sie ließen den Katheter entfernen – Freiheit für meinen Ficker, vermutlich jubelte er sogar –, weigerten sich aber ansonsten, mich nach Hause gehen zu lassen. Angeblich musste ich noch zur Beobachtung dableiben, ganz zu schweigen von jeder Menge Physiotherapie, um überhaupt wieder laufen zu können.

Na toll!

Großartig!

Am na tolligsten!

Ich nahm mir schon jetzt vor, ihnen das Leben so sehr zur Hölle zu machen, dass sie mich so schnell wie möglich rausschmeißen würden. Dann waren auch die Kurpfuscher verschwunden und ich war mit der immer noch versteinerten Mia wieder allein. Sie hatte sich die ganze Zeit um mich gekümmert, war so stark gewesen, hatte keine Berührungsängste gehabt, aber jetzt hielt sie Abstand, starrte mich nur an.

»Baby, komm her!«, meinte ich krächzend, doch sie schüttelte nur ihren Kopf. »Mia, was ist los!«, forderte ich mit mehr

Nachdruck und in ihren Augen blitzte Wut auf – unbändige Wut. Ich runzelte verwirrt die Stirn.

»Ich dachte, du wärst tot!«, brüllte sie mich mit einem Mal an.

»Es tut mir leid!«, entschuldigte ich mich, ohne zu wissen wofür. Ich wollte sie einfach nur beruhigen und vor allem wollte ich, dass sie sich zu mir in dieses beschissene Gefängnis, das sich Bett nannte, legte. Doch das tat sie nicht.

»Hast du eine Ahnung, was ich durchgemacht habe, wie es war, als … als sie dich aus dem Wasser holten? Als ich dachte, du wärst gestorben! TRISTAN WRANGLER! Und überhaupt! WAS SOLLTE DAS MIT DEM SCHLÜSSEL!?«

»WAS?«

»DU HAST MICH BEFREIT UND NICHT DICH!«

Ich verdrehte die Augen.

»Ich glaube, ich habe dir schon des Öfteren gesagt: Du bist mein Leben.«

»Du bist völlig wahnsinnig!«

»Nein! Ich liebe dich nur«, informierte ich sie ruhig, und sie schluchzte auf, umfing sich selbst mit den Armen. Die erste Wut war verflogen und zurück blieb ihre Angst um mich. Angst, die sie die ganze Zeit verdrängt hatte, um für mich stark zu sein. Wie ein kleines Mädchen stand sie nun hilflos vor mir und weinte.

»Mia-Baby, komm her, *jetzt*!«, meinte ich rau, fühlte selber Tränen in den Augen, und diesmal folgte sie sofort. Sie legte sich vorsichtig neben mich und kuschelte sich schniefend an meinen Hals.

»Ich liebe dich auch, du Idiot, und ich dachte, ich hätte dich verloren. Ich dachte, du würdest mich nie wieder ansehen …« Sie schluchzte lauter, denn der Damm war nun gebrochen, und alles, was sich in den letzten Monaten angestaut hatte, kam raus. »Oder mit mir sprechen. Ich dachte, ich müsste ohne dich leben! Sag mir, wie ich jemals ohne dich leben soll, Tristan Wrangler?!«

»Shhh, ich würde dich nie allein lassen.« Wenigstens schaffte ich es, meinen Kopf ein wenig zu drehen und ihre Stirn zu küssen.

»Aber das hast du! Du hast mich einfach allein gelassen!«

»Nein, Baby, ich war hier. Die ganze Zeit.«

Sie stockte und richtete sich auf, um mich mit großen Augen anzusehen. »Ehrlich? Du warst die ganze Zeit hier?«

»Ja. Deine Worte haben mich hier gehalten, und die hatten es teilweise ganz schön in sich, Miss Dirty Talk.« Sie errötete sofort und ich lachte leise. Dann kuschelte sie sich wieder an und schmollte, aber wenigstens hatte sie aufgehört zu weinen.

»Ich dachte, wenn ich dich mit irgendwas wachbekomme, dann damit!«, murmelte sie. Ich lachte erneut.

»Du hast keine Ahnung, wie gerne ich getan hätte, was du von mir wolltest. Aber vor allem, wie gern ich dich getröstet hätte, wie gern ich für dich da gewesen wäre. Es tut mir leid, dass du das durchmachen musstest.«

»Halt die Klappe!«

»Im Ernst, Baby, du hast mir den Arsch abgewischt!«

»Tristan, ich liebe deinen Arsch, und außerdem …« Jetzt sah sie mich wieder an und zwar mit erhobener Augenbraue. »Heißt es nicht ‚in guten wie in schlechten Zeiten'?«

»Ja, Baby, das heißt es. Aber nicht alle schaffen es, sich an diese Worte zu halten! Und jetzt küss mich endlich!«

37. Ankommen

Tristan happy Wrangler

Endlich zu Hause!

Das war mein erster Gedanke, als ich, ganz ohne jegliche fremde Hilfe, die Türschwelle übertrat und dann von lauten Stimmen, Konfetti und Luftschlangen angefallen wurde. War ja klar, sie hatten eine verdammte *Homecoming-Party* ausgeheckt, Vivi allen voran, und nun fielen sie mir wieder um den Hals. Mia, die nicht zugelassen hatte, dass ich meinen Koffer trug, lächelte, als ich umarmt und gedrückt und geknuddelt wurde wie ein verdammter Plüschhase, und brachte gleich meine Sachen nach oben. Überließ mich ihnen einfach hilflos, wohl wissend, wie ich diese Gefühlsduseleien hasste – die Verräterin.

Obwohl es wie aus Eimern goss, hatte Phil draußen den Grill entzündet – alles war von einem Pavillon überdeckt – und wirklich jeder Schwanz hatte sich eingefunden, sogar Luca und die Mitarbeiter des Camps, einschließlich eines Kerls, der in zerfetzter Kleidung gerade meinen Kühlschrank plünderte, *weil diese verschissene Grillkacke zu lang dauerte.* Okay, jetzt ging es zu weit mit Mias Gutherzigkeit, denn sie lud Obdachlose zu unseren Fressgelagen ein! Ich runzelte die Stirn, als ich um die Ecke kam, denn die Fresse des Kerls kam mir irgendwie bekannt vor. Er sah mich genauso an, zumindest als ich den Kühlschrank mit einem »Das ist kein beschissener Fernseher!« vor seiner Nase zuknallte.

Erst Robbie, der um die Ecke schoss und gegen ihn lief, brachte die Erleuchtung. Wir hatten ihn schon mal in der Stadt getroffen beziehungsweise hatte ihm Robbie sein Eis an den Schwanz geklatscht. Immer noch anklagend sah mein Sohn den Eindringling an, genauso wie ich, der hob beschwichtigend die Hände und ergab sich.

»Hey, hey, hey, ich bin legal hier! Babe, komm her!« Erst unsere neue Anstandsdame, die ich damals in der Stadt gar nicht registriert hatte, brachte dann endgültig Licht ins Dunkel, indem sie augenverdrehend in die Küche kam und von dem Typen sofort besitzergreifend an sich gezogen wurde.

»Darf ich vorstellen, das ist mein Mann, Mason Hunter, und er hat sich gedacht, er unterbricht einfach mal für eine Woche seine Tour, um mich zu überraschen.«

»Und es hat sich jawohl gelohnt, Babe«, flüsterte er ihr ins Ohr. Miss Rottenmeier erstrahlte sofort im heftigsten Rot, während ich würgte.

»Alter, das will keiner wissen!«

»Dann mach doch deine Ohren zu!«, knallte der Knallfrosch sofort zurück. Anscheinend wurde ihm von hinten in den Arsch gekniffen, denn er quiekte auf wie ein verdammtes Weib.

»Benehmen, Mister Hunter!«, mahnte sie streng, und er seufzte theatralisch.

»Okay, aber nur, solange wir nicht im Bett sind oder im Wald …« Ich würgte erneut, er zog sie davon – in Richtung Wald – und sie kicherte leise. Ein Ton, den ich gleichfalls noch nie von ihr gehört hatte und der sie sicher zehn Jahre jünger wirken ließ.

Was die Liebe so aus einem machen kann, sinnierte ich und sah ihnen hinterher, bevor sich zwei Arme von hinten um meinen Bauch schlangen. Sofort wusste ich, dass es mein Baby war – mein Baby, das mir auf jedem verdammten Weg wie ein Fels in der Brandung beigestanden hatte, auch wenn es schwer gewesen war, sie davon abzuhalten, mich nur einen verdammten Meter im Rollstuhl zu schieben, ansonsten hätte ich mir die Eier abgeschnitten.

»Mhmmm«, summte sie und strich über meinen abgemagerten Bauch. Vom Sixpack war kaum noch etwas übrig, doch sie tat so, als wäre ich dennoch the sexiest man alive.

»Was?«, gluckste ich und drehte mich um, legte meine Arme auf ihre Schultern und war froh, dass ich sie wenigstens wieder berühren konnte, wenn ich das wollte. Nur dafür hatte ich mich in den letzten Wochen so abgerackert. Ich musste mein Mädchen wieder berühren können.

»Wir sind endlich zu Hause«, raunte sie und ich sah sofort in ihren Augen, was diese Worte zu bedeuten hatten. Prompt stand mein Ficker wie eine eins und ich stöhnte hilflos.

»Und ich hatte schon seit Monaten nicht das Vergnügen!«, flüsterte ich zurück und strich mit meiner Nase über ihre Schläfe. Sie erschauerte.

»Oh ja, Mista Wrangler, und ich habe mir etwas für Sie überlegt«, wisperte diese kleine Verführerin zurück. Sie war so heiß, so heiß wie nie zuvor, und ich brannte genauso.

»Was hast du kleines Luder wieder ausgeheckt? Schon die Sachen im Krankenhaus waren ja mehr als … ähm … fucking genial!«

»Ich weiß eben, wie ich dich anzutreiben habe.« Sie grinste mich an, ging auf die Zehenspitzen und strich mit ihren weichen Lippen über meine. »Und wie ich dich dazu bringen kann, aufzustehen und zu trainieren, obwohl du eigentlich faulenzen willst!«

»Und wie du mich nebenbei noch folterst, weißt du auch ganz genau!«, raunte ich und drückte sie an mich, an meinen Ficker, was sie zum Stöhnen brachte.

»Okay, wir gehen sofort hoch! Scheiß auf die Party! Ich halt es nicht mehr aus!«, rief sie, nahm mich an der Hand und zog mich die Treppen nach oben.

Yeah!

***

Ich hatte Mia seit einem halben Jahr nicht mehr gefickt. Na gut, das auf der Eröffnung des Camps war zwar Sex gewesen, zählte aber eigentlich nicht, weil ich ihn nicht hatte genießen und auskosten können. Das hatte ich jetzt vor und sie anscheinend auch.

Denn sobald wir im Schlafzimmer waren, blieb ich erst mal im Türrahmen stehen. Überall brannten Kerzen und auf dem Bett lagen Rosenblätter, als hätten wir die Honeymoon-Suite eines großen Hotels gebucht. Mia zuckte verlegen die Schultern, als ich sie mit erhobener Augenbraue und einem dreckigen Grinsen ansah. »Vivi«, war ihre einzige Erklärung, dann schloss sie die Tür hinter uns und sperrte ab.

Sofort fing mein Herz an zu schlagen wie blöd.

Und wieder fühlte ich mich, als wäre ich der verdammte Truthahn und sie der Sexgott.

Aber so war es auch.

Mia Marena Wrangler machte mich zum Truthahn. Für sie wurde ich gerne zum Federvieh. Besonders, wenn sie so war wie jetzt. Verführerisch, geheimnisvoll und bis unter die Haarspitzen erregt. Die Begierde sprach aus ihrem Blick, ließ ihn förmlich brennen, während sie mich ansah und sich auf die Lippe biss.

»Ich kann es nicht erwarten, dich wieder in mir zu haben, in unserem Bett. Da, wo wir hingehören«, wisperte sie und zog sich ihr Kleid über den Kopf.

»Fuck!«, fluchte ich, als sie plötzlich in roten Dessous, Strapsen und Heels vor mir stand. Sofort litt ich an akuter Atemnot und Blutstau in gewissen Regionen. Hinter meiner Hose pochte es heftig und ich wusste, ich würde wahrscheinlich kommen, allein wenn sie ihn ansah.

»Baby«, knurrte ich und kam auf sie zu, konnte mich nicht mehr zügeln, nicht für eine einzige Sekunde, aber sie packte mich einfach an den Schultern und drückte mich gegen die Tür. Lehnte sich an mich, rieb sich an mir.

»Nicht so schnell, Freundchen«, murmelte sie an meinen Lippen. »Unsere Beziehung hat eine neue Ebene erreicht, und ich will so einiges mit dir ausprobieren, was deinen Schwanz zum Explodieren bringen wird. Aber dafür brauche ich dich erst mal gefesselt.«

»FUCK!«, keuchte ich und schloss dann gequält die Augen. »Mach mit mir, was du willst, aber mach es schnell, sonst explodiere ich sofort!«, knurrte ich und hielt ihr meine Hände entgegen.

»Knie dich hin!«, befahl sie mit einem Mal und ich riss die Augen auf. Sah auf diese kleine, aber so starke Frau hinab, die mich fordernd und unerbittlich ansah. Mit einem »Fuck!« gab ich alles auf, meine Macht, die Oberhand, alles, was ich war, und kniete mich vor sie. Vor dieses Wesen, das mich immer und immer wieder atemlos zurückließ und so sehr faszinierte wie sonst nichts auf dieser Welt. Und wie so häufig fragte ich mich: *Wird es jemals aufhören?* Die Antwort war immer noch absolut klar. *Nein. Niemals!*

»Wer hätte gedacht, dass der große Tristan Wrangler, der absolute Obermacho, so brav und demütig sein kann!« Sie strich mir durch die Haare, trat dann an mich heran, nahm meinen Kopf und drückte mein Gesicht zwischen ihre Beine, rieb sich an mir, wobei ich hilflos aufstöhnte. »Willst du das hier?«

Das fragte sie ehrlich?

»Und wie!«, keuchte ich, und sie trat sofort zurück. Der dunkle Fleck auf ihrem Höschen zeigte mir aber, wie sehr auch sie dieses Spiel anmachte.

»Dann gib mir deine Hände.« Und so, wie sie es damals bei mir im Club getan hatte, streckte ich die Hände aus und ließ mir von ihr Handschellen anlegen.

»Oh Gott, das ist so sexy«, murmelte sie unsicher, dann zog sie mich aber auch schon nach oben und zum Bett. Sie schubste mich, sodass ich direkt mit einem Keuchen bäuchlings darauf landete. »Dreh dich auf den Rücken!«, forderte sie als Nächstes und setzte sich, nachdem ich gehorcht hatte, auf meine Oberschenkel, um meinen Gürtel zu öffnen. Dann den Knopf und anschließend den Reißverschluss meiner Hose. Dabei ließ sie nicht ein Mal meinen Blick los, auch nicht, als sie *ihn* mit zarten Fingern umschloss und ich mir auf die Lippe biss. Oder als sie ihn einfach rausholte und anfing, mir langsam einen runterzuholen.

»FUCK!«, stöhnte ich, presste die Lider zusammen und ließ den Kopf nach hinten fallen. »Baby, ich hab dich zu lang nicht mehr gefickt, bitte …«, keuchte ich. Sie lachte leise, beugte sich vor und umschloss ihn auch noch mit ihren Lippen. Meine Hüften zuckten, denn er war schon jetzt so hart wie nie zuvor. »Fuck, Mia!«, knurrte ich und sie richtete sich zum Glück wieder auf. Gerade noch so im letzten Moment.

Mein Herz erschlug mich schon jetzt von innen, mein Atem kam stoßweise und unter gesenkten Lidern sah ich sie an.

»Ein bisschen ungeduldig, der Herr, hm?« Somit gab sie mir einen Klaps auf die Eichel, worauf ich zischte. Sie stand auf, stellte sich mit dem Rücken zu mir und zog ihr Höschen hinab. Starr vor Erregung bemerkte ich, dass sie rasiert war, ihr Schlitz perfekt und feucht. Ich wollte sofort von hinten in sie stoßen. Das hätte ich auch getan, aber leider war ich gefesselt und zur Untätigkeit verdammt. Also blieb mir nichts, als geschlagen meine Augen zu schließen oder sofort zu kommen.

Fünf Sekunden darauf fühlte ich das Paradies an meinem Ficker. Mit gespreizten Beinen kniete sie sich wieder über mich und setzte ihn zwischen ihren Schamlippen an, rieb sich genüsslich an meiner Eichel, benetzte ihn mit ihrer Flüssigkeit.

»Weißt du was …«, keuchte sie, »ich halte es auch nicht mehr aus!« Damit ließ sie sich herab und schon war es vorbei. Aber zum Glück nicht nur bei mir.

Wir kamen beide sofort – heftig und kurz.

Danach beugte sie sich vor, immer noch mit meinem Schwanz in sich, der sofort weicher wurde, und küsste mich. Langsam, genüsslich und immer noch ein bisschen keuchend.

»Das war erst der Anfang, aber nötig, damit ich dich richtig genießen kann.«

»Ich verstehe«, wisperte ich und schloss die Augen, als sie sanfte Küsse über mein Gesicht regnen ließ. Über meine Nasenspitze, meine Wangen, meine Stirn, meinen Kiefer … Es war genial und ich verstand tatsächlich. Es fühlte sich an, als würden wir das erste Mal Sex haben, uns das erste Mal gegenseitig erkunden, und im Grunde war es auch so. Wir hatten uns geändert, nicht nur im Inneren, sondern auch körperlich. Sie war etwas sportlicher, hatte eindeutig abgenommen, aber nicht zu viel. Alles war straffer, aber dennoch schön gepolstert und weich. Ihr Gesicht sah erst jetzt so wirklich perfekt aus. Vollendet. Es hatte alles Kindliche verloren, schien weiblich. Ihre Züge wirkten regelrecht aristokratisch und edel.

Sie war perfekt.

Während ich unperfekter noch nie gewesen war.

Wir hatten die Rollen getauscht. Eindeutig.

Die letzten drei Tage hatte ich mich nicht rasiert und aufgrund des Komas zwanzig Kilo an Muskelmasse verloren, sodass von meinem Traumkörper nichts mehr übrig war. Dennoch sah sie mich immer noch an, als wäre ich der schönste Mensch auf diesem Planeten. Ich wusste wieder mal nicht, womit ich das verdient hatte. Aber vielleicht ist das so in der Liebe, vielleicht muss man sie sich nicht verdienen. Sie ist einfach da. Bedingungslos.

Und rein.

So wie meine Frau, die sich nun träge an meinem Hals herabküsste und dabei mein Hemd aufknöpfte, meine Brust freilegte und dort weitermachte. Ihre Zähne knabberten an meinen Brustwarzen und ihre Zunge leckte bis zu meinem Bauchnabel hinab, an der uralten, bereits verblassten Narbe entlang, während sie mich nicht nur ansah, sondern förmlich mit ihren Augen verschlang. Dann zog sie mir die bereits geöffnete Hose von den Hüften, während sie jeden freigelegten Zentimeter erkundete. Als Nächstes beschäftigte sich mit meinem Beckenknochen, meinem Schwanzansatz und ganz besonders meinen von ihr frisch rasierten Eiern, was mich wieder stöhnen und den Penner härter werden ließ. Doch sie ignorierte es, rutschte weiter nach unten und kam dann an meinen Schenkelinnenseiten wieder nach oben. Ich atmete wieder wie eine Dampflok, während der Penner mittlerweile ganz steif war und ungeduldig pochte. Also umschloss sie ihn langsam mit der Hand, umkreiste die Eichel mit ihrer Zunge und summte. »Mhmm!«

Ich keuchte noch mehr und ballte die Hände zu Fäusten, vergrub dann meine Finger in ihren Haaren und massierte ihren Kopf, schloss die Augen und fing an, träge in ihren Mund zu stoßen. Das war so verdammt gut, und da ich schon entladen war, konnte ich es ausgiebig genießen. Doch nicht lange, dann küsste sie sich wieder nach oben. Ich protestierte nur kurz, denn schon setzte sie sich über mein Gesicht – ihre perfekte kleine Pussy direkt über meinen Mund – und senkte sich herab. Sofort schnellte meine Zunge nach vorne, schnalzte gegen ihren Kitzler, weshalb sie leise aufschrie, sich aber den Mund zuhielt und dann begann, ihre Hüften im Einklang mit meinen Zungenstreichen zu bewegen. Sie lief aus und schwoll immer weiter an, ihr Stöhnen wurde immer lauter. Nichts war erotischer, als Mia in ihrer Lust aufgehen zu sehen und mir zu wünschen, ich könnte zwischen diese perfekten Schamlippen stoßen.

Ich wollte sie.

So sehr.

Und ich konnte nicht mehr warten!

Jetzt oder nie!

Mit einem Ruck, der mir zeigte, dass ich doch mehr Kraft besaß als gedacht, packte ich ihren Arsch und schleuderte uns trotz gefesselter Hände herum, stützte mich mit beiden Armen links neben ihren Brüsten ab und schob meinen Schwanz zwischen ihre Beine.

»Ich kann nicht mehr! Sorry!«, meinte ich atemlos und drang in sie ein. Etwas schief, aber trotzdem tief. Sie stöhnte schockiert auf und beugte ihren Rücken durch, ein Bein schlang sie aber sofort um meine Hüfte und schob mich noch tiefer in sich.

»FUCK!«, keuchte ich, als sie ihre Hüften bewegte, meinen Schwanz mit ihren Powermuskeln abritt, obwohl sie unter mir lag.

»Warte«, murmelte sie und verrenkte sich dann, um meine Hände zu befreien. Anscheinend reichte es ihr und sie wollte endlich wieder, dass ich sie berührte. Dabei fickte ich sie einfach weiter, weswegen ihre Hände bebten und sie sich auf die Unterlippe biss.

»Ich kann mich nicht konzentrieren, wenn du mich weiterfickst«, keuchte sie. »Halt still! Sonst kann ich die Handschellen nicht öffnen! OH GOTT, TRISTAN!« Ich hatte tiefer in sie gestoßen und gluckste leise, tat ihr dann aber den Gefallen und bewegte mich nicht. Tief in ihr, mit ihrer perfekten Pussy um mich herum. Es verlangte mir fast alles ab.

Nach gefühlten Stunden waren meine Hände endlich frei, ich konnte mich rechts und links von ihr abstützen, mich vorbeugen und sie küssen, während ich stöhnend wieder anfing, mich zu bewegen. Sie zu ficken – langsam und genüsslich.

»Du hast keine Ahnung, wie sehr ich das hier vermisst habe!«, keuchte ich zwischen jedem Stoß, wobei ich immer tiefer in sie eindrang, und musterte sie hingerissen.

»Oh doch!« An den Tränen in ihren Augen, mit denen sie mich ehrfürchtig anstarrte, während ich mich in ihr bewegte, konnte ich die Wahrheit erkennen. Für sie war das hier auch der Himmel auf Erden und sie hatte ebenfalls nicht damit gerechnet, mich noch einmal in sich zu spüren. Verbunden auf diese einzigartige Weise.

»Shhhh! Heulen verboten! Kommen erlaubt!«, wisperte ich, beugte mich vor und lehnte meine Stirn an ihre. Sie lachte leise, stöhnte mir dann jedoch ins Gesicht, als ich mit einer Hand zärtlich über ihren Kitzler rieb. »Ich liebe es, wenn du kommst. Wenn ich tief in dir bin und alles spüre«, knurrte ich und stieß härter in sie. Im nächsten Moment tat sie es auch und zwar mit einem leisen, atemlosen »TRISTAN!«

Sie explodierte direkt um mich herum und ich sah sie mir dabei genau an, fühlte sie so intensiv, als wäre es das erste Mal in meinem Leben.

WOW!

38. Der Himmel

Mia endlich wieder da wo sie hingehört Wrangler

»Oh mein Tristan«, murmelte ich, sobald die letzte süße Welle verebbt war. Ich hatte die Augen geschlossen, lag lasch unter ihm und er lachte leise. Auf diese atemberaubende Art, die mir jedes Mal aufs Neue eine Gänsehaut verschaffte.

»Immer wieder gern, Baby. Willst du gleich nochmal kommen oder erst in zwei Minuten?«

»Du bist so ein Angeber«, wisperte ich und strich träge über seinen Rücken bis in seine dichten, frisch geschnittenen Haare und zog ihn dann zu mir herab, um ihn zu küssen. Lange und ausgiebig. Er schmeckte so unsagbar genial, ich hätte ihn den ganzen Tag küssen können, den ganzen Tag unter seinem nackten Körper liegen – mit seinem immer noch harten Ficker tief in mir. Dies war der Ort, an dem ich für immer sein wollte. In diesem Bett – mit ihm ganz allein.

»Ich liebe dich«, murmelte ich an seinen Lippen und er seufzte, lehnte seine Stirn erneut an meine.

»Und ich liebe dich. Das wird sich nie ändern, egal, wie weit du mich von dir stößt.«

»Ich werde dich nie wieder von mir stoßen. Das war mir eine Lehre.«

»Sag niemals nie«, flüsterte er und musterte mich. Unsicher. Ängstlich. Mit einem Blick, den ich nur selten bei ihm gesehen hatte.

Die Zeit ohne mich musste für ihn der Horror gewesen sein, denn sie hatte ihn genauso gezeichnet wie mich. Sie hatte ihn gebrochen. Ich hatte das getan!

Wie hatte ich ihm das antun können?

»Nein! Es war meine eigene Schuld! Ich hatte diese Lektion nötig!«, unterbrach er meine Gedanken, sobald sie sich auf meinem Gesicht abgezeichnet hatten. Ja, er konnte es immer noch: Meine Gedanken lesen. Aber ich konnte das auch bei ihm. »Ich hatte es nötig, dass mir endlich mal jemand in den Arsch tritt und mir zeigt, wie es ist, völlig auf sich allein gestellt zu sein. Wie es ist, wenn mein Mädchen mich nicht mehr will.«

»Ich wollte dich – in jeder Sekunde. Es war jeden Tag ein Kampf gegen mich selbst«, wisperte ich und strich über seine Wangen, liebkoste sein perfektes Gesicht. Und das würde es immer sein, egal, wie er aussah. Auch wenn er dachte, er wäre hässlich ohne seine Muskeln, ohne seine perfekt gestylten Haare und seine Markenkleidung. Für mich war er immer noch der schönste Mensch auf diesem Planeten.

»Das konntest du ja schon immer – kämpfen«, sagte er seufzend und küsste meine Handfläche, schmiegte dann seine stopplige Wange hinein und sah mich mit seinen großen grünbraunen, verlorenen Augen an. Ich hoffte, dass dieser gepeinigte Ausdruck irgendwann wieder verschwinden würde, genauso wie seine Angst, mich wieder zu verlieren.

Auch wenn ich die gleiche Angst hatte.

Das, was ich mit Francesco oder mit meinem Vater erlebt hatte, jeder Horror in meiner Kindheit und Jugend, jeder Albtraum, war nichts gegen das Gefühl, Tristan leblos am Boden liegen zu sehen. Tot. Mit dem Wissen, ihn verloren zu haben.

Egal, wie sehr er mich zerstören könnte.

Ohne ihn war ich sowieso kaputt.

Das Gefühl, das ich dabei empfunden hatte, übermannte mich immer wieder, seitdem er wieder zu sich gekommen war. Oft kuschelte ich mich dann einfach nur wortlos an ihn, lauschte seinem Herzschlag, seinen Atemzügen, vergewisserte mich, dass er da war. Fest und stark und real. Oft hatte ich die halbe Nacht wach gelegen und ihn beim Schlafen beobachtet. Überprüft, ob er noch lebte. Das alles wusste er nicht, denn ich hatte ihm nie von diesen Ängsten erzählt. Aber mir war klar, dass er sie sehen konnte, so wie ich seine Angst sehen konnte, irgendetwas falsch zu machen, mich erneut zu verlieren und dann plötzlich wieder in ein leeres Haus zu kommen.

Wir waren zwei Idioten.

Aber das macht die Liebe wohl aus einem.

Man ist ihr hilflos ausgeliefert.

Aber erst nach den letzten Ereignissen schätzten wir wirklich, was wir aneinander hatten. Das Schicksal hatte uns in den Arsch getreten und uns gelehrt, nicht alles für selbstverständlich zu nehmen, den Moment zu genießen. Denn jeder Moment könnte der letzte sein. Will man ihn mit Stress verbringen? Mit unnötigen Sorgen? Oder will man im Hier und Jetzt leben? Jetzt, wenn es einem gut geht, wenn die Lieben gesund sind, wenn man den Atem des Partners hören und dessen Liebe spüren kann?

So viele Fragen hatten sich geklärt, und das nicht nur bei mir. Auch bei ihm.

Er zog sich aus mir zurück und legte sich neben mich, sah mir ins Gesicht, strich mit einer Hand über meinen Bauch und stützte seinen Kopf auf eine Hand. Er sah mich an, wie ich ihn immer ansah. Fasziniert und ungläubig mit dem wahr gewordenen Traum, in einem Bett liegen zu können.

»Es wird ein Mädchen, wie du dir immer gewünscht hast«, wisperte er und ich schloss lächelnd die Augen und legte eine Hand auf seine. Wohl wissend, dass er recht hatte.

Auch bei Eli hatte er sofort gewusst, dass sie ein Mädchen werden würde. Er hatte sogar behauptet, er hätte es genau geplant, weil er eine kleine Mini-Mia haben wollte. Eine, die für immer nur ihm gehörte. Als ich ihm gesagt hatte, dass irgendwann ein anderer Mann in ihr Leben käme, den sie genauso lieben würde wie ihren Papa, hatte er stundenlang nicht mit mir gesprochen, sondern nur geschmollt. Und Tristan war immer noch göttlich, wenn er schmollte. Jetzt allerdings gab er mir einen Kuss.

»Ich will sie Vivian nennen!« Ich öffnete die Augen und sah ihn verwundert an. Er lächelte breit und frech und atemberaubend. Dann grinste ich und legte auch meine andere Hand auf seine.

»Unsere kleine Mini-Hexe.«

»Hmm.« Er beugte sich vor und fing an, hauchzarte Küsse auf meinem Hals zu verteilen, weshalb ich glücklich aufseufzte.

»Wir könnten sie ihr ab und zu ausleihen, oder so«, meinte ich, und er lachte leise. Der Ton ließ mich erschauern, ebenso das Treiben seines perfekten Mundes auf meiner sensiblen Haut.

»Das könnten wir, wenn die Hexe brav ist. Fuck, Mia, ich liebe deine Lippen.« Er arbeitete sich bis zu meinem Kinn vor und strich über meinen Mundwinkel. »Ich liebe es, dass sie nur mir gehören, und das schon seit fast immer.«

OH SCHEISSE!

»Ähm«, machte ich, und er stockte, weil ich mich am ganzen Körper versteifte. Als er mich amüsiert fragend ansah, fing mein Herz an schneller zu schlagen und der Schweiß schoss aus jeder Pore. Jegliche Belustigung verflog mit einem Mal aus seinen Zügen und wich höchster Konzentration mit einem großen Hauch unterschwellig brodelnder Wut.

»WAS?«, fragte er angepisst, als ich ihn nur wie Bambi persönlich anstarrte. Meine Kehle war mit einem Mal so trocken, dass ich laut schluckte. Dann sah ich von ihm weg, blinzelte verzweifelt und überlegte, wie ich die Katastrophe noch abwenden konnte. Da fühlte ich schon seine Finger an meinem Kinn. Unerbittlich zwang er mich, ihn anzusehen. »Hast du mir etwas zu sagen, Mia Marena?« Stechend musterte er mich. Verdammt, wie konnte ein Mensch es nur schaffen, von einem Moment auf den anderen so einschüchternd zu sein?

»Ähm …«

»Außer ähm. Probier's noch mal!«, meinte er nur pseudogeduldig. Ich konnte förmlich fühlen, wie es immer heftiger in ihm brodelte.

»Also …«, fing ich an und nahm seine Hand. Langsam löste ich sie von mir, was er geschehen ließ, aber ohne mich aus dem stechenden Blick zu lassen. Sein Kiefer war verhärtet, ein Muskel an seiner Wange zuckte bereits. Langsam, als wäre er ein gleich angreifendes Raubtier, richtete ich mich auf, was er zum Glück ebenfalls tolerierte, und erhob mich. Dann ging ich rückwärts ein paar Schritte weg vom Bett. Sein Blick wurde noch stechender – noch dunkler und unheilverkündender.

»Also … es könnte sein …«, fing ich erneut an und steuerte weiter rückwärts auf das Bad zu. Er merkte, was ich vorhatte, und erhob sich gleichfalls langsam. Groß, mächtig, tätowiert, mit Dreitagebart, zerzausten Haaren, perfekten Lippen und einem atemberaubenden, so was von angepissten Gesicht, dass ich kaum weitersprechen konnte. Langsam kam er auf mich zu, während ich vor ihm wegstolperte.

»Was könnte sein, Mia?«, fragte er sanft, fast tonlos. Seine Finger zuckten und ich stolperte ein bisschen schneller weg, bevor ich es einfach ausrief.

»ICH HABE MARTIN GEKÜSST!« Und dann konnte ich nicht mehr; es war kindisch, aber ich drehte um und wollte ins Bad stürmen, hatte jedoch natürlich keine Chance.

Die Tür knallte genau vor meiner Nase zu, einen Arm streckte er an meinem Gesicht vorbei, seine Hand lehnte vor mir an der Tür und seine Knöchel waren weiß, seine Armmuskeln, die sehr wohl noch vorhanden waren, waren angespannt und sein nackter Körper hinter mir bebte.

Woah, war der schnell!

»Du hast was getan?«, knurrte er förmlich und packte meine Schulter. Mit einem Ruck wirbelte er mich herum und drückte mich mit dem Rücken an die Tür.

»Ich hab Martin geküsst!«, brüllte ich jetzt, wütend, weil er mich so behandelte. »Und weißt du was, es war beschissen, so richtig beschissen! Und du bist schuld!« Mein Gebrüll nahm ihm doch ein wenig den Wind aus den Segeln. Er runzelte die Stirn, bevor ich seine Hand wegschlug. »Wegen dir kann ich nie wieder einen anderen Mann küssen! Ich kann nicht einmal mit einem reden, ohne ihn ständig mit dir zu vergleichen! Und es gibt nun mal keinen, der so ist wie du! So … so … weißt du … ich will keinen weichgespülten Lumpen, ich will etwas mit Ecken und Kanten, etwas, an dem ich mich schneiden kann, aber das mich dennoch niemals wirklich verletzt! Ich will jemanden, bei dem ich mich beschützt fühle, jemanden mit deinen Lippen und deinem Geschmack, und jemandem, bei dem ich nicht sofort loskotze, wenn er mich küsst! Du …« Weiter kam ich nicht, weil er plötzlich eine Hand auf meinen Mund legte und mich zurück gegen die Tür drückte. Genau das war es. Ich brauchte jemanden, der so naturdominant war wie Tristan Wrangler und bei dem mein Herz sofort schlug wie verrückt, allein wenn er mich so anfunkelte wie jetzt.

»Du hast ihn geküsst und dann hast du gekotzt?«, fragte er amüsiert.

»JA!«, murmelte ich angepisst in seine Hand und er fing an zu lachen. Nun war es an mir zu schmollen.

»Das ist überhaupt nicht witzig! Er hat mir wirklich leidgetan!«

»Hast du ihm in den Mund gekotzt? Das hätte der Möchtegern-Casanova verdient!«, gluckste Tristan nur, nahm seine Hand von meinem Mund und fuhr meine Lippen nach, was kribbelte, weswegen ich seine Hand wieder wegschlug und mich ein paar Schritte von ihm entfernte.

»Ja, lach du nur! Und nein, ich habe ihm NICHT in den Mund gekotzt. Du bist so widerlich, Tristan Wrangler!« Er zuckte die Schultern. Im nächsten Moment wirbelte er mich herum und presste mich erneut gegen die Tür und zwar mit dem Hintern zu sich.

»Ja, das bin ich, Mia«, wisperte er in mein Ohr, und ich merkte schockiert , wie er mein Höschen zerriss, während er mich mit der anderen Hand festhielt. »Und weißt du, was ich noch bin? *Besitzergreifend!*«

Ich stöhnte, als er mir auf den Arsch klatschte. »Was mir gehört, gehört mir! GANZ ALLEIN! Und was mir gehört, hat keine anderen Männer zu küssen, zu berühren oder gar anzusehen!«

»Boah! Bald darf ich wohl auch nicht mehr atmen! Du bist so ein … AU!« Wieder klatschte er mir auf den Hintern und ich wurde immer feuchter.

»Was bin ich, Mia Baby?«, fragte er mit Engelsstimme.

»Ein Arsch!« Ja, mir war klar, dass so alles angefangen hatte. Das hier zwischen uns war wohl so was wie die unendliche Geschichte …

»Ich habe nie etwas anderes behauptet, Baby. Also, wo willst du es? Gleich hier an der Tür oder auf dem Balkon auf dem Geländer?« Er rieb seine Eichel von hinten zwischen meinen Schamlippen und mein Arsch streckte sich ihm ohne mein Zutun entgegen, während meine Finger versuchten, irgendwo an dem glatten Holz Halt zu finden.

»DA KANN UNS JEDER SEHEN!«

»EBEN!«

»TRISTAN!«, keuchte ich nur.

»Okay!« Da hob er mich auf die Arme, machte zwei Schritte und schmiss mich aufs Bett. Mit einem empörten Kreischen landete ich in den weichen Kissen. Wie eine Verrückte mit den Armen rudernd wollte ich mich gerade aufrappeln, da war er schon über mir und drückte mich zurück auf den Rücken, packte meine Handgelenke und pinnte sie neben meinem Gesicht fest. Ich hatte keine Chance.

Das war so sexy und er sah so absolut atemberaubend in seiner Besitzgier aus. Das Animalische strömte nur so aus jeder Pore und ließ mich keuchen.

»Wem gehörst du?«, fragte er und schob sich im selben Moment unerbittlich in mich. Ich schrie, meine Muskeln zogen sich zusammen, die Welle war fast am Brechen. »Oh, wage es nicht, jetzt zu kommen! Dafür, dass du einen anderen geküsst hast, wirst du eine sehr lange Zeit nicht kommen, Mia Marena, und das hast du ganz alleine dir zu verdanken!«

»Unten sind deine Partygäste und ich bin laut!«

»Mir fuckegal!« Noch fester stieß er in mich und ich schrie erneut auf. »Dann werde ich dir eben jetzt beibringen, leise zu sein!«, warnte er und entführte mich – wieder mal.

Einerseits war es der Himmel, mit Tristan Wrangler stundenlangen atemberaubenden Sex zu haben, andererseits die Hölle. So gegensätzlich wie der ganze Mann. Teufel und Engel in einem.

So wie jeder Mensch!

Nur auf das Gleichgewicht kommt es an. Und wir hatten es gefunden.

ENDE

Danksagung:

Okay, ich fang am besten mal gleich an, ohne großes Blabla vor dem Blabla und MIT Smiley, die mir meine Lektorin hier leider ALLE rausgestrichen hat – außer dem Herzen bei Mia Baby. Sorry, aber das musste halt sein! hehe ;)

Also! Danke an Mel, die immer an mich glaubt und Tristan wahrscheinlich genauso liebt wie ich, die ihn immer in Schutz nimmt und ihn versteht. Danke, dass du immer meinen Scheiß liest, egal, wann ich dich damit überfalle, und dass du auch sonst immer für mich da bist.

Natürlich auch ein dickes Danke an Kim, die mir zum Thema Koma sehr geholfen hat.

Danke natürlich an Nicole. Einer der wunderbarsten Menschen, die ich jemals kennenlernen durfte, und die mich auch mit meiner Autorenseite wahnsinnig unterstützt. Die jede meiner Storys kennt, die mir beim Namensuchen hilft, die mit mir spinnt, die mich nie hintergehen würde und einer der loyalsten Menschen auf diesem Planeten ist!

Danke an meine Yogalehrerin, Olga Mala (Olga Mala – Energie und Balance, bei Facebook – die ich wirklich aus dem Raum Rosenheim/Traunstein seeeehr empfehlen kann, der gerne gesünder leben und seinem Körper etwas Gutes tun möchte!), die mir so viele Weisheiten mit auf den Weg gegeben hat, von denen ich zehre und die mich wachsen lassen und die ich teilweise in diesem Buch an Euch weitergegeben habe.

Danke auch an Anke, Bella und Babels, aber das muss ich ja wohl gar nicht erwähnen. Ihr seid ein Teil von mir und werdet es immer sein. Ihr seid nicht nur Kolleginnen, sondern meine besten Freundinnen. Jede einzelne von euch!
Danke an Mandy, an Chrissi, an Antje, an PETER, an Damla, an so viele, die ich jetzt noch vergessen habe und die hoffentlich nicht sauer sind, weil sie wissen, dass ich einer der vergesslichsten Menschen dieses Planeten bin!
Danke an Alex – meinen persönlichen Tristan, dem ihr ein paar Tristantypische Sprüche und auch mehr zu verdanken habt. LOL. Danke, dass du so geduldig mit mir bist, dass du mich – die kleine Furie – erträgst. Dass du mich schon mein halbes Leben lang liebst, obwohl ich echt manchmal ein Arschloch bin. Danke, dass du immer treu bist! Danke, dass du jedem auf die Fresse haust, wenn ich das will, nein Schmarrn! Haha. Danke, dass du mir Mike geschenkt hast!!!! Dafür hab ich mich noch nie bedankt, dabei ist er das Coolste an unserem Leben. Dass du bei der Beerdigung von meinem Vater gesprochen hast und dass du dich um ihn gekümmert hast und es ihm ermöglich hast, in Würde zu gehen. Danke für die blöden Mistviecher und dass du mit Mimi rausgehst und ihr Fressen gibst und ihr Megaknochis von jedem Einkauf mitnimmst, dass du sie jeden Tag kämmst und dass du mit ihr spielst und schmust und sie über alles liebst – obwohl du immer gesagt hast: Besorg dir einen Hund, aber ich mach GAR NICHTS ;) (und jetzt machst du ALLES. Haha!) Ja okay, ich liebe dich … weißt schon … (Kacke, jetzt heul ich hier, während ich ’ne Danksagung schreibe – aber ist ja nichts Neues. lol)
Danke an meine Leser, weil Ihr … weil Ihr ausflippt, wenn ich bei FB einen bösen Ausschnitt poste, und weil Ihr mir meinen Sadismus immer wieder verzeiht und vor allem, weil Ihr Euch immer wieder auf die Reise EINLASST, auf die ich Euch

mitnehmen will. Danke für euer Vertrauen, für eure Leidenschaft und auch ein Danke an jeden Käufer, der dieses Buch auf legalem Wege erwirbt und mir ermöglicht, weiterhin den tollsten Beruf der Welt auszuüben, somit meine Familie zu ernähren und darüber hinaus noch denen zu geben, die weniger haben als ich!!!!!!! Wirklich! <3

***

Wisst Ihr, wieso ich so lange mit mir gehadert habe, diesen Teil zu schreiben, obwohl ich genau wusste, was Ihr wollt? In der *Immer wieder*-Reihe geht es mir darum, eine Botschaft zu vermitteln. Die Botschaft von den ersten Teilen war angekommen (Mobbing ist scheiße, Oberflächlichkeit ist scheiße, die wahre Liebe rules usw, Sex rules …) und es gab nichts, was ich mit Hilfe von Tristan und Mia noch sagen wollte. Aber nun hatte ich wieder eine neue Botschaft und ich musste sie einfach aufschreiben. Mein Hauptanliegen dabei war, dass es sich beim Lesen immer noch so anfühlt, als könnte das hier wirklich geschehen, als würden sie LEBEN, und dass es nicht so wirkt, als hätte ich mir nur für einen nächsten Teil etwas aus den Fingern gesaugt und die Liebe der beiden somit entweiht.
Ich denke, es ist mir ganz gut gelungen, klarzumachen, dass das Leben aus immer wiederkehrender Veränderung besteht, die einen reifen und wachsen lassen. Nichts ist immer schwarz und weiß, nichts läuft immer gut oder schlecht. Es ist ein stetiges Auf und Ab, und sich weiterzuentwickeln, ist ein ständiges Lernen von anderen. Aber wenn man sich wirklich liebt, lernt man die Welle des Lebens irgendwie gemeinsam zu reiten. Es ist oft holprig und schwer, man ertrinkt manchmal fast, aber letztendlich rettet man sich doch immer wieder gegenseitig.
So ist das doch in der Liebe und vor allem in der Ehe.

Mal im Ernst. Sobald man sich das Jawort gegeben hat, fängt der Kampf doch erst wirklich an, aber es lohnt sich zu kämpfen – immer und immer wieder.
Finde ich zumindest.
Also gebt nicht auf, egal, wie ausweglos die Situation erscheint. Passt Euch an, verändert Euch, seid flexibel nach außen, aber stark im Inneren. Denn jeder von Euch besitzt eine Stärke, die sich erst dann entfaltet, wenn man sie wirklich braucht.
Ich hoffe, ich konnte Euch wie immer nicht nur unterhalten, sondern vielleicht sogar etwas mitgeben, von dem Ihr nach dem Lesen dieses Buches zehren könnt, worüber ihr vielleicht später noch lachen oder schmunzeln oder nachdenken könnt – denn das macht doch ein gutes Buch aus, oder? Ich hoffe einfach, Ihr hattet eine schöne Zeit!
Mit gaaaaaaaaaaaaaaaaaaaaaaaaaaaaaaaaaaaaaaaaaaaaaaaaaaaaaaaaaaaaaaaanz viel Liebe (denn Leute, wir müssen ECHT mehr lieben und lachen ;)!
Eure (Hippie-)Bethy! Lol

Ausschnitt aus der Dark Love – Reihe.

Band Zwei

Anonymität, Distanz und Kontrolle – das ist David Porter. Bis die rebellische Buchhändlerin Elisabeth Baker seinen Weg kreuzt. Und zwar ausgerechnet in jenem Luxushotel, wo er Tag für Tag die verschiedensten Frauen zum Spielball seiner dominanten Vorlieben macht.

Als ihn eines Abends eine Wette dazu bringt, die einsame Frau an der Bar zu verführen, ist es mit der Eintönigkeit in seinem Leben schlagartig vorbei. Zum ersten Mal in seinem Dasein ist er gezwungen, sich um jemanden zu kümmern außer sich selbst. Doch sogar im betrunkenen Zustand raubt Elisabeth ihm völlig den Atem und überrascht ihn wie noch keine zuvor.

Genauso wie er sie, obwohl sie gegensätzlicher nicht sein könnten. Auch wenn die gesellschaftlichen Hürden unüberwindbar scheinen.

Wird Liz dazu imstande sein, ihr Naturell zurückzudrängen und sich David zu unterwerfen, um dieser ungewöhnlichen Liebe eine Chance zu geben?

»Elisabeth hat die Angewohnheit, ihre Krallen auszufahren.

Schön, dann werde ich eben Dompteur.«

Die Dark Love Reihe – Liebe ohne Hard Limits.

Romantisch/erotische Geschichten über Dominanz und Unterwerfung, Grenzüberschreitungen, falsche Motive, die einzig wahre Liebe und wie sich Menschen für diese ändern können.

Alle Teile handeln von anderen Protagonisten und sind in sich abgeschlossen.

Kapitel 1

»Die haben alle echt ’nen soooo langen Stock im Allerwertest’n … dass er aus’m … Mund schon wieda rausschaut!«, lalle ich und hebe mein Glas dem netten Barkeeper zum Nachschenken entgegen. Er runzelt zwar die Stirn, folgt aber meiner Aufforderung. Schließlich befinden wir uns in einem LUXUS-HOTEL und hier hat jeder Unwürdige zu springen, sobald es die anwesenden Gockel und Hennen verlangen. Denn ja, das sind sie. Aufgeplustert, unecht, nur am Gackern und Krähen.

Was wissen die schon von den Problemen einer 25-jährigen Buchladenbesitzerin, die sich mehr schlecht als recht durchs Leben schlägt und lediglich per Zufall einen einwöchigen LUXUS-Aufenthalt in dieser Irrenanstalt gewonnen hat? Nichts. *Gar nichts!*

Dabei habe ich nicht mal bei dem Gewinnspiel mitgemacht, sondern meine Schwester! Sie meinte, ich müsse endlich mal die Nase aus den Büchern nehmen und stattdessen am wahren, am *normalen* Leben teilnehmen, einfach mal rauskommen. Aber wenn dieser Albtraum hier das wahre und normale Leben sein soll, dann bin ich eine Kuh in roten High Heels. Schön schwarz-weiß gefleckt und permanent wiederkäuend.

Ähnlich wie die Frau drei Hocker weiter …

Ich proste ihr mit einem »Muuuuh!« freundlich zu, worauf sich ihre stark geschminkten Augen weiten und ich kichern muss, bevor ich mir den aktuellen Drink in einem Zug genehmige.

Wenn ich hier schon den All-Inclusive-Wahnsinn habe, dann muss ich ihn auch nutzen! Nüchtern ist diese Prahlerei unmöglich zu ertragen!

Im Augenwinkel sehe ich, wie sie sich bei ihrem Kerl beschwert, einem dickbäuchigen Anzugträger, der natürlich nicht direkt für seine Frau einsteht, sondern es an einen der Kellner weiterleitet. *Lusche!*

Formvollendet werde ich von diesem zurechtgewiesen, woraufhin ich nur abwinke und ein »Ja, ja, du mich auch …« murmle. Dann proste ich dem Pärchen nochmals zu und knalle mein Glas derart laut auf den Tresen, dass sie zusammenzucken. Wenigstens eine kleine Genugtuung, bevor ich mich vom Hocker schiebe, den beiden Snobs noch zuwinke und die Toiletten ansteuere. Dabei ahme ich die aufgetakelten Tussis um mich herum nach, indem ich versuche, übermäßig elegant zu wirken, auch wenn meine Umgebung stark ins Wanken gerät.

Mein Geschäft erledige ich, ohne danebenzutreffen, obwohl ich die frei schwebende Prinzessin mache. Als würde ich mich in diesem Nobelschuppen, in dem es nur auf den Schein ankommt, hinsetzen. Wahrscheinlich hole ich mir hier schneller etwas weg als auf jedem x-beliebigen Bahnhofsklo.

Das Händewaschen vergesse ich auch nicht, reinlich, wie ich bin, und befeuchte meinen Hals mit etwas kühlem Wasser, denn mein Gesicht glüht förmlich. Das passiert immer, wenn ich Alkohol trinke, was aber noch nie in diesem Ausmaß geschehen ist. Aufgrund meiner hellen Haut erinnern meine roten Wangen dann immer ein wenig an den Weihnachtsmann. Nicht gerade attraktiv. Genauso wenig wie meine langweiligen braunen Haare mit dem ekelhaften roten Stich, die grüne Bluse und die braune Cordhose – mit Schlag! Das ist schließlich voll im Trend – zumindest war es das, als ich das letzte Mal eine Modezeitschrift las – so ungefähr vor zehn Jahren.

Glücklich zurückgetorkelt lasse ich mich wieder auf meinen Hocker plumpsen und bestelle die nächste Runde. Die Uhr an der Wand verwischt bereits, zeigt aber, dass ich noch genug Zeit habe, um mich ins Koma zu befördern.

Die nächste Erdnussladung muss daran glauben, während ich meinen Blick durch die stilvoll eingerichtete, jedoch komplett unpersönliche Bar schweifen lasse, in der Fünfzigerjahre-Musik spielt. Mir wäre ein bisschen Rock lieber! Aber die Anwesenden würden sicher einen Kulturschock bekommen, also einen noch größeren als den, den allein mein Auftreten verursacht.

Egal, wohin ich schaue, mir bietet sich immer das gleiche Bild: Arroganz, Überheblichkeit und Geld!

Wenn emotionale Armut der Preis für materiellen Luxus ist, dann bin ich nicht bereit, diesen zu zahlen. Denn die Menschen um mich herum wirken wie ferngesteuerte Roboter. Unecht. Sie stellen ihren Status zur Schau, weil sie es nicht anders kennen, und nichts anderes als diesen zu bieten haben. Dabei interessieren sie ihre Mitmenschen einen Dreck. Schon allein, weil sie der Meinung sind, Geld mache sie zu etwas Besserem. Dabei sind sie allesamt gefühlskalt und innerlich tot.

Einer wie der andere …

Als wäre er von einer unsichtbaren Macht angezogen, strandet mein Blick in einem anderen – stechenden, intensiven … und mir stockt der Atem, sobald mir klar wird, dass ich gerade einem dieser Gockel frontal in das attraktive Gesicht starre! Verdammt!

Schnell senke ich die Lider, fühle aber, wie meine Wangen noch heißer werden, und wende mich dem Kellner zu, um noch einen Drink zu bestellen. Wenig später sauge ich verhalten an dem Strohhalm. Dabei frage ich mich, ob der mich immer noch ansieht, und als ich versuchsweise wieder zu ihm linse, realisiere ich, dass er mich nicht nur immer noch anstarrt, sondern auch noch GRINST.

Auffordernd, selbstsicher, mit einem Lächeln wie aus der Zahnpastawerbung!

VERDAMMT! Jetzt hat er mich schon zweimal beim Starren erwischt und wertet es mit Sicherheit als Aufforderung … *Er steht auf!*

Ich stelle den Drink zur Seite, drehe mich ganz von ihm weg, zeige ihm die kalte Schulter, und versuche, mein plötzlich rasendes Herz zu beruhigen. Und obwohl ich es nicht will, spähe ich wieder zu ihm … nur um mit Horror zu bemerken, dass er die schummrige Bar einfach in einen Laufsteg verwandelt, über den er locker auf mich zuschlendert. Mit seinem blöden schwarzen Markenhemd und eine Hand lässig in seiner blöden schwarzen Markenhose vergraben. Mit seinem blöden dunklen, gelbearbeiteten Haar und … noch blöderen stechend hellen Augen, die mich fixieren, als wäre ich ein saftiges Steak und kein denkendes, intelligentes Wesen!

Sein Auftreten bringt mich völlig durcheinander.

Kann er nicht diese High-Heels-Kuh ihrem fetten Kerl ausspannen, muss er sich direkt neben mir an der Bar platzieren, seine Ellbogen locker hinter sich anlehnen und mich mit schief gelegtem Kopf anstarren? Ich merke es ganz genau, auch wenn ich wieder in mein fast leeres Glas blicke. Geräuschvoll sauge ich am Strohhalm, bis es blubbert, ignoriere ihn komplett, obwohl mich mein Herz inzwischen von innen erschlagen will.

Währenddessen lege ich mir bereits die passende Abfuhr zurecht. Aber der Kerl quatscht mich einfach nicht an! Egal, wie lange ich schlürfe!

Was soll das denn jetzt?

Er starrt. Aber er sagt nichts. Ist der ein Psychopath? Ein bisschen hohl in der Birne? Also noch hohler als der Rest hier?

Was ist das denn jetzt für ein Spiel?

Dann spricht er, aber nicht etwa mit mir. Knapp wendet er sich an den Barkeeper, und ob ich will oder nicht, diese geschmeidige, tiefe Stimme setzt sofort meinen Unterleib in Brand.

»Sie bekommt nichts mehr!«

WAS?

Ich wirble zu ihm herum, zu baff, um im ersten Moment die richtigen Worte zu finden. Aber er nimmt nur mysteriös grinsend drei Gläser mit irgendeinem nicht zu identifizierenden Inhalt entgegen, die er nicht mal bestellt hat, ignoriert mich nun völlig und marschiert mit seinem Gesöff davon!

Das ist ja wohl …!

»Du hörst jetzt aber nicht auf den Gockel, oder?«, frage ich den Keeper völlig entrüstet, nachdem ich mehrmals geschluckt und meinen Blick von ihm losgerissen habe.

Der poliert lakonisch seine Gläser und zuckt die Schultern. »Ich muss.«

»Aha …«

Ich sehe zu ihm und seinem blöden Tisch, an dem er mit zwei anderen hirnlosen Anzugträgern sitzt und lacht. Und er sieht verdammt atemberaubend dabei aus!

Dieser Gedanke und der Umstand, dass er mir den Alkohol genommen hat, lässt mich meine Fäuste ballen und die Augen verengen!

Das bedeutet Krieg!

Bereit zu allem schlüpfe ich vom Hocker, nur um im letzten Moment mit einem beherzten Griff zu verhindern, dass ich auf die Nase falle, und taumle auf ihn zu. Dabei fühle ich mich ein wenig wie ein Zombie, als wäre ein Bein zu kurz und das andere zu lang und irgendwie sind meine Knie auch ganz wabblig. Trotzdem humple ich tapfer weiter und schere mich nicht darum, wie ich auf andere wirke.

Dem werde ich zeigen, mit wem er sich gerade angelegt hat!

Kapitel 2

Und wie ich es ihm zeige!

Kommentarlos stelle ich mich direkt vor ihn.

Gerade in dem Moment, als er seinen Drink hebt und an seinen zugegeben ziemlich schönen Mund führt – aber Schönheit ist hier ja nichts Außergewöhnliches –, schnappe ich mir sein Glas direkt aus seiner Hand und schütte es mir mit einem Ruck in den Rachen!

Es ist Whiskey oder etwas anderes Hochprozentiges und meine Kehle brennt sofort lichterloh. So hartes Zeug bin ich einfach nicht gewöhnt. Eigentlich wollte ich ihn dann noch ganz cool anlächeln und davonmarschieren, stattdessen fange ich an, wie eine Verrückte zu husten.

Verdammt!

Kann nicht einmal etwas NICHT schiefgehen in meinem Leben?

Zuerst ist er damit beschäftigt, mich absolut baff anzustarren – allein der Ausdruck war diese Aktion wert –, doch dann reißt ihn einer seiner Gockel-Freunde aus der Starre, indem er ihm seinen Ellbogen in die Seite rammt und verhalten fragt: »Ähm … solltest du ihr nicht auf den Rücken klopfen, bevor sie umkippt?«

Er verdreht die Augen, schmunzelt boshaft, verschränkt die Arme und lehnt sich entspannt zurück, als wäre er im Kino! »Wieso?«

WAS FÜR EIN ARSCH!

Der Ellbogen-Spießer erbarmt sich schließlich, steht auf und übernimmt es an seiner statt. Gleichzeitig bestellt er ein Glas Wasser. Dann nimmt er mich an den Schultern und drückt mich auf seinen Stuhl, während ich nun damit kämpfe, dass das Husten nicht ins Würgen übergeht und Tränen meine Wangen hinablaufen. DAS IST SO PEINLICH!

Am liebsten würde ich im Erdboden versinken! Und als wäre das noch nicht genug, beugt sich der Arsch über den Tisch direkt zu mir, sieht er mir tief in die Augen und grinst mich teuflisch an.

»Siehst du … das passiert, wenn kleine Mädchen mit den Großen spielen wollen.« Seine Stimme ist wie flüssiges Feuer, das mich sofort in Brand setzt.

In diesem glorreichen Moment stellt der Kellner das Glas Wasser zwischen uns auf den Tisch, welches ich reflexartig ergreife und ihm den kompletten Inhalt ins Gesicht schütte. Wieder ist sein Ausdruck Gold wert, und ich erhebe mich – nun selber breit grinsend.

»Und das passiert, wenn man ein Idiot ist!« Somit drehe ich mich um und … marschiere davon … taumelnd … und stolpernd. Aber mit erhobenem Kopf!

ER

Was für ein mutiges, kleines Miststück!

Dieses Feuer in ihren dunklen Augen!

Wenn sich ein Lamm derart mit einem Löwen anlegt, dann muss es mehr zu bieten haben, als es den Anschein macht, oder total wahnsinnig sein! Aber vielleicht ist sie auch selber eine Löwin …

Das geht mir spontan durch den Kopf, als sie absolut besoffen davonwankt und um die Ecke biegt. Ich checke nicht mal ihren Arsch ab oder andere körperliche Attribute, die bei einer Frau von Bedeutung sind.

Da existiert nur dieser eine Gedanke in mir. Wild und ungezügelt. Rau und … alles einnehmend.

Sie soll nicht nur mir gehören! Oh nein! Dieses Miststück soll darum BETTELN, mir gehören zu DÜRFEN!

Ich weiß nicht, wer sie ist, woher sie kommt oder ob sie rein visuell meinen Ansprüchen genügt, aber eins ist klar: So etwas lasse ich mir nicht bieten!

Von keiner!

Niemals!

Also erhebe ich mich kurzerhand, ohne mich um das Wasser zu kümmern, das aus meinem Haar auf meine Schultern tropft und über mein Gesicht rinnt, und … stapfe ihr hinterher. Die Hände zu Fäusten geballt. Nur ein Ziel vor Augen. Ihre Unterwerfung!

***

Als ich um die Ecke biege, sehe ich gerade noch, wie sich die Türen von einem der drei Aufzüge hinter ihr schließen, aber nichts da. Mit einem Sprung überbrücke ich die Distanz und kann gerade noch meinen Fuß in den Spalt schieben. Die Türen gleiten wieder auf und riesige braune, verängstigte Augen starren mich schockiert an.

Ich grinse mein Verführergrinsen und schiebe mich zu ihr in den verspiegelten Raum. Sie drängt sich mit dem Rücken an die Wand, als ich an ihr vorbeigreife, meine Karte in den vorgesehenen Schlitz stecke, und mein Stockwerk auswähle. Dann drücke ich auf den Knopf, damit die Türen umgehend zugleiten, ehe andere Hotelgäste in unseren Aufzug steigen können, und wende mich ihr zu.

Mit einem »So!« stütze ich den Arm neben ihr an der Wand ab und dränge sie somit in die Ecke – nicht nur bildlich gesprochen.

Jetzt im Moment ist das Feuer etwas kleiner, etwas verhaltener, weil sie so schockiert ist, dass ich ihr gefolgt bin, doch sie wird sich schon bald erholen und für den nächsten Knaller sorgen. Dem muss ich vorbeugen und ihr erfolgreich den Kopf verdrehen, so wie jeder anderen Frau, die meinen Weg kreuzt!

»Du meinst also, ich bin ein Idiot? Dann frage ich mich, ob ein Idiot das hier kann!« Mit diesen Worten packe ich mit einer Hand ihr Gesicht, drücke sie ruckartig mit meinem Körper in die Ecke, sodass sie sich nicht mehr rühren kann und … küsse sie!

Kapitel 3

SIE

WAS BILDET DER SICH EIN?

Das ist mein erster Gedanke, als sich seine Lippen erbarmungslos auf meine legen.

DIE SIND ABER WEICH!

Ist mein zweiter!

ABER *ER* IST HART!

Ist mein letzter …

Dann verabschiedet sich mein Gehirn, denn ich stöhne auf, und mit diesem Stöhnen öffnet sich mein Mund. Sobald das geschieht, berührt seine Zunge meine. Seine seidig weiche, süße Zunge und dann … stellt er Dinge mit meinem Mund an, die mich an Sex erinnern – an harten, tabulosen, versauten Sex. Nicht dass ich solchen schon mal selber in der Art genossen hätte, aber ich weiß aus etlichen Erotikromanen, die ich an einsamen Abenden verschlungen habe, wovon ich rede. Und das hier … ist besser als jeder Roman! Eindeutig!

Alle Männer vor ihm waren absolute Kussstümper! Das wird mir nun klar … und meinem Körper auch, der schon so lange auf kaltem Entzug ist, dass er eigentlich nicht mehr wissen sollte, was als Nächstes zu tun ist. Er weiß es aber … sehr wohl!

Ein Bein hebt sich ganz von alleine und schlingt sich um seine Hüfte, sofort reibe ich mich an der harten Delle in seiner Hose, was ihm ein verwundertes Stöhnen entlockt und mich nur noch mehr anheizt.

Ich schwöre, ich bin bereits kurz davor zu kommen, doch gleichzeitig … erhebt sich plötzlich mein Mageninhalt aus einem mysteriösen Grund und … ich kann ihn gerade noch von mir stoßen, bevor der gesamte Alkohol des Abends mit einem unliebsamen Platschen neben uns auf dem Teppichboden des Aufzugs landet.

ER

»Verdammte Scheiße!«, fluche ich total angewidert, während ich angeekelt auf das Desaster vor mir blicke. Sie auf Knien, im Grunde so, wie ich sie gern möchte, nur leider am Würgen. Mir kommt die Galle hoch und verzweifelt schlage ich auf irgendwelche Knöpfe ein, um diesem Horror zu entrinnen, doch es gibt kein Entkommen, zumindest nicht in den nächsten Sekunden. Kalter Schweiß bricht mir aus allen Poren; vehement versuche ich durch den Mund zu atmen und kämpfe gegen den Drang, mir die Ohren zuzuhalten. Ich kann so etwas einfach nicht ertragen – zumindest, wenn es sich um eine fremde Person handelt! Bevor die Türen des Aufzugs mit einem erleichternden *PLING* aufgehen können, ist sie schon fertig und lehnt sich abgekämpft nach hinten an die Wand.

Und dann lacht sie!

»Siehst du! Du bist nicht nur ein Idiot, sondern auch zum Kotzen!«

Im nächsten Moment schluchzt sie plötzlich auf, schlägt die Hände vors Gesicht und rührt sich nicht, bis wir in der richtigen Etage ankommen. Es macht *PLING*! Endlich! Die Türen gleiten auf und ich … stehe da und starre auf die nun schluchzende, winzige Frau hinab, die mir gerade mein Hirn aus dem Schädel geküsst hat.

Und egal, wie sehr ich es versuche, ich kann mich nicht dazu bringen, sie in diesem Zustand allein zurückzulassen. Selbst ich bin nicht so ein Arschloch, und so seufze ich schließlich, gehe vor ihr in die Hocke und weiß, ich werde es bereuen, als ich sie auf meine Arme hebe. Natürlich passe ich dabei tierisch auf, um ja nicht etwas von ihrem Mageninhalt zu berühren, der immer penetranter stinkt.

Sie ist total hinüber, schluchzt und schnieft und rotzt mein Armani-Hemd voll, klammert sich aber an mir fest und lässt zu, dass ich mit ihr mein Penthouse betrete.

»Es is alles so scheiße!«, lallt sie, während ich mir die Schuhe abstreife und in mein Gästezimmer marschiere. »Ich hab kein Geld, keine Freunde, nur meine Schwesta und imma … passiern mir die … peinlichst'n … Sach'n … Wieso immer ich?«, jammert sie weiter und ich verdrehe die Augen.

Statt einer Antwort, die ihr sicher nicht gefallen würde, lasse ich sie unsanft auf einen Sessel plumpsen und will in mein Schlafzimmer verschwinden. Hauptsache weg von diesem Kotzgeruch! Doch sie packt plötzlich meine Hand und hält mich auf, klammert sich daran fest, als würde es um ihr Leben gehen. Ratlos stehe ich vor der weinenden, kleinen Löwin, die plötzlich jeglicher Mumm verlassen hat und nun wie ein begossener Pudel wirkt – einer mit Kotzspritzern. »Wieso … kann ich nich einfach … normal … sein?« Mit ehrlicher Verzweiflung im Blick sieht sie zu mir auf und fordert tatsächlich eine Antwort.

Während ich ihr Gesicht betrachte, bemerke ich es das erste Mal: Sie ist schön. Eben WEIL sie nicht dem gängigen Bild entspricht! Dafür sind ihre Lippen zu schmal, ihre Nase zu krumm und ihre Augenbrauen einen Tick zu dick. Aber ihre Haare sind fest, glänzend, mit leichten Wellen und naturfarben dunkelbraun – andere Frauen würden für solches Haar sicher töten.

Ihre Wangenknochen sind hoch, obwohl sie durch die tomatenrote Färbung im Moment nicht gerade edel wirken. Ihre Augen sind groß und unschuldig, rein und offen. Die Iris schimmert in dem appetitlichsten Honigbraun – eine wirklich seltene Farbe! Und ihr Auftreten vorhin war tatsächlich alles andere als normal.

Sie hat es geschafft, mich innerhalb von Minuten zur Weißglut zu treiben – das gelingt nur den wenigsten – und mich sofort damit gefesselt. Ob ich wollte oder nicht.

Diese Frau entspricht dem völligen Gegenteil von dem, was ich brauche! Aber vielleicht ist es an der Zeit, neue Wege zu beschreiten.

Sie hat die Angewohnheit, ihre Krallen rauszufahren. Schön, dann werde ich eben Dompteur.

Mit wilden Löwen ist es umso vieles aufregender als mit zahmen, abgerichteten Lämmern.

Allein der Gedanke fühlt sich aufregend an, so aufregend wie schon lange nichts mehr …

Was eigentlich als Wette angefangen hat, entwickelt sich in rapider Geschwindigkeit zu etwas ganz anderem.

Ja, das tun wir jeden Abend. Wir sitzen in diesem Hotel, in dieser Bar, und der Arsch des Abends bekommt von den anderen die Vorgabe, welche Tussi er abschleppen soll. Je schlimmer, desto besser! Uns ist eben langweilig! Dieses Mal war ich an der Reihe und meine Begleiter zeigten sofort auf sie.

Mein Glück, das ihnen entging, was in diesen grauenhaften Klamotten steckt. Allein ihr Kuss deutete an, was sie draufhat!

Alles Weitere will ich liebend gern auch erfahren, diese Lippen noch an ganz anderen Körperteilen spüren, aber nur wenn sie verdammt noch mal nicht nach Kotze stinkt!

Ich werde sie waschen. Und danach kann ich sie in aller Ruhe vögeln – die ganze Nacht.

Also zucke ich mit den Schultern und erinnere mich an ihre Frage. »Normal ist keiner.«

Kurzerhand bücke ich mich und ziehe sie auf die Füße. Mit einem Quietschen knallt sie mit voller Wucht gegen meinen Körper. Sie ist wirklich total wacklig auf den Beinen, und ich überwinde mich erneut und hebe sie auf meine Arme. Dort hängt sie wie ein Sack Kartoffeln, aber nicht mehr heulend, sondern kichernd.

»HUI!« Wild fuchtelt sie mit den Armen und tut so, als würde sie fliegen, während ich so schnell wie möglich losgehe. Etwas zu schnell! Ihr Kopf knallt gegen einen Schrank, und ich zucke zusammen. »Woahhhhh …!«, ruft sie und fasst sich an die Stirn. Sie ist also nicht tot.

»Jetzt … is mir wieda schlecht!«, beschwert sie sich und ich bin versucht, sie kurzzeitig ganz K.O. zu setzen. Das tue ich natürlich nicht, sondern renne los. Ich achte darauf, dass sie sich nirgendwo erneut anschlägt, auch nicht am Türrahmen, als ich das Bad stürme und sie gerade so vor dem Klo platzieren kann. Sie wankt gefährlich, aber trifft, und ich flüchte aus dem Raum, um ein paar Pfefferminzbonbons zu organisieren.

Als das epische Gewürge vorbei ist und Ruhe über Manhattan einkehrt, linse ich vorsichtig durch den Spalt. Sie hängt nach wie vor über der Kloschüssel und atmet langsam ein und aus. Außerdem schnarcht sie! Verdammt! Jetzt ist sie auch noch eingepennt! Murrend und motzend stapfe ich zur ihr und spüle als Allererstes diesen widerlichen Gestank weg. Als Nächstes reiße ich das Fenster auf und versprühe eine gute Portion Raumspray.

Erst dann tippe ich sie mit dem Fuß an. »Hey!« Sie regt sich nicht, weshalb ich seufzend vor ihr in die Hocke gehe, ihr das feuchte Haar aus dem verschwitzten Gesicht streiche, und hauche: »Aufwachen, Dornröschen, wir müssen noch ficken!« Sie schlägt verschlafen mit der Hand nach mir.

»Geh weg! Noch fünf Minut'n!«

Nichts da!

Ich bin ein Mann mit einer Mission und von der wird mich ein bisschen Rumkotzerei nicht abhalten!

Entschlossen greife ich nach dem sauberen Glas am Waschbecken, fülle es mit kaltem Wasser und schütte es ihr ins Gesicht.

Sie schreckt sofort auf. »NICHT SCHON WIEDER DER PINGUIN!«, schreit sie total zusammenhanglos, ich hebe sie aber schon an den Oberarmen auf die Toilette und drücke sie gegen die Wand, damit sie nicht umfällt.

»Ich geb dir gleich Pinguin!«, murmle ich und stopfe ihr zwei von den Minzdingern in den Mund. Sie lutscht brav mit einem »Mhhmmmm«, während ich mich bereits darauf konzentriere, sie schnell und effizient zu entkleiden. Eine meiner Königsdisziplinen, und in diesem Fall wirklich angebracht, es schnell zu tun. Nur nicht hinsehen, lautet die Devise! Wie bei über sechzig Jährigen am Strand.

Ich kann allerdings nicht ignorieren, dass ihre Unterwäsche aus exquisitem Stoff besteht.

Als die Verpackung entfernt ist und sie schwankend und mit geröteten Wangen vor mir steht, verschlägt es mir die Sprache.

Nicht nur ihr Blick ist rein und unverbraucht, auch ihr Körper. Absolut natürlich, dennoch makellos, mit weiblichen, aber nicht zu ausschweifenden Rundungen an genau den richtigen Stellen und von hektischen roten Flecken überzogen. Ich liebe es, ihre Reaktionen auf meinen Blick so direkt beobachten zu können. Sie könnte ihre Erregung nicht einmal im Traum vor mir verstecken. Wetten, dass rote Striemen auf diesem Kunstwerk absolut genial aussehen würden …

Ich sehe sie bereits vor mir … an ihren runden Brüsten mit den rosa empfindlichen Nippeln … an ihrem Bauch, aber vor allem auf ihren Oberschenkeln und einem Hintern, welcher der Vorderseite sicher in nichts nachsteht. Aber natürlich muss ich das erst überprüfen. Ausgiebig.

Das Gefühl, sie besitzen zu wollen, wird immer stärker und erschreckt mich in seiner Intensität. Ich kann kaum atmen, möchte sie sofort an mich reißen und ihr zeigen, wem sie gehört. Aber das geht nicht.

Erstens: die Kotze.

Zweitens: Sie hat einen Busch und der ist dichter als jede verdammte Hecke!

Den gilt es vor allen weiteren Maßnahmen zu beseitigen, also kommandiere ich mit einem strengen Blick: »Sitz!«, und gehe zur Badewanne, wo ich Wasser einlaufen lasse und etwas Öl hineinträufle. Sie setzt sich tatsächlich auf die Toilette, lehnt ihren Kopf an die Wand und … fängt dann in Zeitlupe an herunterzurutschen!

Verdammt!

Sofort bin ich wieder bei ihr und hebe sie hoch, lege die paar Schritte zur Wanne zurück und lasse sie vorsichtig in das Wasser gleiten. Sie seufzt wohlig und lächelt, entspannt sich so sehr, dass ich es nicht wage, meine Arme wegzuziehen. Die Wanne ist für mindestens zwei Personen gedacht, sie würde gnadenlos absaufen ohne Rettungsanker, so sehr entspannt sie sich.

»Braves Mädchen …«, wispere ich und beobachte verträumt ihr schönes Gesicht.

Mindestens eine kleine Ewigkeit lang.

Als mir aufgeht, *was* ich da tue, lasse ich meinen Blick über ihren Körper schweifen und stöhne verhalten, während es in meiner Hose zuckt.

Mit einiger Willenskraft besinne ich mich auf meine eigentliche Aufgabe, halte sie mit einer Hand und wasche mit der anderen ihren Körper. Sie seufzt dabei auch noch lüstern und drängt sich meinen Fingern entgegen. Ihre Haut ist so weich und seidig und glitschig, dass es an Folter grenzt, sie zu säubern, ohne in meine Hose zu kommen.

Ich schaffe es!

Knapp …

Als dieser widerliche Geruch nicht mehr an ihr haftet und sie stattdessen frisch duftet – inklusive ihrer Haare –, hebe ich sie aus der Wanne. Sie spielt währenddessen immer noch die Entspannte und lässt sich völlig hängen. Mit einer Hand drücke ich sie an mich – dass meine Kleidung nass wird, ist dabei zweitrangig –, mit der anderen zerre ich zwei Handtücher aus dem Regal und klemme sie mir zwischen die Zähne.

Dann hebe ich sie wieder hoch und trage sie zum Bett. Mit einigem Geschick platziere ich ein Handtuch unter ihr, denn ich hasse nasse Bettlaken, mit dem anderen trockne ich sie ab … während sie genüsslich aufstöhnt. Feuchtigkeit glitzert einladend zwischen ihren Beinen und ihre Hände verkrallen sich in den Laken.

Der Schweiß rinnt mir bereits über den Körper, aber ich muss sie erst rasieren. Ich bin froh über die Selbstbeherrschung, die ich mir mit all den Frauen vor ihr aneignen konnte.

»Ruhig, Baby …«, wispere ich und lasse sie kurz zurück, um eine Schüssel Wasser und meinen Rasierer zu holen. Allerdings verzichte ich auf den Rasierschaum, der würde nur das Bett ruinieren und ihren natürlichen Geruch überdecken. »Beweg dich nicht, sonst binde ich dich fest!«, fordere ich. Sie gehorcht jedoch nicht, und das ist mir zu heikel. Auf keinen Fall darf ich diese perfekte Haut verletzen!

Weswegen ich kurzerhand aufstehe und zu meinem schwarzen Schrank gehe.

»Ich habe dich gewarnt!«, murmle ich düster und befestige ihr langes, Gott sei Dank rasiertes Bein in der Schelle, die durch eine Kette am Bettpfosten verbunden ist. Die Kette ist dort immer, genau genommen gibt es eine an jedem Bettpfosten. Es existiert auch ein Himmelbett, nur nicht aus Stoff, sondern aus Gitter, an dem ich gewisse Fesselungsutensilien befestigen kann. Und obwohl es eher wie das Bett eines Teufels wirkt, nehmen alle an, sie hätten es mit Gott zu tun, wenn sie sich in diesem befinden.

So wird es ihr auch gehen … *wenn* sie noch so lange wach bleibt. Etwas Gutes hat ihr ständiges Wegnicken, sie stört mich nicht weiter während der penibelsten Rasur, die ich jemals in meinem Leben vorgenommen habe. Genüsslich schmatzend schlummert sie vor sich hin, und schon bald bietet sich mir das schönste Bild, welches ich jemals gesehen habe. Ihre blank rasierte Vagina. Ich möchte mich vorbeugen und mein Gesicht darin vergraben, dann will ich diese schimmernde Feuchtigkeit genüsslich von jedem Zentimeter dieser süßen Haut lecken, bevor ich meinen Schwanz an ihr reibe und … Stopp! Zurückspulen … So weit sind wir noch nicht. Noch lange nicht.

Erst … wird sie betteln. Ich mache ihre Beine wieder los, weil ich sie so wehrhaft haben will wie da unten an der Bar, stehe auf und entkleide mich. Dann lege ich mich neben sie auf das Bett, streiche ihr mit dem Handrücken über die Wange und murmle: »Nein, normal bist du wirklich nicht …«, bevor ich weiter hinabgleite, über ihren Hals, das zarte Schlüsselbein und zwischen ihren Brüsten entlang. Sie regt sich, stöhnt leise, ihre Lider flattern, aber sie offenbart mir nicht das Feuer in ihren Augen. Sie bleiben geschlossen und trotzdem streckt sie mir ihre Hüften entgegen und hebt sie leicht nach oben, als ich an ihrem Bauch hinabgleite … bis zu ihrem Venushügel.

Mit zusammengebissenen Zähnen fixiere ich ihr Gesicht, und so bemerke ich natürlich genau ihr erzürntes Stirnrunzeln, als ich im letzten Moment abdrehe und meine Hand wieder nach oben wandern lasse – diesmal zu ihren Brüsten, was ihre aufkeimende Wut etwas besänftigt und sie leise aufstöhnen lässt. Dabei windet sie sich ein wenig, lässt sich völlig gehen und genießt meine trägen Bewegungen. Sie ist so unsagbar erotisch …

Aus einem Impuls heraus, der mich auch schon vorhin im Fahrstuhl überfiel, beuge ich mich vor und küsse sie. Sanft … und vorsichtig. Nicht so wie sonst …

Sie seufzt wieder, als wäre sie tatsächlich im Himmel und reagiert hauchzart auf meine Lippen. Langsam weckt sie der Kuss aus ihrer Trance, immer gieriger werden ihre Zunge und ihre Laute … bis sie sich plötzlich auf mich rollt und ihre Hände tief in meinen Haaren vergräbt!

WOW!

Mit einem Mal sitzt sie auf mir, hat die Oberhand und küsst mir das Hirn aus dem Kopf.

Ich weiß nicht mehr, wo unten und oben ist, und kann nur noch hinnehmen, wie ihre Hand gierig über meinen Körper gleitet. Laut stöhnend umfasst sie meinen steinharten Penis und positioniert sich dann direkt darüber.

Sie muss mich nicht anketten, ich kann mich das erste Mal im Leben nicht gegen eine Frau wehren oder sie gar kontrollieren, als sie mit meiner Spitze über ihren feuchten Eingang streicht. Ihr Blick hängt dabei in meinem Gesicht, ist verschleiert, aber nicht vor Müdigkeit oder Alkohol, sondern vor Lust.

In Zeitlupe lässt sie sich herab, beißt sich dabei auf die Unterlippe und runzelt die Stirn, während wir beide den Atem anhalten.

Ich bin mir sicher, jeden Moment in einem gigantischen Orgasmus zu explodieren und muss die Augen schließen, um mich davon abzulenken. Der Ausdruck in ihrem Gesicht allein würde mir sonst den Rest geben. Verzweifelt balle ich die Hände zu Fäusten, um sie gewähren zu lassen, und es gelingt mir. Nach den quälendsten Sekunden in meinem Leben bin ich in ihr – bis zum Anschlag.

Einige Sekunden bewegt sie sich nicht.

Dann legt sie los … und beginnt, ihre Hüften mit einem weiteren Stöhnen, das mich fast explodieren lässt, zu kreisen. Ihre Hände gleiten wie von Sinnen über ihren Körper, über diese festen Brüste, in ihre Haare und wieder zurück.

Ich bin völlig hin und weg, kann sie nur anstarren.

Und mich davon abhalten zu kommen.

Im Gegensatz zu ihr!

Sie kommt! Und wie!

Mit einem sehr passenden »Oh Gott!« beugt sie sich mit einem Mal vor und küsst mich, absolut reglos verharrend. Ich fühle, wie sich ihre Muskeln ruckartig um mich herum zusammenziehen und bin mir sicher, jeden Moment vor Leidenschaft ohnmächtig zu werden, schaffe es aber, mich zusammenzureißen. Denn ich darf unter keinen verdammten Umständen in ihr kommen! Allein schon, dass ich vergessen habe, einen Gummi zu benutzen, ist ein Desaster, aber dann auch noch meine kostbaren Gene in ihr zu verewigen, könnte meinen Untergang bedeuten.

Also halte ich mich nun WIRKLICH mit allem, was ich habe, zurück.

Sobald sie fertig ist, werde ich sie dazu bringen, dass sie es mit diesem wunderbaren Mund beendet, doch aus dem Plan wird nichts. Denn sofort danach sackt sie völlig leblos auf mir zusammen und … schnarcht mir ins Ohr!

Augen verdrehend liege ich unter ihr und kämpfe noch ein bisschen damit, nicht bei der kleinsten Bewegung zu detonieren.

Währenddessen kuschelt sie sich enger an mich und schmatzt an meinem Hals genüsslich vor sich hin.

Ich möchte sie von mir schieben, stattdessen schließen sich meine Arme um sie.

Sie riecht köstlich und fühlt sich noch köstlicher an. Besonders, als sie sich vertrauensvoll an mich schmiegt. Noch nie hat eine so nah bei mir geschlafen und ich hätte niemals gedacht, dass es mir gefallen könnte. Aber das tut es, sie ist so warm und weich und duftend ...

Jetzt gehört sie mir! Wie noch keine zuvor.

Doch nicht einmal das gönnt sie mir!

Plötzlich nuschelt sie ein verschlafenes »Danke!«, küsst meinen Hals und rollt sich von mir runter. Als Nächstes dreht sie mir den Rücken zu und pennt weiter. Seelenruhig.

Und ich liege sprachlos da und kann sie nur anstarren.

Das oder ich schreie.

Weiter geht's hier ;)

https://www.amazon.de/gp/product/B00ZRT9QPY/ref=series_dp_rw_ca_2

Über die Autorin:

Don Both, die 29-jährige Tschechin, die in Bayern lebt, fing im Alter von zwölf Jahren an Geschichten zu schreiben, weil sie die beste Kurzgeschichte in der Schule abliefern wollte. Der Plan gelang und sie entdeckte dadurch ihr Talent, Geschichten erzählen zu können. Während ihrer Schulzeit und ihrer Berufsausbildung als Kinderpflegerin ließ sie ihrer Fantasie als Hobbyautorin freien Lauf. Der Schwerpunkt ihrer Erzählungen lag anfangs meist bei Liebesromanen und humorvollen Komödien. Jedoch kamen auch das Drama, die Fantasy und der Horror nicht zu kurz. Im späteren Verlauf floss auch immer mehr Erotik ein und diese Kategorie entwickelte sich schnell zu einer ihrer liebsten. Im Jahr 2010 wagte sie den großen Schritt und stellte einige ihrer Erzählungen auf einer Fanfiktion- Seite einer breiteren Leserschaft zu Verfügung. Ihre Angst, Spott und Häme dafür einzustreichen, war mehr als unbegründet. Sie hatte durch ihre provokanten, aber ehrlichen Geschichten schnell eine große, begeisterte Leserschaft und gewann einige Wettbewerbe und Preise. Durch diese Erfolge ermutigt veröffentlichte sie im Jahr 2013 ihren ersten erfolgreichen Roman "Immer wieder Samstags" und gehört seit dem zu einer der meistgelesenen Autoren auf dem E-book-Markt. Privat engagiert sie sich für den Tierschutz, versucht jeden Tag etwas Gutes zu tun und lebt mit ihren Katzen, ihrem supersüßen Schäferhund und ihrem Sohn im kleinsten Kuhkaff der Welt.

Printed in Poland
by Amazon Fulfillment
Poland Sp. z o.o., Wrocław

61519165R00177